Boris Meyn, Jahrgang 1961, ist promovierter Kunst- und Bauhistoriker. Seit fast zwanzig Jahren schreibt er Romane. Sein Debüt, «Der Tote im Fleet», avancierte in kürzester Zeit zum Bestseller («spannende Krimi- und Hamburglektüre», so die *taz*) und steht in der 16. Auflage. Über den bisher letzten Roman der Serie urteilte *Die Welt*: «Man weiß nicht so recht, ob man ‹Elbtöter› als kriminalistischen Reißer oder einfach nur als glänzend recherchierten historischen Roman über Hamburg nach dem Ersten Weltkrieg lesen soll.» Der Autor lebt im Lauenburgischen, ist verheiratet und hat einen erwachsenen Sohn.

BORIS MEYN

Fememord

HISTORISCHER KRIMINALROMAN

Rowohlt Taschenbuch Verlag

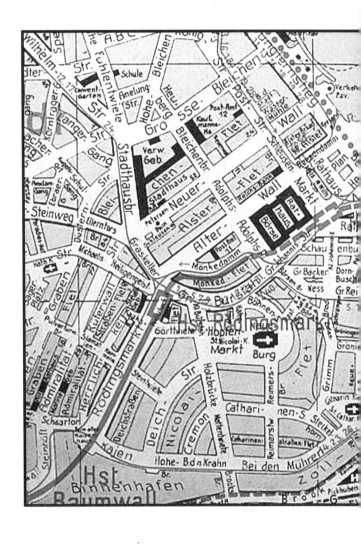

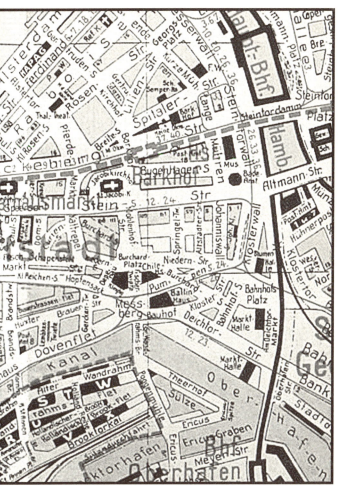

Die Hamburger Altstadt auf einem Plan von 1925.
Hamburger Staatsarchiv

Originalausgabe
Veröffentlicht im Rowohlt
Taschenbuch Verlag,
Reinbek bei Hamburg, April 2018
Copyright © 2018 by Rowohlt
Verlag GmbH,
Reinbek bei Hamburg
Redaktion Stephan Ditschke
Umschlaggestaltung any.way,
Walter Hellmann
Umschlagabbildung Tallandier /
Bridgeman Images;
Claudio Arnese / gettyimage
Pläne und Abbildungen im Tafelteil:
Staatsarchiv Hamburg (wenn nicht
anders angegeben); mit freundlicher
Unterstützung von Joachim Frank
Satz Adobe Caslon PostScript,
InDesign, bei Dörlemann Satz,
Lemförde
Druck und Bindung CPI books
GmbH, Leck, Germany
ISBN 978 3 499 29053 4

Kapitel 1
Juli 1925

☿

Als sie die Augen aufschlug, suchten ihre Blicke die Decke des Raumes automatisch nach Anhaltspunkten ab. Aber da war nichts. Nur der Hauch einer schläfrigen Unschärfe. Kein Hinweis darauf, wo sie war und warum sie hier war. An der Wand gegenüber einige Bilder, darunter Regale. Staubpartikel, die in einem gleißenden Sonnenstrahl durch den Raum schwebten. Aus der Ferne war Verkehrslärm zu hören. Ein leichter Druck in ihren Schläfen. Dazu der Durst. Das röchelnde Schnarchen neben ihr auf dem Divan holte sie langsam in die Gegenwart zurück. Vorsichtig rollte Ilka sich zur Seite und setzte sich auf die Kante des Bettes. Überall Unordnung. Ihre Kleider waren auf dem Fußboden verteilt. Beim Aufstehen stieß sie mit dem Fuß gegen eine leere Vodkaflasche. Ihr Kopf dröhnte. Langsam erinnerte sie sich. Erst der Champagner, dann das Pulver. Eine besorgniserregende Kombination.

Er hatte sie gefragt, ob er sie malen dürfe, und sie war mitgegangen, obwohl sie genau wusste, worauf es hinauslaufen würde. Wie es enden würde. Oder aber gerade deshalb. Wie immer waren es ihre Brüste gewesen. Sie erhob sich und ging zur Staffelei, hob das Tuch an und schlug es zurück. Ja, das war sie. Ohne jeden Zweifel. Ihr Gesicht, dazu die Frisur. Jeder, der sie kannte, aber nicht unbedingt je nackt gesehen haben musste, konnte das Modell sofort erkennen. Es lag auf der Hand.

Langsam strich sie über ihre Brüste, verglich sie mit ihrem Ebenbild auf der Leinwand, betrachtete sich dabei im Spiegel neben der Anrichte, die über und über mit Farben, Pinseln, Gläsern und Näpfen dekoriert war. Für ihre Größe sehr aufrecht. Groß und spitz, wenn auch nicht voluminös. Und eben nach oben gebogen. Was hatte Puni damals zu ihr gesagt? Geformt wie bei jungen Negerinnen. Und dann hatte er statt ihrer Bananen gemalt. Eine solche Unverfrorenheit war das gewesen. Stundenlang hatte sie ihm Modell gestanden, und Puni hatte Bananen gemalt. Ausgerechnet Bananen! Wahrscheinlich hatte er bei seiner Arbeit nur ein nacktes Modell vor sich gebraucht. Zum persönlichen Vergnügen, zur Befriedigung irgendwelcher Phantasien vielleicht, was wusste sie. Konstruktivisten, Suprematismus, kinetische Rhythmen, alles Spinner. Genau wie Dada. Das war nicht ihre Kunst, und Dada war Vergangenheit. Davon hatte sie genug. František hingegen hatte sie gut getroffen. Die Proportionen stimmten. Die Farben auch. Selbst das sonnengegerbte Gesicht mit den Sommersprossen. Sie stellte etwas irgendwie Geheimnisvolles dar, wie sie sich auf den Propeller stützte. Nichts Ordinäres, nichts Maschinelles, und auch keine wirren Farbkleckse.

Sie blickte zum Divan, wo František vor sich hin

schnarchte. Wie lange war sie überhaupt hier? Sicher nur, dass sie sich länger als einen späten Morgen auf dem Schlaflager geliebt hatten. Die Sonnenstrahlen blendeten. Behutsam schlüpfte sie in ihre Wäsche, rollte sich die Strümpfe über die Schenkel. Keine Laufmaschen, wie sie erleichtert feststellte. Dafür Farbspritzer. Auch auf dem luftigen Sommerkleid. Selbst auf ihrer Haut winzige Kleckse. František hatte sie gleichsam aus dem Kleid gehoben. Nicht gerissen so wie László. László, das Tier. Dafür war der eindeutig der bessere Liebhaber gewesen, wie sie sich eingestehen musste. Auch wenn bei ihm nur Punkte und farbige Striche herauskamen. Allen war gleich, dass sie zu viel tranken. Vor allem Vodka. Da war dann immer irgendwann schlagartig das Licht aus. Meist im schönsten Augenblick.

Auf der Leinwand allerdings war František eindeutig der Begabtere. Nicht nur wegen der Brüste. Noch ein kontrollierender Blick in den Spiegel. Unter dem hauchdünnen Sommerkleid waren ihre Konturen immer noch gut zu erkennen. Gut so. Vor allem, weil sie keine Korsage benötigte, um sie in Form zu halten. Wie lange wohl noch? Seit sie die Dreißig überschritten hatte, machte sie sich hin und wieder Gedanken um den Erhalt ihres Körpers.

Sie warf sich ihr Jäckchen über die Schultern und griff nach ihrer Unterarmtasche. Im Kopf immer noch das Rauschen und Dröhnen. Es würde sich legen, wenn sie an der frischen Luft war. Das kannte sie. So angenehm das Zeug war – wenn die Wirkung nachließ, fühlte man sich unendlich matt und ausgelaugt. Keine Ahnung, wie spät es war. Welcher Tag war heute? Sie erschrak. Hoffentlich hatte sie das Treffen mit Parabellum nicht verpasst. Storck hatte sich nicht wieder gemeldet. Nur die Nachricht, dass er gut angekommen sei. Aber wo er in Russland steckte, hatte er nicht geschrieben. Sie brauchte diese Informationen dringend. Dabei fiel ihr ein, dass sie auch in der Redaktion längst überfällig war. So ging es nicht weiter. Donnerstag musste sie pünktlich auf dem Flugplatz sein. Sie überlegte nur kurz, dann hatte sie die Prioritäten wieder klar im Blick. So berauschend der Sex und die Sause mit dem Schnee auch sein mochten, die Fliegerei stand nach wie vor an oberster Stelle. Sie musste dringend weg von dem Zeug.

Ilka hatte ein Bad genommen, das neue cremefarbene Etuikleid mit dem dünnen Pelzbesatz angezogen und sich dann auf den Weg zum Romanischen gemacht. Eigentlich war das Kleid zu warm für das sommerliche Juliwetter, aber es sollte getragen werden. Wenn sie morgen nach Staaken fuhr, würde sie es wieder gegen die lederne Fliegerkleidung tauschen. Aber jetzt war ihr noch einmal nach mondäner Eleganz. Auf Federkappe und Handschuhe hatte sie ganz bewusst verzichtet. Ihre freche Kurzhaarfrisur war doch viel aufsehenerregender. Sie mochte es, wenn sich die Leute fragend nach ihr umdrehten, weil man sie zuerst für einen Mann hielt. In der Schaufensterscheibe von Buicks am Ku'damm kontrollierte sie den Sitz von Kleid und Jäckchen. Das Spiegelbild erinnerte fast an ein Filmplakat mit Margaret Horan. Es hätte auch eine Werbetafel für Schaumwein zieren können. Dazu die flachen Pumps mit den über die Knöchel gewickelten Lederbändern. Leicht und beschwingt. Genau so fühlte sie sich. Von Kopfschmerz keine Spur mehr.

Ilka stockte kurz, als sie von einem Trupp SA-Leute überholt wurde. Idioten, dachte sie sich. Auf diesem Boulevard flaniert man nicht im Stechschritt. Aber man sah diese Marionetten jetzt immer häufiger durch die Straßen ziehen. Der Klang ihrer Stiefel auf dem Pflaster hatte etwas Bedrohliches. Eine Gruppe von Amerikanern machte ihnen ehrfürchtig Platz. Zwei Russen riefen ihnen Unverständliches hinterher. Dem Klang nach sicher nichts Schmeichelhaftes. Ja, Russen und Amis, wohin man auch schaute. Nicht nur auf dem Ku'damm. Die Russen waren gefühlt schon immer hier gewesen, weshalb man inzwischen schon von Charlottengrad und Kurfürsten-Prospekt sprach, aber seit Dawes-Plan und Einführung der Rentenmark hatten sich auch zunehmend Amerikaner dazugesellt. Man erkannte sie sofort. Sie waren laut. So wie auch zu Hause in den Vereinigten Staaten. Ilka hatte es erlebt, als sie letztes Jahr für zwei Monate durch Amerika gereist war. Eigentlich hatte sie nur vier Wochen bleiben wollen. Ein angehängter Urlaub an die Lizenzsichtungen, für die sie von Ullstein nach New York geschickt worden war, aber dann hatte sie Rita und Faith kennengelernt, und es hatte sich die Möglichkeit ergeben zu fliegen. In Amerika waren Pilotinnen noch genauso exotisch wie in Europa. Auch dort genossen sie das Aufsehen, das sie erregten, nachdem zu erkennen war, wer aus dem Flugzeug stieg. Als Frau stand man sofort im Mittelpunkt.

Ilka war mit einem Dampfer der Harriman Hamburg-Amerika-Linie gereist, wie sich die ehemalige HAPAG nun nannte, aber sie träumte davon, eines Tages mit einem Flugzeug dorthin zurückzukehren. Über den Atlantik. Die Weite, die sie gespürt hatte, die Canyons, Wüsten und Salzseen, die endlosen Wälder im Norden, es gab noch so viel zu entdecken. Die Landschaft entschädigte einen für die meist überheblich auftretenden Amerikaner, denen nichts *big* genug sein konnte. *Big* und laut. Die Russen wurden erst laut, wenn sie betrunken waren. Und das praktizierten sie zwar in ungestümer Regelmäßigkeit, aber eigentlich nicht in der Öffentlichkeit.

Schon fast drei Jahre arbeitete Ilka nun bei Ullstein, und inzwischen gehörte sie zum festen Inventar des großen Verlagshauses. Wobei sie ursprünglich nur ein paar Wochen hatte bleiben wollen, um einen Einblick in die Berliner Verlagswelt zu bekommen. Und nun saß sie zudem in der Redaktion der *Vossischen Zeitung* und schrieb gelegentlich für das *Uhu*-Magazin. Die Arbeit machte ihr Spaß, keine Frage, aber wenn sie ehrlich war, war es mehr das Flair dieser Stadt, das sie davon abgehalten hatte, in die schwedische Provinz zurückzukehren und ihre Arbeit bei der Tageszeitung *Dagens Nyheter* wiederaufzunehmen. Die Atemlosigkeit und der Trubel von Berlin waren für sie unverzichtbar geworden. Seit fast einem Jahr teilte sie sich mit Käthe und Myrna die große Wohnung am Henriettenplatz, und was anfangs als provisorisches Wagnis gedacht gewesen war, hatte sich inzwischen zu einem eingeschworenen Miteinander gefestigt. Käthe arbeitete als Zeichnerin im Büro des Architekten Poelzig und war gerade mit Details zum Lichtspielhaus Capitol beschäftigt, das im Dezember gleich hier um die Ecke eröffnet werden sollte, und Myrna war Nackttänzerin im Nelson Theater, wo sie mit großem Erfolg als Lana del Fuero auftrat. Sosehr sie alle drei auch dem nächtlichen, frivolen Rausch der Großstadt verfallen waren, sich auf Partys an verruchten Orten herumtrieben, gewagten Koketterien und deren Folgen nicht abgeneigt waren, hatte sich ihr gemeinsames Credo bewährt, mit dem sie zusammengezogen waren und das da hieß: Keine Männer in der Wohnung!

Nein, auf das Amüsement wollte und konnte Ilka nicht verzichten. Und auf die Anonymität dieser rasenden Großstadt schon gar nicht. Tures Heiratsantrag auszuschlagen war ihr zwar schwer gefallen, sie liebte ihn ja genau genommen noch immer, aber sie war nicht bereit dazu, ihre Freiheiten aufzugeben. Sie hatte keine Lust auf Hausfrau und Kränzchen, wollte nicht von Bediensteten umgeben sein, auf Schritt und Tritt unter Beobachtung stehen, sich mit Leuten und Gesellschaften treffen, die sie sich nicht aussuchen konnte, und nach Kindern war ihr schon gar nicht. Und das war ja das Mindeste, was Ture erwarten würde. Nein, sie wollte unabhängig bleiben, wollte das Leben leben und so verrückte Dinge tun, wie einem fremden Maler nackt Modell zu stehen, sie wollte von Künstlern, Schauspielern, Dichtern und Autoren umgeben sein, von Gleichgesinnten, wollte neugierig und gierig alles aufsaugen und genießen, was einem das Leben hier bot. Sie wollte lieben, wann und wen sie wollte, rauchen, trinken, tanzen und sich amüsieren. Und sie wollte fliegen.

Ihre Großmutter, so hatte man ihr erzählt, war eine der ersten Frauen in Hamburg gewesen, die Hosen getragen hatte. Ihre Mutter war umgeben von Politikern und Frauenrechtlerinnen, ihr Vater ein unkonventioneller Advokat, der schon vor dem Krieg auf einem amerikanischen Motorrad durch die Hansestadt gekurvt war, die Geliebte ihres Bruders eine Varietékünstlerin, die sich früher auf einem Fahrrad sitzend von einem Ballon in die Lüfte erhoben hatte. War es da ein Wunder, dass sie sich den Konventionen entzog? Die Fliegerei, die sie für sich entdeckt hatte, war dabei viel weniger dem Wunsch geschuldet, dem Besonderen Ausdruck zu verleihen und als Frau im Mittelpunkt des Interesses zu stehen, sondern entsprach tatsächlich einer physischen Sehnsucht. Ture hatte das als einer der Ersten gemerkt. Schließlich war er es ja gewesen, der sie dazu verleitet hatte, als er in den Vorstand der schwedischen Flugindustrie in Malmö berufen worden war und sich die Möglichkeit ergeben hatte, es mit dem Fliegen auszuprobieren, einfach so. Inzwischen war es wie eine Sucht, alles hinter und unter sich zu lassen, abzuheben und durch den Raum zu gleiten, unabhängig Richtung und Ziel zu wählen, selbst zu bestimmen, wohin es ging.

Einen kurzen Moment vermisste sie Ture. Der warb zwar immer noch um sie, wenn sie ihn in Schweden besuchte, aber inzwischen nicht mehr so hartnäckig wie einst. Das mochte auch an Agneta liegen, seiner Assistentin. Bei ihrem letzten Besuch hatte sie sofort gemerkt, dass da etwas war. Ture hatte es zwar abgestritten, aber die Blicke dieser Agneta waren sehr eindeutig gewesen.

Parabellum erwartete sie im Außenbereich des Romanischen Cafés, was Ilka nicht nur wegen der Temperaturen als angenehm empfand. Drinnen versprühte das Café mit den kalten Marmortischen den spröden Charme einer Bahnhofshalle. Karl Radek, der sich das Pseudonym Parabellum angeeignet hatte, machte mit einem Winken auf sich aufmerksam. Sie hatte ihn während ihrer Zeit in Stockholm kennen und schätzen gelernt. Politisch stand er ihr etwas zu weit links, schließlich war er fest mit der Komintern verbandelt, hinter der wiederum die Sowjets steckten, aber er war stets bestens informiert. Wenn jemand etwas wusste, dann Radek.

Während sie sich durch das Spalier der Bistrotische schlängelte, registrierte Ilka sehr wohl, wie sie beäugt wurde. In der Theaterecke konnte sie Max Reinhardt erkennen, der dort zusammen mit Ruth Landshoff saß. Es gab hier eine feste Sitzordnung der Kulturen. Das Forum Romanum eben. Vorne links die Malerecke, dahinter die Größen aus Film und Theater, überall dazwischen natürlich auch die Kleinen, auf der anderen Seite die Schriftsteller und Dichter, scharf abgegrenzt von den Baumeistern und Architekten, die sich schon eher mit den bildenden Künstlern durchmischten. Vor den Fenstern links die Musiker und Komponisten, auf der anderen Seite eine wilde Mischung. Die Landshoff drehte sich interessiert um. Wegen ihr hatte sich Ilka einst ihren ersten Bob schneiden lassen und damals tatsächlich kurz überlegt, sich die blonden Haare schwarz tönen zu lassen. Aber dann war Louise Brooks aufgetaucht, und alle Frauen wollten plötzlich einen Bubikopf wie sie, einen

Eton oder Shingle, wie manche sagten. Also hatte Ilka noch ein paar Zentimeter mehr abschneiden lassen und trug die Haare streng gescheitelt und ohrfrei, auf der längeren Seite leicht gewellt. Nicht nur unter der Fliegerkappe hatte sich diese Frisur bewährt. Aber vor allem da.

Radek begrüßte sie mit einem spielerisch angedeuteten Handkuss und rückte auffordernd den Stuhl zurecht. Ihnen gegenüber saß Mary Wigman, eingerahmt von der Fliegerin Anne Löwenstein und einer unbekannten Schönen, die Ilka irgendwie an Pola Negri erinnerte. War sie es vielleicht sogar tatsächlich? Im Romanischen konnte das durchaus sein. An jedem dritten Tisch fanden sich bekannte Gesichter aus dem öffentlichen Leben, zu fast jeder Tageszeit. Am Nebentisch erkannte Ilka Colleen Moore. Nicht nur die Amerikaner liebten das Café. Der Straßenlärm war fast unerträglich.

Der Kellner kam etwas zu schnell.

«Ich nehme einen Kaffee Hag und ein Glas Wasser.» Nur keinen Alkohol um diese Uhrzeit.

Radek hielt ihr sein Zigarettenetui hin. Ilka bediente sich und lächelte.

«Schön, dass du dir Zeit nehmen konntest.»

Er sah nicht auf, sondern entzündete ein Streichholz, und Ilka griff nach seiner Hand, um sie zur Spitze ihrer Zigarette zu dirigieren.

«Ich habe dir doch von dem Flieger erzählt, den ich vor einiger Zeit in Staaken kennengelernt habe …» Johann von Storck, ein charmanter, äußerst gut aussehender Mann. Dazu ein hervorragender Flieger aus der Udet-

Schule. Nur leider nicht an Frauen interessiert, wie Ilka zu ihrem Bedauern schon nach kurzer Zeit festgestellt hatte. Aber abgesehen davon, vielleicht sogar deshalb, hatten sie sehr schnell ein sehr freundschaftliches Verhältnis aufgebaut. Vielleicht sogar mehr als das. Fast so wie zwischen besten Freundinnen. Zumindest für Johann schien es nichts zu geben, worüber er sich nicht mit ihr austauschen wollte. Als wäre sie seine große Schwester, die man um Rat fragte, der man etwas beichtete, zu der man aufblickte.

«Er hat mir erzählt, dass er sich eine Zeit lang in Russland aufhalten werde. Gemeinsam mit anderen deutschen Piloten. Es geht dabei angeblich um die Erprobung eines Landekursfunks, den eine Berliner Firma … der Name fällt mir gerade nicht ein, gemeinsam mit den Philips-Werken entwickelt hat. Unter realistischen Bedingungen, was auch immer man sich darunter vorstellen soll.» Das hatte genau zu dem gepasst, was Ilkas Chef, Georg Bernhard, erwähnt hatte. Dass es sehr wahrscheinlich verbotene Fliegerstätten in Russland gebe, wo deutsche Piloten heimlich fliegen würden und ausgebildet wurden, was nach den Vereinbarungen von Versailles in Deutschland nicht mehr ohne Weiteres erlaubt war. Genauso wenig wie funkgesteuerte Landesysteme – wenn es so etwas überhaupt schon gab. Ob sie als Fliegerin etwas darüber wisse, hatte Bernhard gefragt. Als sie ihrem Chefredakteur von Johann von Storck erzählte, hatte er sie sofort auf die Sache angesetzt.

Die Bedienung brachte den Kaffee, stellte einen Zuckerstreuer auf den Tisch und schenkte aus einer Karaffe

Wasser in ein schmales Glas. Radek orderte ein weiteres Pils.

«Ich hatte ihn nach dem Ort gefragt, aber er meinte nur, das wüsste er selber noch nicht; er wollte es mir schreiben, sobald er dort wäre. Eine Karte habe ich dann auch bekommen, auf der er schrieb, dass er gut angekommen sei. Sonst nichts. Der Stempel auf der Briefmarke war verwischt. Ich konnte die Adresse nicht entziffern. Und das Ganze ist jetzt sechs Wochen her. Seitdem habe ich nichts mehr von ihm gehört.» Ilka drückte die Zigarette im Aschenbecher aus und griff nach dem Wasserglas. «Hast du Kenntnis über solche Stellen, wo deutsche Piloten in Russland fliegen?»

Radek lehnte sich zurück und nickte selbstgefällig. So, wie sie es nicht anders von ihm kannte. In Stockholm hatte er mehrere russische Blätter betreut, und wenn Ilka damals Informationen über die russische Politik benötigt hatte, dann war Radek immer ihre erste Quelle gewesen. Den Stolz darüber, als Fachmann zu gelten, hatte er nie verheimlichen können.

«Ja, so etwas ist mir auch schon zu Ohren gekommen. Seit Rapallo ist vieles denkbar geworden. Ich habe ja über die Komintern so meine Kanäle. Die Devise lautet sehr wahrscheinlich: Fläche gegen Technik. Die Rote Armee ist in technischer Hinsicht nicht auf der Höhe der Zeit. Und deutsche Ingenieure gelten als die besten der Welt. Von den Flugzeugbauern wollen wir erst gar nicht reden. Sie dürfen nur nicht so, wie sie wollen. Was also liegt näher als eine verdeckte Kooperation. Davon darf offiziell natürlich niemand etwas mitbekommen.»

Ilka kannte das aus Schweden. Genauer gesagt aus Limhamn, wo sie selbst das Fliegen gelernt hatte und wo die Anlagen der AB Flygindustri beheimatet waren. Vor über einem Jahr hatte Hugo Junkers eine Produktionsstätte seiner famosen Flugzeuge dorthin verlegt, weil er in Deutschland wegen der Versailler Auflagen nur eine geringere Menge produzieren durfte, als ihm möglich war. Und jetzt fertigte er dort nicht nur einen Großteil seiner A20, die weltweit gefragt waren, sondern auch eine ganze Reihe anderer Modelle. Ganzmetall, eine Beplankung aller Flugzeugteile mit Metall – das war sein Geheimnis. Und die Qualität stimmte. Deshalb hatte sich Ilka auch für einen Tiefdecker aus der C-Serie entschieden: ein Vorserienmodell als Einsitzer, dafür mit einem Zusatztank anstelle des hinteren Platzes. Junkers ließ bei seinen Entwürfen auch Elemente aus den Designwerkstätten des Bauhauses einfließen. Ein weiterer Grund für seinen Erfolg. Auch Ilka begeisterte die Neue Sachlichkeit aus dem Bauhaus, vor allem in der Architektur. Die Avantgarde der modernen Architekten hatte sich vor kurzem im Zehner-Ring versammelt. Die Entwürfe dieses Architektenbundes waren spektakulär. Letzte Woche war Ilka über die Baustelle der neuen Großsiedlung in Britz geflogen, die tatsächlich in Form eines Hufeisens gebaut wurde. Das waren Ideen aus einer neuen Zeit, die gerade erst angebrochen war. Dafür liebte Ilka Berlin. Hier war sie am Puls der Zeit.

«Hast du genauere Kenntnisse? Über den Ort? Die Absichten?»

Radek schüttelte den Kopf. Er wartete einen Augenblick, bis sich die Bedienung entfernt hatte. Dann schlürfte er den Schaum vom Pils und nahm einen großen Schluck.

«Leider nein. Aber da dürfte was dran sein. Interna der Reichswehr. Ich werde mich mal umhören und meine Fühler ausstrecken. Das interessiert mich genauso wie dich.» Er zögerte einen Augenblick. «Aber ich weiß, dass Baranow hier in der Stadt ist. Pjotr Ionowitsch Baranow ist seit zwei Jahren Chef der russischen Luftstreitkräfte. Und Starik wurde angeblich auch gesehen. Vielleicht gibt es da einen Zusammenhang.»

«Starik?» Ilka zog eine weitere Zigarette aus Radeks Etui und gab sich selbst Feuer mit dem rustikalen Benziner, bevor er ihr ein Streichholz anbieten konnte. In ihrer Tasche hatte sie zwar noch eine Packung Juhasz Jungfernsteig, aber Radeks Zigaretten schmeckten eindeutig besser.

«Jan Karlowitsch Bersin. Chef des russischen Geheimdienstes. Codename Starik.»

«Sollte ich mir merken», entgegnete Ilka und lehnte sich zurück, während sie den Rauch der Zigarette ausblies.

Radek schüttelte warnend den Kopf. «Besser vergessen. Auf jeden Fall solltest du ihm aus dem Weg gehen. Er gilt als äußerst skrupellos.»

Der Droschkenfahrer war so perplex gewesen, dass er den Wagen zweimal abgewürgt hatte, als Ilka ihm auf Nachfrage erklärt hatte, dass sie wirklich Pilotin sei. Er hatte es zuerst für einen Scherz gehalten. Erst hier am Flughafen schien er es wirklich zu glauben. Ernst Bormann war der Erste, der Ilka in Staaken über den Weg lief.

«Meine Lieblingsschülerin», begrüßte er sie beiläufig, aber herzlich. «Wären Sie nicht bereits so befähigt, würde ich Ihnen einen Kurs im Segelfliegen nahelegen.»

Keineswegs empfand Ilka seine Worte als herabschätzend. Er wusste nur zu genau, dass er ihr eigentlich nichts mehr beibringen konnte. Alles, was er über Fliegerei wusste, beherrschte sie bereits. Trotzdem wollte sie sich Bormanns Vortrag über den Segelflugsport anhören, den er für heute angekündigt hatte. Überall in Deutschland schossen seit zwei Jahren Flugschulen und als Sportgelände ausgewiesene Flächen aus dem Boden, von denen sich Flugzeuge in den Himmel erhoben. Es war wie ein Volkssport. Wie das Blockflötenspiel. Kaum eine Hochschule, die Segelfliegerei nicht für ihre Studenten anbot.

Während Ilka Bormanns Vortrag lauschte, bemerkte sie die eisblau leuchtenden Augen, die sie von der Seite beäugten. Nicht so, wie sie es gewohnt war. Nicht musternd, nicht abschätzend. Aber dennoch durchdringend. Der Mann musste deutlich über fünfzig sein und sah glänzend aus, auch wenn er nicht ihrer bevorzugten Altersklasse entstammte.

In der Pause kam er auf sie zu. «Sie gestatten? Adolf Behrend. Wir haben uns einmal in Hamburg kennengelernt, da waren Sie noch ein halbes Kind. Ich war sehr gut mit Martin Hellwege befreundet, einem Freund Ihres Vaters, wenn ich richtig informiert bin?» Er nestelte verlegen an seinem Revers. Die Orden wiesen ihn als Kriegsflieger mit Auszeichnung aus.

«Tatsächlich?» Ilka war wirklich überrascht. «Ich verdanke Herrn Hellwege sehr viel.»

«Ich auch, in der Tat. Eigentlich war er es, der mir die Fliegerei ermöglicht hat. Wir standen uns wirklich sehr nah, und sein Tod berührt mich noch immer. Und Sie hat er als Universalerbin eingesetzt.»

Es war Ilka nicht ganz geheuer, dass der Mann über derart intime Kenntnisse verfügte. Onkel Martin war tatsächlich der beste Freund ihres Vaters gewesen. Er hatte sich nach Ausbruch des Krieges in Norwegen das Leben genommen. Eigentlich hatte sie mit ihm nichts zu tun gehabt, und so war es völlig überraschend, dass Martin Hellwege sie als Universalerbin eingesetzt hatte – und er hatte ihr wahrlich ein Vermögen hinterlassen. Dazu noch die große Villa an der Alster. All das ermöglichte ihr das unbeschwerte Leben, die Reisen, das Flugzeug – Unabhängigkeit. Mit ziemlicher Sicherheit auch noch in der Zukunft. Ihr Vater hatte sie gut beraten, sodass das Vermögen nach wie vor so viel wert war wie am Anfang. Kein Verkauf der Immobilie. Keine Investitionen, die von der Inflation betroffen sein konnten. Und jetzt die Rentenmark ... Aber was wollte Behrend von ihr?

«Ich werde nächste Woche mit Bormann nach Russland aufbrechen. Wir werden mit der 4. Fliegerabteilung des 40. Geschwaders der Roten Armee ein paar gemeinsame Manöver fliegen.»

Was meinte er? «Geht es da auch um den Landekursfunk?» Das war es, was Johann gemeint hatte.

Behrend nickte. «Lipezk bietet die besten Voraussetzungen für uns. Wovon wir hier nur träumen können.»

«Sie waren schon dort?»

«Ja. Den Ortsnamen behalten Sie besser für sich. Das muss niemand wissen.» Er zog ein Couvert aus der Jacke. «Das soll ich Ihnen übrigens von Johann aushändigen.»

«Johann von Storck? Wie geht es ihm?»

Behrend zwinkerte ihr zu. «Ich denke, es geht ihm gut. Den Umständen entsprechend», korrigierte er schnell. «Karg. Russland eben ...»

Ilka öffnete den Umschlag und entnahm einen Brief sowie zwei geschlossene Briefcouverts, eines davon an eine Hamburger Anschrift adressiert, aber noch nicht frankiert.

«Er bat mich, das für Sie mitzunehmen. Man muss wohl davon ausgehen, dass alle ausgehenden Briefe wie militärische Feldpost behandelt und in der Poststelle geöffnet werden. Da hat sich seit dem Krieg nicht viel geändert.»

«Ich danke Ihnen.»

Behrend zuckte mit den Schultern, und als Ilka begann, den Brief zu lesen, trat er diskret zur Seite.

Sehr geehrte Ilka,
da Sie nichts von sich hören lassen, muss ich wohl davon ausgehen, dass meine Briefe Sie nicht erreicht haben. Wir sitzen hier in einem Ort namens Lipezk, ein paar hundert Kilometer südöstlich von Moskau. Alles ist sehr militärisch ausgerichtet, auch wenn keine Uniformen getragen werden. Wir fliegen auf Fokker D XIII, und die Maschinen haben keine Hoheitsabzeichen. Von den Russen werden wir scharf beäugt.

Alles ist sehr einfach gehalten, nicht einmal Flugzeughallen gibt es. Die Flug- und Übungsmöglichkeiten sind hingegen phantastisch. Ich werde noch bis Ende August hier sein, dann ist der Stützpunkt für den Ausbildungsbetrieb hergerichtet. Es ist sehr spannend. Ich werde nach meiner Rückkehr berichten. Seien Sie bitte so freundlich und schicken den zweiten Brief von Berlin aus an einen guten Freund in Hamburg, und den dritten an meine Eltern.
Mit ergebenstem Dank,
JvS

Über den Landekursfunk hatte Johann kein Wort verloren. Dann musste sie in der Angelegenheit selbst aktiv werden. Vielleicht bot der morgige Termin bei dieser Firma sogar die Möglichkeit dazu. Ilka hatte sich schon einen Plan zurechtgelegt.

Auch der zweite Teil von Bormanns Vortrag enthielt für sie nichts Neues. Abermals referierte er über die notwendigen Befähigungen für den Erhalt der deutschen Fliegerlizenz. Dafür musste man nach Schleißheim. Die Voraussetzung waren zwanzig Flugstunden in einer Fliegerschule vor Ort. Dann die Prüfung. Darauf konnte sie gerne verzichten. Alle technischen Befähigungen besaß sie bereits, und ihr Flugzeug war um ein Vielfaches besser ausgerüstet als die alten Doppeldecker der Flugschule, auf denen die Prüfung abgenommen wurde. Allein für die Prüfung wäre sie vielleicht hingeflogen, aber was sollte sie eine Woche lang in einem Kaff wie Schleißheim? Da wurden doch um zehn Uhr die Bürgersteige hochgeklappt. Wenn es dort überhaupt welche gab. Nein, vorerst reichte die schwedische Lizenz. Sie wollte sich ja nirgends als Pilotin anstellen lassen. Und eine Karriere als Pilotin im Linienverkehr strebte sie auch nicht an. Fliegen, das hieß für sie Abenteuer, das war das Gefühl von Freiheit. Keinesfalls Routine.

Noch eine halbe Stunde, dann war der theoretische Teil des Tages beendet. Sie konnte es kaum erwarten, ihre Maschine zu starten und abzuheben, bevor sie am späten Nachmittag mit Myrna am Wannseebad verabredet war. Ihre Modenschau, wie sie es nannten. Die neuen Badeanzüge wollten gezeigt werden. Sie beide im gleichen Modell – das hatte schon was. Bei Mosse hatten sie es gekauft: ein Deauville-Schnitt, blau-weiß gestreift, schulterfrei mit dünnen Trägern. Unterhalb des schmalen Gürtels waren die Beinkleider nur angedeutet und endeten knapp unter dem Schritt. Etwas gewagt, aber genau das bezweckten sie. In Schweden war Ilka immer nackt geschwommen. Zumindest in der Einsamkeit der abgelegenen Schären. In Deutschland undenkbar, jedenfalls an den öffentlichen Badestellen. Erst wenn die Sonne untergegangen war, tummelten sich auch an den Ufern von Wannsee und Spree die Nackedeis.

Ilka musste daran denken, wie sie Ture kennengelernt hatte. Damals, im Schulheim an der Ostsee, wo seine Klasse neben der ihren untergebracht war. Sie waren fast noch Kinder gewesen und hatten ihre Klassenlehrerin und den schwedischen Lehrer beim gemeinsamen nächtlichen Baden in einem See beobachtet. Nackt. Irgendwie hatte auch sie das zusammengeschweißt. Unablässig hatten sie sich Briefe auf Esperanto geschrieben, bis Ilka von ihren Eltern die Erlaubnis bekam, für ein Jahr bei Tures Familie in Stockholm leben zu dürfen – natürlich um Schwedisch zu lernen. Dass sie inzwischen selbst erwachsen waren, erkannten sie bei ihrem ersten gemeinsamen Bad.

Ilka hatte ihr Flugzeug hellgrün streichen lassen. Das war schon eine Augenweide für sich, aber die Flugeigenschaften des *Laubfroschs*, wie sie ihre Junkers liebevoll nannte, setzten dem noch die Krone auf. Ein besseres Flugzeug war Ilka nie geflogen. Der *Laubfrosch* reagierte exakt so, wie sie es sich vorstellte. Dazu war er gutmütig. Als Zweisitzer wurde die 20c inzwischen für die Verwendung als Aufklärungsflugzeug verkauft. Der Tiefdecker war etwas über acht Meter lang und fast fünfzehn Meter breit, wodurch er sich sehr gefühlvoll steuern ließ. Wendigkeit war hingegen nicht seine Stärke, da waren die schmalen Doppeldecker deutlich agiler. Und eben auch nervöser. Aber sie wollte keine Luftakrobatik betreiben, auch wenn sie es spektakulär fand, was einige Piloten über den Wolken veranstalteten. Als Langstreckenmaschine war die Junkers hingegen in ihrer Klasse unschlagbar. Das über dreihundert PS starke Triebwerk von BMW ermöglichte ihr eine Reisegeschwindigkeit von fast zweihundert Kilometern in der Stunde. Nur die neuesten Modelle von Fokker und Heinkel waren schneller und konnten mit ihren leistungsstarken Napiermotoren an der 20c vorbeiziehen. Ohne den Zusatztank wären wahrscheinlich noch schnellere Flüge möglich, aber die zusätzliche Reichweite war für Ilka wichtig, da sie häufiger zwischen Schweden und Berlin unterwegs war. Notlanden musste sie bislang noch nie, obwohl es bereits zweimal recht knapp mit dem Treibstoff gewesen war. Dabei fiel ihr ein, dass sie sich für dieses Jahr vorgenommen hatte, zumindest einmal eine raue Ackerlandung zu üben.

Aber nicht heute. Nachdem Ilka sich umgezogen und hinter dem Steuerknüppel Platz genommen hatte, konnte sie es kaum erwarten abzuheben. Die verbleibenden Minuten bis zur Starterlaubnis schienen ihr endlos. Dann sah sie endlich die ersehnte Flagge und rollte zur Startbahn. Ohne anzuhalten, steuerte sie auf die Piste und erhöhte die Drehzahl des Motors. Wie immer ein erhabener Moment, als sie merkte, wie sich langsam das Heck hob, dann Volllast. Sie wurde in den Sitz gepresst – kurz danach die Mischung aus Schwerelosigkeit und Geschwindigkeitsrausch. Ilka konnte ein Juchzen nicht unterdrücken. Erst die Horizontale beendete den Rausch des Starts. Ilka korrigierte die Gemischeinstellung und reduzierte ihre Geschwindigkeit. Dafür jetzt das Gefühl von grenzenloser Freiheit. Links die Schlote der Großstadt, rechts das endlose Grün in Richtung Spandau. Kaum eine Wolke am Himmel. Ilka entschied sich für rechts und drückte den Laubfrosch über die Tragfläche in die Kurve. Wie immer gehorchte das Flugzeug jeder noch so kleinen Bewegung des Steuers.

Von Spandau aus die Havel entlang in Richtung Potsdam. Als sie die Seen von Werder erreichte, überkam sie ein unfassbares Glücksgefühl. Nichts war aufregender, als über Flusslandschaften und Seen zu fliegen. Sie hätte ewig hier kreisen können. Gut, ein Höhenflug über den Wolken war vielleicht noch atemberaubender, diese Wattelandschaft im Sink- wie auch im Steigflug zu durchdringen. Dort oben gab es eine eigene Welt, über die zu gleiten etwas Traumartiges hatte. Und dann der Moment, wenn sich die Landschaft der Erde schemenhaft durch den sich lichtenden Wolkenschleier erahnen ließ und beständig an Kontur gewann, dem Erwachen aus einem Traum gleich.

Etwas enttäuscht blickte Ilka zum Himmel. Weit und breit keine Spur von Wolken. Dafür dieser Ausblick. Ein letzter Kreis noch, dann entschloss sie sich zur Rückkehr. Als sie nach einer Stunde wieder festen Boden unter den Füßen spürte, war es wie immer: In Gedanken war sie schon bei ihrem nächsten Flug. Es war wie eine Droge. Sie konnte es kaum abwarten.

Kapitel 2
Juli 1925

☿

Ilka machte sich gegen acht Uhr auf in Richtung Tempelhof, wo die Lorenz AG ihren neuen Stammsitz am Teltowkanal hatte. Mit Georg war alles abgesprochen, und dass der Chefredakteur hinter ihr stand, stärkte sie in der Überzeugung, auf dem richtigen Weg zu sein. Sie hatte sich bestens auf diesen Besuch vorbereitet. Ihre bisherige Recherche hatte ergeben, dass die Lorenz AG immense Schwierigkeiten hatte, nach dem Verbot der Rüstungsproduktion allein in zivilen Betätigungsfeldern auf ausreichende Produktionszahlen zu gelangen. Hinzu kam der Umstand, dass zumindest die Entwicklung der Funk- und Radiogeräte vom direkten Konkurrenten, der Telefunken-Gesellschaft, dominiert wurde. Georg Bernhard mutmaßte daher, dass die Lorenz AG trotz des Verbotes und der Kontrollen durch die alliierten Aufsichtsorgane im Stillen weiter an militärisch nutzbaren Entwicklungen arbeitete. Die Gerüchte über den geheimen Landekursfunk passten da nur zu gut ins Bild. Vor allem, seit der niederländische Philips-Konzern die Aktienmehrheit bei der Lorenz AG hielt. Das öffnete dem Konzern die Möglichkeit, Ausbau und Praxis neuer Techniken ins Ausland zu verlagern und damit der Beobachtung durch die Kontrollgremien zu entziehen. Genau wie bei den Flugzeugherstellern.

Um kurz nach neun hatte Ilka ihren Termin bei der Lorenz AG. Offiziell ging es dabei um die neuesten Produktbeschreibungen in den Bereichen Signaleinrichtungen, drahtlose Telegraphie, Rohrpost- und Feuermeldeanlagen sowie Zündmodule für Kraftfahrzeuge. So hatte sie es zumindest angekündigt. Und an einer publizierten Leistungsschau war dem Unternehmen natürlich gelegen. Sie hatte sofort einen Termin bekommen.

Ihre Kleidung hatte sie entsprechend dem Anliegen gewählt. Seriös und etwas altbacken. Die Bluse hochgeknöpft, darüber ein graues Jackett. Der Rock in gleicher Farbe, deutlich über die Knie reichend. Blickdichte Strümpfe und klobige Pumps. Ade Etuikleid! Auch die kleine Unterarmtasche war einer biederen Ledermappe gewichen. Darin Silberstift und Notizblock. Dazu die neue Leica, die Ilka im letzten Monat erstanden hatte. Zwei Filme hatte sie bislang photographiert, und das Ergebnis war verblüffend gewesen. Vielleicht sogar besser, als es der Verkäufer im Geschäft prophezeit hatte. An Schärfe waren die Aufnahmen auf dem kleinen Film kaum zu übertreffen. Nur der Abgleich mit der Belichtung war gewöhnungsbedürftig. Bislang kannte Ilka nur Sonne und Schatten. Jetzt standen ihr diverse Belichtungszeiten von 1/25 bis 1/500 und unterschiedliche Blenden am versenkbaren Anastigmat zur Verfügung. Gestern am Wannsee hatte sie einen ganzen Film verschossen.

Mit dem Schätzen der Entfernung klappte es noch nicht ganz, auch wenn es einen Entfernungsmesser gab. Der hatte gestern seine Bewährungsprobe gehabt. Mit Ruwen und Melchior, wie sie sich nannten. Keine halbe Stunde hatte es gedauert, bis Ilka und Myrna von Verehrern umlagert gewesen waren. Besonders ihre Freundin hatte es genossen. Dabei war klar, was die Herren im Visier gehabt hatten. Um die Badeanzüge war es weniger gegangen. Vielmehr um die Inhalte, wie ihre Blicke verrieten. Vor allem bei Myrna mit ihrer üppigen Oberweite. Ilka war gespannt, wie sich das auf den Photos machen würde. Sie hatte die lustigsten Szenen mit der Kamera festgehalten. Auch das alberne Geplansche im Wasser. Alle hatten sie ihren Spaß gehabt, auch wenn sich die jungen Herren vielleicht etwas mehr versprochen hatten. Aber dazu war es nicht gekommen, auch weil es nicht beabsichtigt gewesen war. Nicht einmal die Adressen hatten sie ausgetauscht, bevor sie in der Dämmerung aufgebrochen waren. Den Film hatte sie gleich heute Morgen bei einem Labor unweit des Henriettenplatzes zur Entwicklung abgegeben. Mit etwas Glück konnte sie die Bilder schon heute Nachmittag abholen, wie man ihr sagte. Das photographische Notizbuch, wie Kurt es genannt hatte: «Unverzichtbares Utensil einer modernen Korrespondentin.» Dabei konnte Tucholsky die praktischen Vorteile der Leica noch gar nicht vor Augen gehabt haben, als sie ihn letztes Jahr in Paris aufgesucht hatte. Ihm war es vielmehr darum gegangen, das Geschehen *en passant* festzuhalten. Und natürlich darum, sie möglichst elegant verpackt zu dem zu machen, was sie keineswegs sein wollte. Zu einer weiteren seiner unendlichen Mätressen. Sie war von Georg vorgewarnt worden, und sie hatte Abstand gehalten, auch wenn es ihr nicht leichtfiel. Kurt hatte etwas, dem man sich nur schwer entziehen konnte. Und sie war nicht nach Paris gefahren, um sich dem zu verweigern. Ganz im Gegenteil. Aber zwei Abende in Restaurants hatten sie ernüchtert. Seine Annäherungsversuche waren zäh, aber wirkungslos geblieben. Im Nachhinein war sie Georg dankbar.

Der riesige Backsteinbau der Lorenz AG mit den endlosen Fensterreihen und den mächtigen Schloten am Kanal hatte etwas Furchteinflößendes. Im Entree wurde Ilka bereits erwartet. Die Empfangsdame, eine Mittfünfzigerin mit streng zum Dutt gebändigter Frisur, begrüßte sie freundlich, ohne dass Ilka ihr Anliegen näher präzisieren musste. Sie wurde erwartet, das war klar. So häufig waren weibliche Journalisten hier anscheinend nicht zu Gast. Den knappen, abschätzenden Blick auf ihre Kurzhaarfrisur war sie inzwischen gewohnt. In einer Nische hinter dem Empfangstresen warteten zwei Herren, die Ilka zur Etage des Direktoriums begleiteten. Nachdem sie zwei Vorzimmer passiert hatten, begrüßte sie Georg Wolf im Türrahmen seines Arbeitszimmers. Etwas zu leger. So jung hatte sie sich den neuen Generaldirektor des Unternehmens nicht vorgestellt. Er versuchte gar nicht erst, seinen Status auszustellen. Trotz wilhelminischen Bartes und akkurater Kleidung entsprach er nicht dem Typus eines Direktors, und er schien kaum älter als sie selbst. Mit einer auffordernden Geste bat er sie herein.

«Sie interessieren sich für unser Unternehmen?» Er wies ihr den angedachten Platz an einem runden Couchtisch zu und rückte gewandt den Sessel zurecht. Die beiden Herren, die er als tragende Mitarbeiter des Unternehmens vorstellte, nahmen rechts und links von ihr Platz, er selbst setzte sich ihr gegenüber an den Tisch. Die Vorzimmerdame schenkte Kaffee ein und schloss danach diskret die Tür. Ilka betrachtete die Gerätschaften und Instrumente, die in den gläsernen Vitrinen entlang der Wände ausgestellt waren. «Wir stellen eine Vielzahl unterschiedlicher Produkte in mehreren Sparten her, wie Sie vielleicht wissen. Woran genau ist Ihnen gelegen?» Wolf taxierte sie vorsichtig.

«In der Tat habe ich versucht, mir einen kleinen Überblick zu verschaffen, indem ich ausgiebig das Prospektmaterial Ihres Unternehmens studiert habe. Ihre Telegraphen und drahtlosen Telephonapparaturen sind mir durchaus bekannt, und ich habe noch heute Morgen in der Früh mittels eines Audions aus ihrem Hause den heutigen Wetterbericht empfangen.»

«Mit einem Liebhaber-Empfänger?», hakte einer der Mitarbeiter nach, und Ilka nickte.

«Unsere Sprottenkiste», witzelte Wolf. Der Spottname des bekannten Geräts war in der Bevölkerung inzwischen weit verbreitet. Der Mitarbeiter fügte hinzu: «Eigentlich ist das Ding veraltet. Seit Anfang des Jahres produzieren wir einen modernen Detektorenempfänger, der den alten Zweiröhren-NF-Verstärker nicht mehr benötigt.»

«Aber auch mehr als doppelt so viel kostet», erklärte Ilka, «wobei bereits die Sprottenkiste ohne Verstärker mit

250 Rentenmark für einen Privathaushalt immens teuer war.» Sie hatte sich gut vorbereitet. Dabei war ihr nicht daran gelegen, die Preispolitik des Unternehmens in Frage zu stellen. «Und für Übertragungen aus dem Vox-Haus sowie die üblichen Sendungen des Unterhaltungsrundfunks schlägt nochmals ein ordentlicher Gebührensatz zu Buche.»

«Das staatliche Fernmeldemonopol ist uns seit geraumer Zeit ein Dorn im Auge», sagte Wolf ernst. «Unseren Umsätzen ist das nicht zuträglich. Und die wenigen Ausnahmegenehmigungen für Funkamateure und Vereine schönen das Bild nur marginal. Wobei wir davon ausgehen müssen, dass die Zahl der Schwarzhörer und Radiobastler ein Vielfaches von den Gebührenzahlern ausmacht.»

«Wahrscheinlich ein Hundertfaches», spekulierte Ilka.

«Vielleicht sogar noch mehr», betonte Wolf. «Wir dürfen nicht direkt an die Kunden verkaufen, und die Reichs-Rundfunk-Gesellschaft erhebt zu hohe Gebühren. Also lassen sich die Leute was einfallen. Verständlich. Bislang sind es mehr die Großsendeanlagen für die Rundfunkanstalten als die Empfangsgeräte, die den Großteil unseres Umsatzes in dieser Sparte ausmachen.»

«Und die Geräte in anderen Sparten?», fragte Ilka und machte sich unaufhörlich Notizen, obwohl es sie eigentlich nicht interessierte. Aber sie wollte nicht gleich mit der Tür ins Haus fallen. Alles schön der Reihe nach.

«Da reiche ich das Wort am besten an unseren Technischen Direktor, Herrn Hahnemann weiter», meinte Wolf bescheiden und blickte auffordernd den älteren der beiden anderen Männer an. «Ich bin ja selbst erst ein halbes Jahr im Direktorium, und insbesondere die technischen Innovationen aus der Zeit von Direktor Held sind mir im Detail noch nicht zur Gänze geläufig.»

Hahnemann nestelte verlegen an seinem Revers und rang um die richtigen Worte, die er mit einem Verweis darauf einzuleiten versuchte, dass er selbst auch erst seit kurzer Zeit die technische Leitung der Lorenz AG übernommen habe. Man merkte ihm an, dass er kein Mann des Wortes war. Vielmehr der leitende Ingenieur, der es gewohnt war, technische Details mit seinen Mitarbeitern und Fachkräften zu erörtern, wobei er gelernt hatte, dass Außenstehende von elektrophysikalischen Dingen in der Regel nichts verstanden und seinen Schilderungen eh nicht zu folgen vermochten. Und nun sah er sich damit konfrontiert, auch noch einer Frau Rede und Antwort stehen zu müssen. Er wirkte beinahe hilflos. «Wir haben da einerseits die elektromechanische Sparte, das sind Signal- und Transportanlagen, etwa Rohrpostsysteme und vollautomatische Feuermelder ... dann äh ... die elektrischen Zündanlagen für Automobile und Generatoren, Lichtmaschinen ... äh ... funkenfreie Sicherheitsanlagen für Anwendungen in kritischer Umgebung, etwa in Gruben und geschlossenen Maschinenräumen ... im Schiffbau ...»

«Zum Beispiel bei U-Booten?», warf Ilka ein. «Wobei Deutschland der Bau von U-Booten ja seit Kriegsende streng untersagt ist.»

«Ähm ... ja, natürlich.» Ein fragender Blick von Hahnemann in Richtung Georg Wolf, der daraufhin erklärte: «Viele der bisherigen Produktsparten mussten wir aufgrund der Versailler Verträge stark einschränken oder gar aufgeben. Natürlich waren Heeresamt und Marine bis zum Kriegsende mit unsere größten Auftraggeber.»

Ilka sprang ihm bei. «Aber das Herzstück Ihrer Firma, der Lorenz-Poulsen-Sender, findet natürlich auch im zivilen Sektor weiterhin seine Verwendung.»

«Im Hörfunk beispielsweise», bestätigte Wolf.

«Bleibt noch der Bereich Flugnavigation.» Endlich war es so weit. «Die Lorenz AG hält mehrere Patente für Navigationssysteme.» Sie blickte auf ihren Schreibblock.

Die Herren schauten sich überrascht an. «Da sind uns momentan die Hände gebunden», erklärte Wolf schließlich.

«Wegen der Auflagen und der Kontrollorgane der Siegermächte, wie ich annehme?» Für einen Augenblick schien sich die Situation zu entspannen. Wolf pflichtete ihr mit einem verständnisvollen Nicken bei. «Aber wie ich annehme, betreiben Sie zumindest weiterhin Forschung in dem Bereich?» Als Wolf nicht reagierte, schob Ilka nach: «Verboten ist ja nur die Produktion. Nicht die Forschung und Entwicklung, soweit mir bekannt ist.» Ein Lächeln umkräuselte Ilkas Lippen. «In Fliegerkreisen wird so manches gemunkelt. Von einem Landekursfunk ist dort die Rede.»

«Natürlich betreiben wir weiterhin Grundlagenforschung in der Sache ...» Wolf starrte sie mit unbewegter Miene an. «Darf ich fragen, woher Sie diese Informationen haben?»

Ilka lächelte spitzbübisch. «Ich bin selbst Pilotin», sagte sie. Hahnemann verschüttete vor Überraschung seinen Kaffee, als sich die drei Männer ungläubig anguckten. Sein Kollege rutschte nervös auf seinem Sessel hin und her, während der Technische Direktor vergebens seine Taschen nach einem Taschentuch durchsuchte. Die Überrumpelung war geglückt, und zuerst wagte niemand, etwas darauf zu erwidern.

Wolf fing sich als Erster. «Pilotinnen. Ja ...» Ein verlegenes Räuspern. «Davon hört man neuerdings immer häufiger ...»

«Die Nachrichten fallen wohl nur deshalb so ins Gewicht, weil es eben nicht der Regel entspricht», entgegnete Ilka. «Als Frau zu fliegen.»

«In der Tat.» Wolf schien sich uneins zu sein. Die Tatsache, einer Pilotin gegenüberzusitzen, beeindruckte ihn sichtlich. Zugleich war er sich nun darüber im Klaren, dass sie mehr Kenntnis von der Materie hatte, als man für gewöhnlich voraussetzen konnte. Und das schien ihm nicht geheuer zu sein.

«Unser Spezialist in der Sache, Herr Kramar, den ich Ihnen gerne vorgestellt hätte, weilt leider gerade im Ausland. Er forscht tatsächlich im Bereich eines Landefunkfeuers mittels Ultrakurzwellen. Aber wie Sie sich vorstellen können ... ist derzeit an einer Realisierung innerhalb Deutschlands überhaupt nicht zu denken. Die Auflagen ... Sie verstehen? Natürlich hoffen wir, dass wir im Ausland Abnehmer für diese Systeme finden können.»

«Natürlich.» Ilka nickte pflichtbewusst. «Herr Kramar weilt nicht zufällig gerade in Russland?»

Wolf zuckte nur kurz. Dann hatte er sich gefangen. Genug für Ilka, um zu erkennen, dass sie mit ihrer Vermutung ins Schwarze getroffen hatte. Wolf tat überrascht. «Wie kommen Sie darauf?»

«Nun, eine Zusammenarbeit Deutschlands mit Russland ist seit Rapallo in aller Munde. Und so abwegig erscheint mir der Gedanke nicht ...»

«Das mag sein», erwiderte Wolf. «Und eine Kooperation der Lorenz AG mit Russland hat es tatsächlich gegeben, aber das liegt viele Jahrzehnte zurück. Soweit mir bekannt ist, lieferte unser Unternehmen ein größeres Konvolut an Morsegeräten dorthin, und weil die Verträge voraussetzten, dass der Hersteller im Zarenreich beheimatet sein musste, gab es für einige Jahre sogar eine Zweigniederlassung in St. Petersburg. Aber das ist lange her.» Wolf machte eine wegwerfende Handbewegung und erhob sich. «Wie ich mir vorstellen kann, möchten Sie noch einen Rundgang durch unsere Produktionsstätten machen.» Es war deutlich, dass er das Thema nicht weiter vertiefen wollte. Er wies auf Herrn Hahnemann, der sich wie sein jüngerer Kollege gleichfalls erhob. «Direktor Hahnemann wird Sie durch alle Abteilungen begleiten, und falls dann noch Fragen offen sein sollten, stehe ich Ihnen selbstverständlich zur Verfügung.»

Die Produktionshallen und Fertigungsstätten waren durchaus interessant, und der Technische Direktor gab sich alle Mühe, Ilkas Fragen zu technischen Details und Produktionszahlen einfach und verständlich zu beantworten, wobei er selbst Wert darauf legte, besonders die Produkte vorteilhaft zu erklären, für die es keine vergleichbare Konkurrenz auf dem Markt gab. Sichtlich angetan war er von Ilkas Leica, die er neugierig in Augenschein nahm. Auch wenn sie nicht den Eindruck hatte, dass er ihr irgendwelche geheimen Abteilungen vorenthielt, fand sie nirgendwo Hinweise auf die Existenz einer Produktionsstätte von Navigationssystemen. Wenn es so etwas tatsächlich gab, dann musste die Abteilung von Herrn Kramar an einem anderen Ort beheimatet sein oder war tatsächlich bereits ins Ausland verlegt worden.

Wie beiläufig erwähnte der Technische Direktor, es gebe noch eine kleinere Anlage bei der firmeneigenen Funkstelle Eberswalde, von wo aus kurz nach Kriegsende die ersten Hörfunksendungen ausgestrahlt worden waren. Die Frage, ob die Lorenz AG über eigene Anlagen am Flugplatz Johannisthal verfüge, verneinte Hahnemann, und auch am im Bau befindlichen Flughafen Tempelhof gebe es keine firmeneigenen Einrichtungen, wie er betonte. Nach knapp zwei Stunden war der Rundgang beendet. Ilka bedankte sich für die Führung, verzichtete jedoch darauf, nochmals bei Direktor Wolf vorzusprechen. Er würde ihr keinerlei nähere Auskünfte über Produkte geben, die offiziell in Deutschland verboten waren. Umso sicherer war sich Ilka inzwischen, dass die Firma sehr wohl daran arbeitete. Und Wolf war Ilkas Frage, ob Kramar sich in Russland aufhielt, nur wenig elegant ausgewichen.

Als sie vom Teltowkanal in Richtung Droschkenstand abbog, hatte Ilka kurz das Gefühl, jemand würde ihr folgen. Sie beschleunigte den Schritt und kramte gleichzeitig in ihrer Tasche nach der Leica, hielt sie verdeckt vor sich und übertrug die geschätzten Zeit- und Blendenwerte auf die Camera. Die Entfernung konnte sie nur grob abwägen. Abrupt blieb sie stehen und drehte sich um. Aber noch bevor sie die Leica am Auge hatte, schwenkte der Mann im halblangen Mantel in einen Hof auf der anderen Straßenseite. Bis sie in der Droschke saß, tauchte er nicht wieder auf.

Auf dem Flugplatz Staaken hatte sich für heute Ernst Udet angekündigt. Er galt als einer der besten Piloten überhaupt, und Ilka kannte ihn bislang nur vom Hörensagen. Eine Gelegenheit, die sie sich nicht entgehen lassen wollte. Vielleicht ergab sich sogar die Möglichkeit einer gemeinsamen Flugrunde, auch wenn sich der *Laubfrosch* mangels zweiten Platzes dafür nicht anbot.

Als sie am Flugplatz ankam, bemerkte Ilka sofort, dass etwas nicht stimmte. Die Fahnen am Flugfeld vor dem Verwaltungsgebäude und an den Hangars waren auf halbmast geflaggt. Nicht nur in Schwarz-Rot-Gold. Nein, es waren auch einige Flaggen in den Farben des Kaiserreichs gehisst worden und flatterten unregelmäßig mit jeder Böe. Eine bemerkenswerte Stille lag über der Anlage. Wo sonst Flieger und Schüler in kleinen Gruppen um die Maschinen herumstanden, herrschte gähnende Leere. Irgendetwas musste passiert sein.

Ilka zahlte die Droschke und schleppte den Sack mit den Fliegerutensilien über den Vorplatz zum Casino. Auch hier keine Menschenseele. Wie es den Anschein hatte, waren alle Anwesenden im Hof versammelt, wo jemand eine Rede hielt. Vom Fenster des Casinos aus konnte sie beobachten, was dort vor sich ging. Ein Wimpel der Fliegerstaffel Udet war gehisst worden. Die anwesenden Piloten standen Spalier. Die Zeremonie erinnerte Ilka fast an einen militärischen Zapfenstreich. Sie suchte die Reihe nach bekannten Gesichtern ab, konnte aber kaum jemanden zuordnen. Von Bormann war nichts zu sehen, und auch Behrend konnte sie nirgendwo ausmachen.

«Sie komm' zu spät», hörte sie es aus dem hinteren Bereich des Casinos und drehte sich erschrocken um. Der Wirt stand hinter dem Tresen und trocknete Gläser ab.

«Was ist das für eine Zeremonie? Wird die Udet zu Ehren abgehalten?»

«Nee», meinte der Wirt barsch. «Dit machen se immer so, wenn's eenen awischt hat. War schon zu Kriegszeiten so. Wird sich nich ännern.»

«Wie? Jemanden erwischt?»

«Wat wohl? Abjestürzt ebent. Kommt vor.» Der Wirt zuckte ungerührt die Schultern. «Eener vonne Staffel. Oben bei de Russkis, wie se jesagt ham.»

«Von den Fliegern in Lipezk?», fragte Ilka. «Haben Sie einen Namen?» Ihr schwante Schreckliches.

«Keene Ahnung, wo det war. Nee. Wartense ab, wa? Die komm' gleech rinn und kipp'n Kurze. Och det is' Tradition, glohmse mia. Dann hörnse, wen's awischt hat.»

Ilka merkte, wie sie zitterte. «Haben Sie keinen Namen? Sie kennen die Piloten von hier doch alle!»

«Kenn ick vom Sehn, abba doch nich mitte Anrede, wa?»

Als die Männer das Casino betraten, stellte sich Ilka dem Erstbesten in den Weg. «Wer ist es?», fragte sie mit brüchiger Stimme, aber der junge Mann schob sie beiseite. «Keine Ahnung. Kannte ich nicht. Soll beim Landeanflug angeblich von einer Böe erwischt worden sein. Blöde Sache. Passiert halt.» Ilka stellte sich vor den Zweiten, der einige Kriegsorden an der Jacke trug. «Wen hat es erwischt?»

«Einen von den Udet-Fliegern», entgegnete der. «Der hat deswegen det heutige Schaufliegen auch abjesagt. Is' ja zu verstehn ...»

«Haben Sie einen Namen?»

«Steht draußen an der Tafel», meinte der Mann mürrisch. «Einer von Adel. Deswegen wohl auch der Aufstand. Tragisch allemal, aber im Kriech hat es so 'ne Bekunnungen nich gehm. Reichsflagge druff, Tusch und gut, wa?» Er ging weiter zum Tresen, wo der Wirt eine Batterie von Schnapsgläsern aufgereiht hatte, und Ilka drängte gegen den Strom der Männer nach draußen. Wortfetzen schnappte sie auf, sie vermengten sich mit einem Rauschen in ihren Ohren: *«Soll bei der Landung ins Trudeln gekommen sein»*, hörte sie ... *«Vielleicht doch ein Aussetzer der Maschine»* ... *«Immer 'n schwieriges Manöver mit Luft von hinten»* ... *«Und dann noch in der Dunkelheit»* ... *«Kann jedem von uns passieren»* ... *«Die Maschine jedenfalls soll völlig hinüber sein»* ... Schließlich stand sie vor einer Schiefertafel, die von zwei schlichten Kränzen eingerahmt wurde. Neben den Lebensdaten und den Insignien der Staffel stand der Name: Johann von Storck. Ihr traten Tränen in die Augen.

«Und warum nimmt dich das so mit?» Käthe las in einer Beilage der *Illustrierten Rundschau*. Ilka war irgendwo zwischen Cognac und Linie. Sie konnte immer noch nicht glauben, was passiert war. Warum ausgerechnet Johann? Sie hatte ihn so sehr gemocht. Und jetzt das. Es konnte, es durfte einfach nicht sein. Und doch war es so, schien unabwendbare Realität. Sie hatte den Namen auf der schlichten Schiefertafel vor Augen, und immer wieder verschleierten Tränen ihren Blick. Sie sah Johann, wie er zu seiner Fokker schritt, seinen stolzen Gang. Alles Geschichte. Aus und vorbei. Ihr kam seine Korrespondenz in den Sinn. Die Briefe.

«Lass mich einfach. Es geht schon», antwortete Ilka schließlich. Sie nahm Johanns Brief und überflog die Zeilen wieder und wieder. Dann hielt sie die verschlossenen Couverts in den Händen, die sie hätte aufgeben sollen. Sie haderte damit, sie zu öffnen. Eigentlich hatte sie vor, sie persönlich zu überreichen. So viel zumindest. Aber sie musste wissen, was vorgefallen war. Sie bereute ihren Entschluss sofort, nachdem sie das grobe Couvert aufgeschlitzt hatte. Der Brief begann mit «*Geliebter Daniel*». Beschämt wendete sie den Blick ab. Was hatte sie erwartet? Es war, wie sie vermutet hatte. Sie wusste es ja. Auch wenn er einen Daniel ihr gegenüber nie erwähnt hatte. Sie würde den Brief abgeben, natürlich. Aber sie wollte wissen, worum es ging, und las weiter:

Du hattest recht mit Deiner Vermutung, es könnte Größeres dahinterstecken. Wahrscheinlich ist es sogar noch viel schlimmer. Es scheint ein System zu geben, ein perfides System der Geheimhaltung. Auch wenn die Verträge, die Stahr mit uns Fliegern abgeschlossen hat, offiziell privater Natur sind, ist Sinn und Zweck dieses Ortes und unseres Tuns hier eindeutig militärisch geprägt, obwohl die Flugzeuge keine Hoheitszeichen tragen und wir keine Uniformen. Wir fliegen ein fast zwanzig Quadratkilometer großes Bombenabwurfgebiet an. Alle Maschinen sind mit neuesten Maschinengewehren bestückt, teilweise doppelt. Besonderer Wert wird auf tiefen Formationsflug gelegt. Der Landekursfunk diente wohl mehr als Vorwand. Die Technik ist bislang nicht zum Einsatz gekommen, und ich weiß auch nicht, ob sie überhaupt funktioniert. Ich frage mich, welche Interessen dahinterstecken und wer es finanziert. Die Flugzeuge hier sind direkt aus den Niederlanden gekommen. Verhandlungspartner von Baranow war Oberst Thomsen, wie Du es sagtest. Und Thomsen weist Stahr an. Aber wer steht hinter Thomsen? Von der Infrastruktur eines Flugplatzes kann hier noch nicht die Rede sein. Wir haben das Startfeld und ein paar Unterstände. Einen Beobachtungsturm, der nicht einmal überdacht ist, und eine provisorische Waffenmeisterei sowie ein kleines Tanklager ohne jegliche Sicherheitszone. Drum herum stehen die Russen, die sind spätestens um drei Uhr nachmittags voll mit Vodka. Ein Wunder, dass noch nichts passiert ist, wenn sie ihre Gefalteten rauchen. Unterstände, Hallen, ein Casino und die Sanitäranlagen sind im Bau. Bislang müssen wir uns in die Büsche schlagen. Unsere Wohnunterkünfte liegen direkt in Lipezk.

Zweibettzimmer. Es ist etwas grausam. Ich muss viel an Dich denken. Vor allem wenn gefeiert wird. Seit die vierte Fliegerabteilung des Rote-Armee-Geschwaders hier stationiert ist, besteht der halbe Ort aus schlecht zusammengezimmerten Bordellen und billigen Nutten. Es ist zum Heulen. Langsam gehen mir die Ausreden aus. Bis Ende August werde ich durchhalten.
Ich vermisse Dich, Geliebter, umarme und küsse Dich,
Joschi

Ilka faltete den Brief und hatte Tränen in den Augen. Konnte sie das? Die Nachricht vom Tod des Absenders überbringen? Ja, sie konnte, sie musste es. Vielleicht war es gut, sich wieder einmal in Hamburg blicken zu lassen. Nicht nur, weil sie ihre Familie schon seit ihrer Amerikareise nicht mehr gesehen hatte, sondern auch um ihre vermögensrechtlichen Angelegenheiten zu regeln. Das schob sie schon seit Monaten vor sich her. Jetzt gab es einen zusätzlichen Grund. Die Vermögenssteuer war vor kurzem geändert worden, und zumindest für die in Deutschland verbliebenen Werte war es notwendig, dass sie Rücksprache hielt. Insbesondere wegen der Immobilien. Ihr Vermögen in Schweden war davon nicht betroffen. Sie hatte immer noch einen deutschen sowie einen schwedischen Pass, den Tures Vater ihr damals während des Krieges organisiert hatte.

Ilka raffte, was ihr einfiel, in die große Reisetasche. Gleich morgen wollte sie los. Nur das Allernötigste. Den Rest konnte sie sich in Hamburg besorgen. Der Wetterfunk hatte schwachen Westwind, Wolken, aber nur wenig Regen vorhergesagt. Ideale Flugbedingungen also. Nicht mehr so heiß wie im Juli. Ilka plante einen Flug auf Sicht. Ihrem Bruder David hatte sie telephonisch ihre Ankunftszeit in Fuhlsbüttel mitgeteilt. Mit etwa drei Stunden Flugzeit war zu rechnen. Am liebsten wäre sie sofort aufgebrochen. Aber der Bericht für Georg musste noch fertig geschrieben werden, und auch der Artikel über die letzte Ausstellung in der Sturm-Galerie hätte längst in der Redaktion sein müssen. Eigentlich fehlten nur noch die Zitate von Herwarth Walden und das Interview mit Lothar Schreyer, dem Chefredakteur von Waldens Zeitschrift. In der Hoffnung, ein wenig Ablenkung zu finden, schenkte sich Ilka einen doppelten Cognac ein und flüchtete an die Schreibmaschine.

Um elf Uhr am nächsten Tag hob der *Laubfrosch* in Staaken ab. Zuerst dachte Ilka, das Fliegen würde sie auf andere Gedanken bringen, aber Johanns Tod blieb allgegenwärtig. Vielleicht, weil er auch Flieger gewesen war. Sie waren nie zusammen geflogen, wenn sie auch gemeinsam in der Luft gewesen waren. Vor allem über den Inhalt des Briefes zerbrach sich Ilka den Kopf. Von einem Daniel Puttfarcken hatte ihr Johann nie etwas erzählt, auch nicht, dass er einen Freund in Hamburg hatte, einen Geliebten. Ilka fand dieses Wort für Männer merkwürdig. Nicht unpassend, vielmehr ungewöhnlich. Natürlich hatte sie gewusst, dass Johann schwul war. Er hatte auch kein Geheimnis daraus gemacht. Zweifellos war es anmaßend, dass sie den Brief gelesen hatte, aber das Verlangen, mehr über Johanns Zeit in Russland zu erfahren, war einfach zu groß gewesen. Konnte sie diesem Daniel gegenübertreten? Ihm mitteilen, dass Johann abgestürzt war, dass er tot war? Der Inhalt des Briefes hingegen verwirrte sie. Vor allem, weil Johann den Namen Baranow erwähnt hatte. Parabellum hatte von Baranow gesprochen, dem Chef der russischen Luftstreitkräfte, der sich angeblich in Berlin aufhielt. Die anderen Namen in dem Brief sagten ihr nichts. Aber wie es klang, musste dieser Daniel mehr Einzelheiten kennen. Man konnte die Zeilen so deuten, dass Johann vielleicht sogar von ihm über die Hintergründe der russisch-deutschen Zusammenarbeit informiert worden war. Sie würde es erfahren. Allein deshalb musste sie Daniel Puttfarcken gegenübertreten.

Der seichte Lupfer der rechten Tragfläche vergegenwärtigte Ilka, dass sie unkonzentriert war. Der Wind hatte etwas aufgefrischt. Sie korrigierte die Stellung des Höhenruders. Mit einem Blick auf den Kompass kontrollierte sie ihren Kurs. Sie flog über die Wustermark streng in Richtung Westen. Am Horizont konnte sie bereits das Flussbett der Havel ausmachen. Kurz danach würde der Elbstrom in Sicht kommen. Der Höhenmesser zeigte fast zweihundert Meter. Alles lief gut. Die Wolkendecke lag deutlich über ihr. Nur jetzt kein Regen, dachte sie und schickte ein Stoßgebet zum Himmel. Die Ledersachen würden sie zwar schützen, brauchten aber mindestens einen Tag, um durchzutrocknen.

Hinter Havelberg wurde sie von einer grau-blauen Heinkel überholt. Das Flugzeug flog keine dreißig Meter über ihr, und der Pilot musste sie auf jeden Fall gesehen haben. Trotzdem war er unhöflich genug, ihr Wippen mit den Tragflächen nicht zu erwidern. Es war eigentlich üblich, dass man zurückgrüßte. Ilka bediente sich aus der Proviantbox und spendierte sich einige Leibniz-Kekse. Danach ein Schluck Wasser aus der Aluminiumflasche. Ab Wittenberge begann der Elbstrom zu mäandern. Sie war die Strecke noch nie geflogen, hatte sich aber alles auf der Karte gut eingeprägt. Die Elbtalauen breiteten sich vor ihr aus, und Dömitz lag in greifbarer Nähe. Ilka leitete einen sanften Sinkflug ein und reduzierte die Flughöhe. Es war einfach zu schön, über Flüsse zu fliegen. Endlich kam sie dazu, die Freiheit des Fliegens in ihrer ganzen Pracht zu genießen. Johanns Tod blieb für einen Augenblick ausgeblendet. Die Abstände der Orte verringerten sich. Es folgten Boizenburg, dann das malerisch gelegene Lauenburg, kurze Zeit später Geesthacht, bis langsam die städtische Silhouette von Hamburg erschien. Der Umriss der Alster als markanter Wegepunkt, der See in der Stadt. Keine ihr bekannte Stadt bot von oben einen solch spektakulären Anblick. Hier hatte sie ihre ersten Lebensjahre verbracht. Feldbrunnenstraße. Sie erinnerte sich noch an alle Details.

Von dort aus Richtung Norden zum Stadtrand. Der Alsterlauf war kaum auszumachen, aber das Grün des Stadtparks diente ihr als Orientierung, genau wie das sommerliche Grün des Ohlsdorfer Friedhofs, zwei Oasen inmitten des städtischen Wildwuchses. Zur Linken das Niendorfer Gehege, weit dahinter der Altonaer Volkspark. Von hier oben sah alles so klein und eng beieinanderliegend aus, dabei trennten die Stadtteile am Boden Stunden. Rauchfahnen aus diversen Schloten kräuselten sich ihr entgegen, lösten sich um sie herum in einem diffusen Meer brauner Wölkchen auf. Die Landebahn in Fuhlsbüttel war verlängert worden. Ilka erkannte es am Farbspiel der Piste. Als sie den *Laubfrosch* aufsetzte, wurde ihr kurz warm ums Herz. Langsam schob sie die Fliegerbrille zurück hinter die Kappe. In der Auslaufzone erkannte sie die grau-blaue Heinkel. Sie konnte nur Minuten vor ihr gelandet sein.

Kapitel 3
*Sonnabend, 1. August 1925,
nachmittags*

☿

David erwartete sie in der großen Halle. Die Junkers trug eine schwedische Kennung. Da war es obligatorisch, dass Ilka vorher durch die Zollkontrolle musste. Aber ihr deutscher Pass erleichterte das Prozedere deutlich. Im ersten Moment erkannte David sie nicht, was an der Fliegermontur liegen mochte. Er konnte ja nicht ahnen, dass sie selbst geflogen war. Erwähnt hatte sie es zumindest nicht. Und auch ihren *Laubfrosch* konnte er nicht kennen. David staunte nicht schlecht, als sie ihm um den Hals fiel. Das hatte sie schon immer so getan. Er hatte sich nicht verändert. Immer noch der vollbärtige Recke von fast zwei Meter Größe. Kräftig schlossen sich die muskulösen Arme hinter ihrem Rücken und drückten sie an seine Brust. David war inzwischen siebenundvierzig. Blutsverwandt waren sie nicht. Ihre Eltern hatten ihn adoptiert, als er etwa fünfzehn gewesen war. Für Ilka war er trotzdem immer ein richtiger Bruder gewesen. Der *große* Bruder. Und das würde sich auch nicht ändern.

«Donnerwetter.» David schob sie mit ausgestreckten

Armen etwas auf Distanz und betrachtete sie kopfschüttelnd. «Meine Hübsche. Ich kann es gar nicht glauben. Du wirst immer schöner.» Er zog sie wieder an sich und gab ihr einen Kuss auf die Stirn. «Und dann der Bubikopf. Steht dir ausgezeichnet. Wie lange haben wir uns nicht gesehen? Aber dass du selber fliegst … Seit wann denn das?»

«Seit fast zwei Jahren schon, alter Charmeur», entgegnete Ilka. «Und seit letztem Jahr habe ich auch eine eigene Maschine.» Als sie draußen waren, zeigte sie David die Junkers, die neben anderen Flugzeugen am Rande des Vorfeldes stand. Das Cockpit hatte sie mit einer Plane abgedeckt. «Mein kleiner *Laubfrosch*», meinte sie stolz, nachdem David sie auf die Farbe angesprochen hatte. Dann deutete sie auf die riesige Halle, deren Seitenflügel sie eben verlassen hatten. «Das macht ja richtig was her. Ich habe in der Zeitung über den Bau gelesen, aber so groß habe ich mir das Ganze nicht vorgestellt.» Mit der im Bau befindlichen Anlage in Tempelhof war die Halle natürlich nicht zu vergleichen, dennoch hatte sie bestimmt Ausmaße von über fünfzig Metern und war bestimmt über sechs Meter hoch. Die seitlichen Anbauten waren mindestens zweigeschossig.

«Da kommst du genau richtig», meinte David. «Ist gerade fertig geworden. Am Montag gibt es einen Festakt zur offiziellen Einweihung. Mit Flugschau und so.»

«Hamburg auf dem Weg zur Weltstadt», ulkte Ilka. Sie hatte von sechsunddreißig täglichen Starts und Landungen im Streckendienst gehört. Das war natürlich ein Witz gegenüber den Starts von Berliner Flughäfen.

«Aber dafür gibt es ja den Hafen.» Das war aber auch das Einzige, was Hamburg der Hauptstadt voraushatte.

David griff nach ihrem Gepäcksack und warf ihn sich über die Schulter. «Jetzt fahren wir erst mal zu uns. Du willst dich bestimmt etwas frisch machen. Liane und ich haben letztes Jahr eine Wohnung in Rotherbaum bezogen. Da kannst du auch wohnen. Wir haben genug Platz.»

«Was ist mit Ohlstedt?», fragte Ilka neugierig. «Wie geht es Vater und Mutter?»

«Hatte ich das bei unserem Telephonat nicht erwähnt? Die beiden sind für drei Wochen in Paris. Tilda ist dort auf einem Sozialisten-Kongress, und Vater wollte sie nicht allein reisen lassen. Die Villa in Ohlstedt ist etwas verwaist, seit Liane und ich ausgezogen sind. Aber die Wegstrecken zu unseren Arbeitsstätten sind so einfach komfortabler zu bewerkstelligen. Agnes hält zwar in Ohlstedt die Stellung, aber so wie früher ist es dort nicht mehr. Vater ist doch sehr alt geworden. Das merkt man jetzt. Er ist gar nicht mehr gut unterwegs. Ich finde es erstaunlich, dass er nach Paris mitgefahren ist.» David deutete auf den Wagen, der auf dem Vorplatz parkte. «Tildas alter Brennabor. Hab ich mir ausgeliehen, solange die beiden in Paris sind. Normalerweise habe ich ein Motorrad, und Liane kann sogar zu Fuß zur Arbeit gehen.»

«Arbeitet sie immer noch im Curiohaus? Wo genau liegt eure Wohnung?»

David nickte und verstaute das Gepäck im Kofferraum. «In der Hartungstraße. Das ist fast um die Ecke. Gemütliche drei Zimmer mit Küche und sogar mit Bad und kleinem Balkon. Eins von den Zimmern ist für dich reserviert.»

«Aber nur vorübergehend», warf Ilka ein. «Falls ich länger bleiben sollte, werde ich euch nicht auf die Nerven fallen und mir ein Hotelzimmer nehmen.» Vor allem aber stand sie nicht gerne unter Beobachtung.

Nachdem sie ein Bad genommen hatte und ihre rustikale Kleidung gegen ein knapp über die Knie reichendes, eng anliegendes Kleid getauscht hatte, trat sie David gegenüber, der sie etwas irritiert musterte. «Ein richtiges Flapper-Girl ist aus dir geworden», bemerkte er, während sie sich an den Küchentisch setzte und sich eine Zigarette anzündete. «Aber so willst du nicht auf die Straße, oder?»

Sie blickte an sich herab. «Aber ja doch. Später. Ich dachte, du zeigst mir ein paar anrüchige Spelunken, wo ich tanzen kann. Wenn es dunkel geworden ist. Und vorher gehen wir in einem schönen Lokal essen.»

David rümpfte die Nase. «Ich glaube, da muss ich dich enttäuschen. Wenn Liane heimkommt, essen wir gewöhnlich zu Abend und unterhalten uns noch ein wenig auf dem Sofa.»

«Tritt Liane nicht mehr in Varietés auf?»

«Nein, dafür hat sie keine Zeit mehr.» David schien es etwas unangenehm zu sein. «Die Arbeit im Curiohaus nimmt sie inzwischen voll in Anspruch. Und außerdem ist sie auch nicht mehr in dem Alter, wo man über die Bühnen tingelt.»

«Oh, Berlin würde ihr gefallen», meinte Ilka. «Wenn

ich all das zusammenzähle, was ihr früher so am Herzen gelegen hat, würde sie sich in Berlin pudelwohl fühlen. Auf den dortigen Bühnen gibt es nichts, was es nicht gibt. Von amourösen Grotesken, politischem Kabarett ... bis hin zu tingelnden Transvestiten.»

«Ist es wirklich so schlimm?»

«Schlimmer noch», meinte Ilka mit einem Grinsen. «Berlin bebt. Sieh mich an ...»

«Ich mag gar nicht hinschauen.» David rollte demonstrativ mit den Augen. «Was machst du?»

«Mich amüsieren? Nein, im Ernst. Ich bin nach wie vor bei Ullstein angestellt. Schreibe für die *Vossische*, redigiere Texte, bringe Berichte und Reportagen, bin für Ullstein aber auch in literarischen Angelegenheiten unterwegs und mache Verträge, in Paris, selbst in den Vereinigten Staaten. Ich kann mir nichts Schöneres vorstellen.»

David nahm sich eine von Ilkas Zigaretten. «Das freut mich für dich. Aber sag ... findest du deinen Auftritt nicht etwas ... hmm ... gewagt? Ich meine ... der Stoff ist doch sehr transparent.»

«Ach, nun hab dich nicht so.» Ilka nahm einen tiefen Zug aus der Zigarette und blies den Rauch durch die Nase aus. «Dieser Schnitt und die Tuff-Stoffe sind der letzte Schrei. Es ist ja nicht so, dass ich darunter nichts anhätte.»

David räusperte sich. «Es sieht aber fast so aus.»

Das war wieder typisch David. Der geborene Gewerkschaftler und Sozialdemokrat, für den Frauen in praktischer Arbeitskleidung und züchtigem Äußeren zu stehen hatten. Und das, wo Liane früher die extrovertierteste

Person war, die Ilka je kennengelernt hatte, was zugegebenermaßen durch ihre körperliche Erscheinung begünstigt worden war. Liane war fast so groß wie David, spindeldürr und hatte früher die raffiniertesten Frisuren wie aufgetürmte Kunstobjekte getragen. Dazu war sie erklärte Anhängerin der Freikörperkultur und wahrscheinlich auch bei ihren Varietéauftritten alles andere als sittsam gewesen. Es mochte also an Davids fortgeschrittenem Alter liegen, vielleicht auch an dem etwas disziplinierten Moralkodex dieser Stadt. Ob es ihn wirklich störte, wollte Ilka gar nicht so genau wissen. Dafür war sie nicht gekommen, und sie hütete sich davor, David zu erzählen, wie wunderbar lotterhaft das Berliner Nachtleben inzwischen war und wie sie selbst lebte. Auch das ein Grund, die Gastfreundschaft in diesem Hause nicht über die Maßen zu strapazieren. «Was macht Robert eigentlich?», fragte sie, um vom Thema abzulenken.

«Dank Vaters Empfehlung studiert er tatsächlich Rechtswissenschaften. In Tübingen. Ich habe lange nichts von ihm gehört. Eigentlich müsste er in diesem Jahr fertig werden.» David drückte die Zigarette im Aschenbecher aus. «Und du? Was führt dich nach Hamburg?»

«Der Anlass ist nicht so schön. Ich muss eine Todesnachricht überbringen. Das steht mir etwas bevor ... Ich hab so was noch nie gemacht. Aber ich denke, ich werde es durchstehen. Und dann muss ich mich mit Dr. Hansen von der Donner-Bank treffen. Da geht es um vermögensrechtliche Angelegenheiten, um den Nachlass von Onkel Martin. Dr. Hansen schrieb mir, dass ein Treffen sinnvoll sei, aber ich habe noch keinen festen Termin ausgemacht. Von daher darfst du das Programm bestimmen.»

«Jemand ist gestorben? Warum sagst du mir das erst jetzt? Jemand, der dir nahestand?»

«Ja», sie hielt inne. «Ein Freund. Ein guter Freund, der bei einem Flugzeugabsturz ums Leben gekommen ist.»

«Das tut mir leid, Ilka. Brauchst du meine Hilfe?»

«Nein. Sorg du nur dafür, dass ich abgelenkt bin.»

David sah ihr prüfend in die Augen. «Also gut. Was mein, nein, unser Programm betrifft ... Morgen ist eine *Nie-wieder-Krieg*-Kundgebung auf der Moorweide. Danach hält Senator Paul Neumann eine Festrede im Gewerkschaftshaus. Ich bin eingebunden, muss also dort sein. Am Nachmittag bin ich mit Liane im Zoologischen Garten zum Sonntagskonzert verabredet. Da kannst du gerne mitkommen, wenn du möchtest.»

«Immer noch der engagierte Gewerkschaftler?»

«Soweit meine freie Zeit es zulässt, ja. Seit Professor Schumacher mich zu seiner rechten Hand gemacht hat, habe ich davon aber nur noch sehr wenig. Die Arbeit im Hochbauamt nimmt mich richtig gefangen. Das liegt auch daran, dass Schumachers Projekte phantastisch sind. Ich kann dir nur einen Besuch im neuen Freilichttheater im Stadtpark empfehlen. Und das Trocadero soll demnächst wiedereröffnet werden.»

Ilka wusste nicht einmal mehr, wo und was das Trocadero überhaupt war. Sie war abgelenkt. In Gedanken befasste sie sich mit der Topographie dieser Stadt, soweit das noch abrufbar war. Puttfarcken wohnte in der Hansastraße. Die Verortung von Stadtteilen und Richtungen bereitete ihr Probleme, wenn sie am Boden war. Die Lage der Alster wusste sie von der Feldbrunnenstraße aus zu bestimmen und ihre Schule konnte sie noch erkennen, den Schulweg. Als sie nach Ohlstedt gezogen waren, war alles aus den Fugen geraten. Kurze Zeit später war sie nach Schweden gegangen. In Stockholm kannte sie sich besser aus als in Hamburg. Noch besser natürlich in Berlin, keine Frage. Von Vorteil war, dass in Hamburg jeder Stadtteil seine Eigentümlichkeiten hatte. Anders als in Paris, wo jede Kreuzung gleich wirkte, soweit man nicht irgendein markantes Erkennungszeichen sehen konnte, für das die Stadt bekannt war – den Eiffelturm, den Louvre, die Oper, die Seine oder die Avenue des Champs-Élysées.

«Hast du einen aktuellen Stadtplan, den du mir leihen kannst?»

«Als kleine Orientierungshilfe.» David legte ein auf Buchformat gefaltetes Heft auf den Küchentisch. «Den darfst du behalten. Wir haben im Amt so viele davon. Er ist jedoch vom letzten Jahr. Die neuesten Bauten sind noch nicht verzeichnet, und auch die eingezeichneten Linien der Öffentlichen stimmen vielleicht nicht mehr. Was suchst du denn?»

Ilka blätterte im Straßenverzeichnis. «Hansastraße. Blatt XI, A4 und B4.»

«Na, die ist gleich hier um die Ecke.» Bevor Ilka die Koordinaten auf dem Plan gefunden hatte, zeigte David mit dem Finger auf einen Abschnitt, der wie mit dem Lineal gezogen nur aus rechtwinklig zueinander angeordneten Straßen bestand. «Das ist in Richtung Innocentiapark. Da kannst du von hier aus zu Fuß hingehen. Sind keine zehn Minuten.»

«Eigentlich wollte ich das ja morgen erledigen», meinte Ilka und verzog das Gesicht. «Andererseits ... wenn das so nah ist. Dann bringe ich es besser gleich heute hinter mich.» Sie schaute zur Uhr, dann streifte sie sich eine Jacke über und griff nach ihrer Handtasche.

«Soll ich dich begleiten?», fragte David.

Ilka zögerte einen Augenblick, dann schüttelte sie den Kopf. «Nein, das geht schon. Ist ja keine Familienangelegenheit. Zum Abendessen bin ich zurück.»

Es stand ihr jedoch mehr bevor, als sie sich eingestehen wollte. Sie wusste nicht, was sie erwartete. Dabei konnte sie sich ausmalen, wie jemand reagieren würde, wenn man ihm vom Tod des Partners erzählte. Sie würde sich erst einmal als Botin zu erkennen geben und sich dann Stück für Stück vorarbeiten, bloß nicht mit der Tür ins Haus fallen. Aber auf keinen Fall durfte sie kneifen. Das war sie Johann schuldig. Außerdem interessierten sie die Hintergründe. Das, was Johann in seinem Brief angedeutet hatte. Daniel Puttfarcken musste mehr über Lipezk wissen.

Eigentlich hatte Ilka doch eine Droschke nehmen wollen, statt zu laufen, aber es bot sich keine Gelegenheit. Auf dem Weg zur Hansastraße hatte sie kein unbesetztes Gefährt ausmachen können, und inzwischen lohnte es wirklich nicht mehr. Nach nicht einmal zehn Minuten stand sie vor der gesuchten Hausnummer. Im Gegensatz zu den anderen Häusern der Straße, die etwa zu ihrer Geburt gebaut worden sein mussten, schien das Haus mit der Nummer 8 älter zu sein, war frei stehend und etwas von der Straße zurückgesetzt. Bemerkenswert war die große Anzahl geparkter Automobile in der Straße. Die Villen standen in Reihe, und es gab weder Auffahrten noch Garagen. Und so stand vor fast jedem Gebäude ein Wagen. Vor der Hausnummer 8 sogar drei an der Zahl. Ilka öffnete die Gartenpforte und ging einen schmalen Weg bis zur Haustür. Dort waren drei Namen angeschlagen. Puttfarcken zierte ein Pfeil mit dem Hinweis aufs Erdgeschoß. Die Tür stand offen. Der Geruch von Lysol und Bohnerwachs schlug Ilka im Treppenhaus entgegen. Sie zögerte einen Augenblick, dann betätigte sie die Drehschelle an der Wohnungstür, und ein schnarrendes Rasseln war zu vernehmen, nach kurzer Zeit Schritte. Die Tür öffnete sich einen Spaltbreit.

«Ja, bitte?»

Ilka blickte in ein Gesicht, dass die Züge eines griechischen Olympioniken hatte, ein kräftiger Kiefer mit einem schmalen Mund, eine überaus große, spitz zulaufende Nase, kurzgeschorenes, allerdings blondes Haar. Kleine, weit hinten liegende Ohren und ein stechender Blick, der sie kurz erschaudern ließ. «Herr Puttfarcken?»

«Was möchten Sie denn?» Aus den hinteren Räumlichkeiten vernahm Ilka Geräusche und Stimmen.

«Ich bin eine Bekannte von Johann ...» Fast hätte sie «Joschi» gesagt, aber dieser Kosename stand ihr nicht zu. Das Zögern des Mannes ließ sie ahnen, dass es sich nicht um Daniel Puttfarcken handeln konnte. «Aus Berlin.»

«Was möchten Sie denn von Herrn Puttfarcken?», wiederholte der Mann und öffnete langsam die Tür. Er betrachtete sie interessiert, wobei sein Blick langsam an ihr hinabglitt.

Ilka war verunsichert. «Ich habe einen Brief für ihn, den ich überbringen soll.»

«Ist das die K4?», hörte sie jemanden von hinten rufen. «Wird auch Zeit, dass die endlich anrücken!»

«Nein! Ist es nicht!», rief der Mann verärgert zurück. Dann sagte er zu Ilka gewandt: «Rosenberg. Sie gestatten?» Er zog eine Marke aus der Weste. «Kriminalpolizei. Hier ... Hier ist ein Verbrechen geschehen. Wenn Sie bitte eintreten wollen?»

Ilka schwindelte. «Herr Puttfarcken? Ist ihm etwas geschehen?»

«Das kann man so sagen», antwortete der Beamte. «Herr Puttfarcken ist tot.»

Mit allem hatte Ilka gerechnet, mit einem Nervenzusammenbruch, mit Heulkrämpfen vielleicht, aber nicht damit. Sie strauchelte über die Türschwelle. Der Beamte machte Anstalten, sie stützen zu wollen, aber sie fing sich. «Das darf doch nicht wahr sein ...»

«Kommen Sie bitte herein. Keine Angst, der Leichnam wurde schon abgeholt. Kann ich Ihnen ein Glas Wasser ...?»

«Was ist denn passiert?» Ilka versuchte ihre Gedanken zu ordnen. Johann abgestürzt, tot. Puttfarcken, ebenfalls tot. Hatte er schon vom Tod des Geliebten erfahren? Hatte er sich umgebracht? Nein, der Mann hatte von einem Verbrechen gesprochen. «Sie entschuldigen bitte ...» Ilka nahm auf dem erstbesten Stuhl Platz. «Damit hatte ich nicht gerechnet.»

«Mit so etwas rechnet man nie», meinte Rosenberg. «Ich muss Sie das fragen: Können Sie sich ausweisen?»

Ilka kramte, nachdem sie einen Schluck Wasser getrunken hatte, ihren Pass aus der Handtasche. Den schwedischen. Irgendetwas sagte ihr, dass sie vorsichtig sein musste. Die Vorfälle konnten nicht auf einem Zufall beruhen. Ganz plötzlich war sie hellwach. Sie hatte Johanns Tod nicht hinterfragt. Ein Absturz? So hieß es. Aber konnte sie sicher sein? Und jetzt der Tod seines Freundes? Sie musste mehr erfahren.

«Sie sind Schwedin? Sie sprechen ausgezeichnet Deutsch.» Rosenberg notierte sich den Namen in einem Notizbuch und reichte Ilka den Pass zurück.

«Nein. Geboren bin ich hier, in Hamburg.»

«Aber Sie leben in Schweden.»

«Nein, in Berlin.»

«Und wo wohnen Sie hier in der Stadt?»

«Vorübergehend bei meinem Bruder ... in der Hartungstraße. Ich bin heute erst angekommen. Die Hausnummer habe ich nicht im Kopf. David Bischop ist sein Name. Darf ich rauchen?»

Rosenberg nickte. «Woher kennen Sie Herrn Puttfarcken?» Er reichte Ilka Feuer.

«Ich kenne ihn überhaupt nicht. Man bat mich darum, einen Brief zu überbringen.»

«Wer bat Sie darum? Briefe werden in der Regel per Post verschickt.»

«Ein Freund von Herrn Puttfarcken. Er weilt derzeit in Russland. Dort verhält es sich mit der Post ins Ausland wohl etwas problematisch.»

«Und Sie waren dort? In Russland? Würden Sie mir den Brief bitte aushändigen?»

Ilka reichte ihm den Brief, der nicht adressiert war, weil sie das Couvert ausgetauscht hatte. «Nein, ein Bekannter war dort und brachte mir den Brief mit.»

«Das klingt alles sehr geheimnisvoll», meinte Rosenberg, öffnete den Brief und überflog die Zeilen.

Währenddessen kam jemand aus dem hinteren Bereich der Wohnung in die Küche, blieb im Türrahmen stehen und beobachtete Ilka. «Laurens, das solltest du dir anschauen. Vielleicht ein Fall für Biermann und die Neuner.» Er hielt seinem Kollegen ein Büchlein hin. «Könnte ein Rupfer gewesen sein.»

Rosenberg las den Brief zu Ende und nickte. «Wie heißt denn der Absender?», fragte er an Ilka gerichtet. Dann zu seinem Kollegen: «Auf jeden Fall ein warmer Bruder, das geht aus dem Brief klar hervor. *Geliebter* ...»

«Johann von Storck», meinte Ilka. «Er lebt nicht mehr.»

Die beiden Männer schauten sie kurz ungläubig an. «Wie das?», fragte Rosenberg schließlich. «Sie überbringen Post von einem Toten? Das wird ja immer abenteuerlicher ...» Er warf einen Blick in das Büchlein, das ihm der Kollege hinhielt. «Buchführung eines Erpressers? Könnte hinkommen. Aufgepasst, da tauchen ja interessante Namen auf. Ja, ich denke, da ist die Sitte der richtige Ansprechpartner. Fahren wir am besten gleich in die Oberstraße, wenn wir hier durch sind und alles versiegelt haben.» Rosenberg wandte sich erneut Ilka zu. «Was heißt das: *Er lebt nicht mehr*?»

«Johann von Storck ist mit seinem Flugzeug tödlich verunglückt», antwortete Ilka. «Ich erfuhr davon, kurz bevor ich aufgebrochen bin. Was ist denn mit Herrn Puttfarcken geschehen?» Erst jetzt bemerkte sie die Kreidelinie im Flur, die einen verkrümmt auf dem Boden liegenden, menschlichen Körper darstellte. Inmitten des Körpers war eine getrocknete Blutlache zu erkennen. Ihr schauderte.

«Vor etwa vier Stunden. Ein Nachbar hat uns verständigt, weil er einen Schuss im Haus gehört hatte. So, wie es aussieht, wurde Herr Puttfarcken mit einem Schuss aus nächster Nähe getötet. Wahrscheinlich sofort, nachdem er seinem Mörder die Tür geöffnet hatte. Den Täter hat niemand gesehen. Der Nachbar hat sich nicht aus der Wohnung getraut. Wir fanden Herrn Puttfarcken hinter der offenen Tür liegend. Ein Schuss direkt ins Herz. Da war nichts mehr zu machen. Er muss auf der Stelle tot gewesen sein.» Rosenberg machte sich weitere Notizen. «Nur, damit ich das jetzt richtig verstehe. Sie haben diesen Brief aus Russland erhalten, den Sie überbringen sollten ... Der Inhalt liest sich, als wenn da irgendwas nicht mit rechten Dingen zugeht.»

«Ich kenne den Inhalt», gestand Ilka. «Ich habe ihn gelesen, nachdem ich von Johanns Tod erfahren hatte. Eigentlich sollte ich ihn von Berlin aus mit der Post schicken. Aber als ich vom Unglück erfuhr, wollte ich Herrn Puttfarcken die Nachricht lieber selbst überbringen.»

«Wie haben Sie denn vom Tod dieses ...» Er blätterte durch sein Notizbuch. «Dieses von Storck erfahren?»

«Es gab eine Andacht der Fliegerkameraden auf dem Flugplatz in Staaken.»

«Und da waren Sie zufällig dabei.» Rosenberg warf Ilka einen skeptischen Blick zu.

«Nein, nicht zufällig. Ich fliege dort auch.» Rosenberg klappte einfach der Unterkiefer herunter. Ilka kannte das schon. Der Gesichtsausdruck bekam dadurch immer etwas Dämliches. Andererseits bemerkte sie erst jetzt, dass ihr Gegenüber sonst auffallend attraktiv war. Es mochte daran liegen, dass er keinen Bart trug. Dadurch kamen seine markanten Gesichtszüge noch stärker zur Geltung. Das kantige, kräftige Kinn und die große Nase. Für die Größe des Kopfes standen die Augen etwas zu eng beieinander, aber sein Blick, der sie taxierte, hatte etwas Durchdringendes. Rosenberg mochte etwa in ihrem Alter sein, vielleicht ein paar Jahre älter.

«Sie fliegen? Ein Flugzeug?», fragte er. Die Überraschung war ihm anzusehen. «Entschuldigung. Eine Pilotin stellt man sich gemeinhin etwas … nun … rustikaler vor.»

Ilka nahm es als Kompliment. Sie setzte ein charmantes Lächeln auf.

«Ich schlage dann mal Folgendes vor», meinte der Polizist, nachdem er sich halbwegs gefangen hatte. «Sie begleiten uns jetzt zum Kriminalrevier 9 in die Oberstraße. Dort wird man sich mit den naheliegenden Umständen dieses Verbrechens befassen. Das ist hier gleich um die Ecke. Danach werden wir Sie in die Hartungstraße fahren. Ihre Meldeadresse brauche ich für meinen Bericht. Und dann kommen Sie am Montag bitte ins Stadthaus an der Stadthausbrücke.» Er reichte Ilka eine Karte. «Damit wir Ihre Aussage protokollieren können.»

Kapitel 4

Montag, 3. August 1925, vormittags

☿

Ilka war gemeinsam mit David aus dem Haus gegangen, natürlich viel zu früh. Sie hatte gehofft, sofort einen Termin bei der Donner-Bank zu bekommen, aber ihr Vermögensverwalter war auf dem Weg zur Börse gewesen und Dr. Hansen kam auch erst nach Mittag wieder ins Haus, wie man ihr mitteilte. Der nächste freie Termin in seinem Kalender war am Mittwochvormittag. Bevor sie sich auf den Weg ins Stadthaus machte, wollte sie noch auf einen Abstecher bei ihrer Freundin Toska Gunkel am Alstertor vorbeischauen. Ihr Salon für Wäsche und Miederwaren lag schräg gegenüber dem Thalia Theater. Toska war eine alte Schulfreundin und hatte das etwas biedere Geschäft von ihren Eltern übernommen und zu einem vornehmen und luxuriösen Salon mit den feinsten Spitzen- und Seidenwaren aus Frankreich, Belgien und Italien umgestaltet. Das war natürlich erst nach Kriegsende möglich gewesen. Nicht nur, weil die Menschen bis dahin kein Geld für Luxus gehabt hatten, sondern vielmehr, weil vorher nicht an die entsprechende Ware heranzukommen gewesen war. Toska war zu Schulzeiten ihre Partnerin am zweihändigen Klavier gewesen, ein musikalisches Wunderkind, das nebenbei auch noch Cello und Flöte spielte. Doch dann hatte sie sich beim Schlittschuhlaufen auf der Alster das Handgelenk gebrochen, ein komplizierter Bruch, der falsch behandelt worden war und letztlich eine Fehlstellung der Hand und Einschränkung ihrer Beweglichkeit zur Folge gehabt hatte. Das war das Ende ihrer musikalischen Karriere gewesen.

Auch Ilka hatte die ihr eigentlich angedachte Karriere als Pianistin nicht verfolgt. Aber mehr aus Gründen der Faulheit. Sie besaß einfach nicht die Disziplin zum permanenten Üben. Zugegeben, wahrscheinlich konnte sie immer noch besser spielen als das Gros drittklassiger Salon-Pianisten, aber es war vor allem der Anspruch an sich selbst, der sie hatte Abstand nehmen lassen. Auch mit dem Tanz, den sie als Jugendliche kurz ins Auge gefasst hatte, war es aus ebendiesem Grund nichts geworden. Als Ballerina oder Ausdruckstänzerin musste man ebenfalls unentwegt trainieren, wenn man in der ersten Reihe mitspielen wollte. Und so waren die Musik und der Tanz zwar nicht völlig von der Bildfläche verschwunden, aber eben nicht zum Lebenszweck geworden. So wie bei ihrer Mutter etwa, die lange Zeit die erste Violine in Hamburgs Philharmonischem Orchester gespielt hatte. Nein, bei Ullstein war sie schon genau richtig, und ihre Arbeit an der Schreibmaschine kam gut an.

Das gestrige Sonntagskonzert zeigte, dass David am allerwenigsten von der Musikerfamilie abbekommen hatte. Anders war es nicht zu erklären, dass er gemeinsam mit Liane einer tumben Bläsertruppe im Zoologischen Garten Gehör schenkte. Ilka ärgerte sich immer noch, dass sie die beiden dorthin begleitet hatte. Aber nachdem sie schon die Kundgebung an der Moorweide verschlafen hatte, zu der angeblich mehr als zehntausend Menschen gekommen waren, und sie sich auch zu Neumanns Rede im Gewerkschaftshaus nicht hatte blicken lassen, wollte sie zumindest etwas am Sonntag mit den beiden teilen und hatte sich überreden lassen. Aber sie fand es befremdlich: erst eine *Nie-wieder-Krieg*-Kundgebung und kurz darauf Humptata und Marschmusik. Vielleicht fehlte den beiden die nötige Sensibilität. Und auch Davids Humor hatte einen merkwürdigen Beigeschmack bekommen. Was hatte er gesagt, als sie vorgestern vom toten Puttfarcken erzählt hatte? *Das sieht dir ähnlich. Kaum in der Stadt, schon fallen die Männer um wie die Fliegen.* Vielleicht war es aber auch nur der missratene Versuch gewesen, sie von den Geschehnissen abzulenken. Wie auch immer, spätestens morgen wollte Ilka sich nach einer Pension oder einem Hotel umsehen. David und Liane machten nicht den Eindruck, dass sie ihr Amüsement gutheißen würden, und Ilka hatte keine Lust auf versteckte Vorwürfe oder dumme Sprüche. Vor allem standen die beiden viel zu früh auf und gingen zu früh ins Bett.

Sorgsam dekorierte Schaufenster zu beiden Seiten des Eingangs. Keine Werbung oder Reklame, keine infamen Rabattversprechen, nur der Name über der zweiflügeligen Eingangstür. Es war nicht zu übersehen, was hier angeboten wurde. Die Transparenz der Strumpf- und Büstenhalter sowie die Schnitte der übrigen Wäschestücke waren für ein Schaufenster in Hamburg allerdings gewagt. Ein kleines Glöckchen schellte, als sie die Tür öffnete.

Fünf Jahre hatten sie sich nicht gesehen, aber Toska erkannte sie auf den ersten Blick. «Ilka!», juchzte sie und fiel ihr stürmisch um den Hals. «Du hättest doch Bescheid sagen können, dass du in der Stadt bist. Lass dich anschauen. Was für eine Wahnsinnsfrisur. Nein, wie lange ist es her?» Die Jahre waren nicht spurlos an ihr vorübergegangen, aber sie war immer noch das ungestüme Plappermaul von früher. Ihren ersten Mann hatte sie kurz nach der Hochzeit im letzten Kriegsjahr verloren, der zweite war nach ebenso kurzer Zeit an einer Blutvergiftung gestorben. Für Kinder hatte die Zeit nicht gereicht. Seither war sie die fröhliche Witwe, wie sie früher zu scherzen pflegte. Die Falten um ihre Augen verrieten Ilka, dass sie noch zu viel rauchte, und ihrer Lieblingsfarbe war Toska ebenfalls treu geblieben. Sie trug ausschließlich Schwarz. Das sicher sündhaft teure Kleid von Coco Chanel machte da keine Ausnahme – Ilka erkannte die Urheberschaft sofort.

«Schreibst du noch für diesen Berliner Verlag? Wie lange bleibst du? Wir müssen unbedingt was unternehmen … gemeinsam. Heute Abend?» Toskas Redefluss schien ungebrochen.

«Schön, dich so heiter anzutreffen», meinte Ilka. «Aber deine zwölf Fragen hab ich schon nicht mehr auf der Reihe.» Sie grinste.

«Recht hast du. Ich rede zu viel. Soll ich uns einen Tee aufsetzen? Ich habe hinten eine kleine Küche.»

«Gerne.» Eigentlich verabscheute Ilka Tee. Aber Toska

zuliebe entschied sie sich, zumindest daran zu nippen. Während sich Toska hinter einen schweren Samtvorhang begab, schaute sich Ilka in den Fächern und Regalen um. Nur Momente später hatte sie etwas gefunden, das sie ansprach. Grünes Plissée. Ohne Schnürung. «Was ist denn die letzte Mode?», fragte sie.

Toska schaute kurz durch den Vorhang. «Untenrum?», fragte sie. «Straußenfedern. Nichts als Federn!» Sie lachte. «Kann ich leider nicht mit dienen. Aber wenn du so affin wie dies kleine Negermädchen sein willst, dann schmückst du dich mit Federn um die Hüften und nix sonst. Ich hab die Baker gerade in Kopenhagen gesehen. Die ist unglaublich.»

«Du meinst diese Amerikanerin? Sie soll angeblich dieses Jahr noch nach Berlin kommen.»

«Also, die ist echt irre. Wie die tanzt, völlig verrückt. Und dann macht die ständig so'n Quatsch, verdreht schielend die Augen. Na ja, und die Männer verdrehen auch die Augen. Kein Wunder. Hat ja nix an. Bis auf die Federn. Die zeigt ihre Scham unverblümt. Nun, so dunkel wie die ist, sieht man auch nicht wirklich was. Aber immerhin … Also wenn du halbwegs originell daherkommen willst, kommst du um Federn nicht rum.» Sie lachte.

«So weit ist es noch nicht, glaube ich. Aber sag: Was unternimmt man hier denn so?» Sie knuffte Toska in die Seite.

«Hamburg ist toll. Aber Berlin können wir dir hier nicht bieten, nach allem, was man so hört.»

«Einfach nur nicht das gewöhnliche Einerlei», erwiderte Ilka. «Du weißt schon …»

«Also ich gehe immer zum Besenbinderhof, wenn mir danach ist», antwortete Toska.

Ilka verzog die Gesichtszüge. «Gewerkschaftshaus? Nee, oder?»

«Quatsch, Pustekuchen. Gleich nebenan hat Erich Ziegel die Kammerspiele eröffnet. Das ist die alte Hammonia Halle, das Tivoli. Erinnerst du dich?» Toska stellte die Teegläser auf einen Tisch.

«Ehrlich? Nein.»

«Da geht jedenfalls die Post ab. Ziegel ist auch hier am Thalia. Aber was er mit seiner Frau in den Kammerspielen veranstaltet? Chapeau! Alles, was Rang und Namen hat, ist dort versammelt oder wird da gespielt. Brecht, Gründgens, Jahnn, die Manns ... Musst du gesehen haben. Und im Künstlercafé im Foyer trifft sich, wer noch nicht angesagt ist. Mit Betonung auf *noch nicht*.»

«Ein Romanisches in Hamburg?» Ilka nippte vorsichtig am Tee.

«Was man so aus Berlin hört, ja. Natürlich nicht die ganzen Filmstars und Künstler. Mehr die Literaten und die Theaterleute. Sollte bei dir doch passen. Ziegel kauft bei mir immer Sachen für seine Frau Mirjam. Und das ist nicht ohne ... Und dann natürlich die Künstlerfeste im Curiohaus, die Faschings- und Kostümfeiern. Also, ich sag dir, das ist schon wild.»

«Curiohaus?» Ilka dachte an Liane. Das konnte doch nicht wahr sein.

«Das sind die Sezessionisten. Die sind wirklich wüst. Also, ich kann mich mangels Amüsement nicht beschweren. Besser als die Nepp-Spelunken auf'm Kiez allemal.

Ich bin da bislang noch nie allein nach Hause gegangen.» Sie grinste. «Hast du was gefunden?»

«Das hier sagt mir zu. Aber ohne das Oberteil. Büstenhalter sind tabu. Noch.»

«Du kannst es dir leisten, du Glückliche. Aber ich zeig dir mal was.» Sie kramte ein seidenes Höschen aus einer Schublade und hielt es Ilka hin. «Also damit ...» plissiert, ein Hauch von Stoff nur. «Und das Beste ...» Toska deutete auf den unteren Zwickel, der eigentlich gar nicht vorhanden war. «Man kann es mit einem Zug öffnen.»

«Ich weiß nicht ... Vielleicht ist das dann doch nicht das Richtige für mich. Natürlich ist es toll, aber wenn ich bedenke ... Ich glaub, so wagemutig bin ich nicht. Das ist fast wie Federn – ein Nichts ...»

«Und wenn?», entgegnete Toska. «Was macht dein Ture?»

«Amüsiert sich in Schweden», meinte Ilka.

«Genau. Und du dich hier, oder?»

«Du hast recht», erwiderte Ilka. «Pack's mir doch ein!»

Toska wäre es am liebsten gewesen, wenn sie gleich heute gemeinsam losgezogen wären, aber Ilka wollte sich erst eine andere Bleibe organisieren. Zwar hatte ihr Toska sofort angeboten, bei ihr unterzukommen, aber das kam für Ilka nicht in Frage. Zuerst aber musste sie in der Redaktion anrufen und Georg Bernhard über die Geschehnisse informieren. Er musste auf dem Laufenden bleiben. Schließlich hatte er sie auf die Sache angesetzt. Am Jungfernstieg nutzte sie dazu einen der öffentlichen Münzfernsprecher.

Immer mehr beschlich Ilka das Gefühl, der Tod von Johann und der von Puttfarcken könnten tatsächlich zusammenhängen. Womöglich war es gar kein Unfall, was Johann das Leben gekostet hatte. Georg Bernhard zog diese Möglichkeit ebenfalls in Erwägung. Er meinte aber auch, sie solle das vorerst etwas diskret kommunizieren. Vor allem der Polizei gegenüber. Bis sie sich sicher sei, dass die Hintergrundinformationen auch die richtigen Personen erreiche. Nach dem, was sie vorgestern im Kommissariat an der Oberstraße mitbekommen hatte, ging man bislang von einem Verbrechen im Homosexuellen-Milieu aus. Nicht als Beziehungstat, sondern vielmehr als Folge von Erpressungsdelikten. Otto Biermann, der Leiter des Kriminalreviers für Sittenverbrechen und Mädchenhandel, ein schwergewichtiger Polizeioberst mit mächtigem Schnauzer, mutmaßte, bei Puttfarcken könne es sich womöglich um einen kriminellen Erpresser gehandelt haben, der vermögende Freier geschröpft hatte. Darauf würde zumindest diese ominöse Liste mit bekannten Persönlichkeiten und notierten Zahlungen hindeuten. Der Begriff *Rupfer* war Ilka nicht geläufig gewesen. So würde man diese Art von Erpresser im Milieu nennen, hatte Laurens Rosenberg sie später aufgeklärt, bevor er Ilka in die Hartungstraße gefahren hatte. Eigentlich hätte Rosenberg ihre Bleibe auch leicht über das Adressverzeichnis herausfinden können, aber Ilka wurde das Gefühl nicht los, dass er sie noch hatte begleiten wollen. Aus dem gleichen Grund hatte er wohl auch darauf bestanden, dass sie heute zu ihm ins Stadthaus kam, um alles zu protokollieren. Ilka ahnte, was auf sie zukam. Dabei wäre sie lieber zu dieser Flugschau nach Fuhlsbüttel gefahren.

Das letzte Mal war sie vor etwa sieben Jahren im Stadthaus gewesen. Damals hatte sie kurz beim *Hamburger Echo* gearbeitet und war zu einer Pressekonferenz der Polizeiführung geladen gewesen. Sie fragte sich bis zu Rosenbergs Amtsstube durch.

«Ja bitte?», vernahm sie nach dem Anklopfen. «Ah, die Pilotin. Das Fräulein Bischop.» Laurens Rosenberg erhob sich von seinem Schreibtischstuhl, als sie eintrat. Im hellen Licht der breiten Deckenlampen wirkte sein Gesicht noch markanter. Er trug nur ein weißes Hemd und eine Weste, was den Temperaturen angemessen erschien.

«Genau. Die Pilotin», echote Ilka frech und reichte ihm die Hand. «Da bin ich also», meinte sie erwartungsvoll.

«Ich hoffe, die Sache belastet Sie nicht allzu sehr.» Sein Blick haftete an ihren Augen.

«Um mich brauchen Sie sich keine Sorgen zu machen.» Ilka bemerkte Rosenbergs ordentlich manikürte Hände. Eine Seltenheit bei Männern. Dass er keinen Ehering trug hatte sie schon bei ihrer ersten Begegnung zur Kenntnis genommen. Das tiefe Blau seiner Augen verursachte eine leichte Gänsehaut bei ihr.

«Das Aussageprotokoll.» Rosenberg reichte ihr mehrere Blätter. «Bitte. Wenn noch etwas zu ergänzen ist …»

Ilka überflog die Zeilen. Dabei fiel ihr ein, dass sie sich dringend eine kleine Schreibmaschine zulegen musste. Bei David und Liane in der Wohnung gab es keine, genauso wenig wie ein Telephon oder einen Rundfunkempfänger. Und ihr Notizbuch quoll inzwischen über.

Der Bericht war in klassischer Polizeisprache geschrieben. Umständlich, holperig und ohne jegliche Expressivität. Eine wirre Aneinanderreihung von Fakten ohne Punkt und Komma. Inhaltlich hatte sie nichts einzuwenden. Sie zog ihren Simplo aus der Handtasche, fuhr die Feder aus und setzte ihre Unterschrift unter das Protokoll. «Das war's?» Sie machte Anstalten, sich zu erheben, aber Rosenberg gab ihr mit der Hand zu verstehen, sitzen zu bleiben.

«Nun, ich habe den Vormittag damit zugebracht, die im Brief und von Ihnen angedeuteten Hintergründe etwas zu recherchieren. Das ist ja alles sehr geheimnisvoll. Vor allem, weil mir die Vorgänge von keiner der Stellen, die ich kontaktiert habe, bestätigt werden konnten. Ich habe mich bis zum Reichswehrministerium durchgekämpft. Ganz offiziell, von Behörde zu Behörde. Egal, wen ich in der Leitung hatte, der Ort Lipezk in Russland sagte niemandem etwas. Es gibt jedenfalls keine Kontakte dorthin. Und von einem abgestürzten deutschen Piloten ist auch niemandem etwas bekannt. Keiner hat den Namen Johann von Storck jemals gehört.»

«Ausgedacht habe ich mir die Geschichte mitnichten. Ich kannte ihn immerhin persönlich.» Adolf Behrend wollte sie erst einmal unerwähnt lassen. Vor allem, dass er selbst in Lipezk gewesen war. Georg Bernhard hatte sie gewarnt.

«Ich möchte Ihnen das ja gerne glauben.»

«Johann … Herr von Storck stammt aus der Udet-Schule. Ernst Udet. Der Name sagt Ihnen sicherlich etwas.» Ilka versuchte sich an die Adresse von Johanns

Eltern zu erinnern. Sie ärgerte sich, dass sie den Brief abgeschickt hatte, ohne sich die Adresse zu notieren. Ein Anfängerfehler, eigentlich unverzeihlich. Und sie hatte nicht einmal Johanns Adresse in Berlin, wusste nur, dass er in Grunewald gewohnt hatte. Wenn sie sich getroffen hatten, dann stets in Staaken oder in einem Café in der Stadt.

Rosenberg nickte, aber es war ein Nicken, das deutlich machte, dass er keine Ahnung hatte, was die Udet-Schule war. «Und auch die Namen Thomsen und Stahr geben kaum etwas her. Wie ich erfahren konnte, gab es zwar einen Hauptmann Walter Stahr und einen Oberst Hermann Thomsen, aber sie sind Kriegsveteranen und außer Dienst gestellt. Die Reichswehr unterhält keinen Kontakt zu den beiden.»

«Haben Sie bei Ihren Recherchen meinen Namen erwähnt?», fragte Ilka beunruhigt.

«Von meiner Seite fiel Ihr Name in dem Zusammenhang nicht, weshalb?»

«Wie Sie vielleicht wissen, bin ich Journalistin, und in dem Metier bewegt man sich mit den Namen von Informanten gerne zurückhaltend.»

«Das wusste ich nicht … Also, dass Sie Journalistin sind. Natürlich hätte ich Erkundigungen über Sie einholen können … Aber das erschien mir nicht nötig. Sie sind ja keine verdächtige Person in der Sache», entschuldigte er sich verlegen.

«Da bin ich ja beruhigt», entgegnete Ilka. «Dass ich nicht verdächtigt werde», schob sie schnell hinterher und schenkte Rosenberg ein vielsagendes Lächeln. «Wie ist denn der bisherige Informationsstand, was den Tod von Herrn Puttfarcken betrifft?»

Wider Erwarten zeigte sich der Kriminale auskunftsfreudig. Allerdings war er dabei ähnlich wortgewandt wie das Protokoll. An dessen Urheberschaft war nicht zu zweifeln. «Wie vermutet. Aufgesetzter Schuss ins Herz. Kaliber neun Millimeter. Das Geschoss wird derzeit untersucht. Kein Raubmord. Die Wohnung von Herrn Puttfarcken wurde nicht durchwühlt. Er war Architekt, angestellt im Büro von Fritz Höger. Der Baumeister, der das Chilehaus entworfen hat. Kennen Sie wahrscheinlich?»

«Bislang nur von Abbildungen, wenn ich ehrlich bin.» Ein Architekt. Ilka ärgerte sich. Vielleicht kannte David Puttfarcken sogar. Sie hatte den Namen ihm gegenüber nicht erwähnt. Das würde sie sofort nachholen.

«Sieht aus wie ein riesiger Ocean-Dampfer in voller Fahrt.»

«Ja, genau die Abbildung meinte ich.»

«Puttfarcken scheint ein bürgerliches Leben geführt zu haben. Das spricht natürlich erst mal dagegen, dass er erpresserische Taten begangen hat. Andererseits ...» Rosenberg zögerte. «Wir haben dieses Buch mit den Namen und den verzeichneten Zahlungen ...»

«Mein Bruder arbeitet bei Oberbaudirektor Schumacher im Hochbauamt. Ich werde ihn fragen, ob ihm der Name bekannt vorkommt. Vielleicht können wir Informationen aus erster Hand bekommen.»

Laurens Rosenberg stutzte kurz. «Wir?»

«Ich gehe doch davon aus, dass Sie mich über den

weiteren Verlauf des Falls unterrichten.» Ilka setzte ihr bewährt charmantes Lächeln auf. «Natürlich würde ich Ihnen auch meine Ergebnisse zukommen lassen.» Sie merkte, wie Rosenbergs Augenbrauen in Habtachtstellung gingen. «Darf ich einen Blick darauf werfen? Auf die Liste?» Das Büchlein in dem Regal hatte sie längst entdeckt. Überhaupt wirkte das Zimmer überaus aufgeräumt.

«Tut mir leid. Das ist als wichtiges Beweismittel beschlagnahmt.»

«Weil die aufgeführten Namen mögliche Verdächtige sind und ich sie warnen könnte?»

Der Polizist rutschte auf seinem Stuhl hin und her. «Nun, natürlich nicht ... das heißt, doch ... Also, die Möglichkeit würde rein theoretisch bestehen. Ich weiß schon, dass Sie das nicht tun würden, aber ich trage die Verantwortung. Außerdem enthält die Liste ein paar brisante Namen. Nicht nur ... einige Personen sind auch nur mit ihren Initialen aufgeführt. Aber es befinden sich durchaus Personen aus dem öffentlichen Leben darunter. Sie verstehen?»

Ilka nickte stumm.

«Was werden Sie denn jetzt unternehmen?», fragte Rosenberg.

«Oh, ich werde mir die Einweihung des neuen Flughafengebäudes in Fuhlsbüttel anschauen, eventuell noch die neuesten Bauten im Stadtpark besichtigen, mich ein wenig auf die Wiese legen und von der Sonne bescheinen lassen, dann habe ich noch einige Bankgeschäfte zu erledigen, werde mit einer Freundin durchs Hamburger

Nachtleben schwärmen ... und wie ich gehört habe, soll nächste Woche der Wasserlandeplatz der Blauen Linie in Altona eröffnet werden. Das werde ich mir als Fliegerin bestimmt nicht entgehen lassen.» Es klang wie gleich mehrere Einladungen, und das sollte es auch.

Die Tür wurde aufgerissen und der Kopf des Mannes erschien im Türrahmen, den Ilka schon in der Hansastraße gesehen hatte. «Laurens! Wenn du bitte eine Minute kommen könntest. Die Neuner wollen was.»

Rosenberg entschuldigte sich, erhob sich und verließ das Zimmer. Ilka zögerte nur kurz, dann nutzte sie die Gunst des Augenblicks. Sie nahm die Leica, zog den Tubus heraus und stellte die Entfernung auf den geringsten Aufnahmeabstand ein. Dann schlug sie das Büchlein auf und photographierte es Seite für Seite ab. Zum Lesen blieb ihr keine Zeit. Kurz nachdem sie die Kamera wieder verstaut hatte, kam Rosenberg zurück. Ilka hatte schweißnasse Hände.

«Es tut mir leid, aber ich muss los», entschuldigte er sich. «Man hat das Siegel gebrochen und die Wohnung durchsucht.»

«Puttfarckens?» Ilka setzte eine Unschuldsmiene auf und erhob sich. «Also, ich war es nicht ...»

In Fuhlsbüttel gab es ein unerwartetes Gemenge. Alle scharten sich um die Maschinen, mit denen Rundflüge möglich waren. Wahrscheinlich hatte es eine Tombola gegeben. Die Ansprachen hatte Ilka verpasst. Angeblich hatte es ein Problem mit den gehissten Flaggen gegeben. Es sollten verbotenerweise auch schwarz-weiß-rote gehisst worden sein, was von offizieller Seite dann untersagt worden war.

Ilka ging kurz zum *Laubfrosch* und kontrollierte, ob die Plane über der Kanzel noch an Ort und Stelle war. An den angebotenen Rundflügen teilzunehmen, hatte sie kein großes Interesse. Stattdessen suchte sie die Reihen nach bekannten Gesichtern ab, konnte aber niemanden ausmachen. An der Schlange zu den Toiletten schummelte sie sich elegant vorbei. Für Flieger gab es eigene Räumlichkeiten, wie man ihr mitgeteilt hatte. Etwas abseits. Als sie den Raum mit den strahlend hellen Waschbecken betrat, fiel die Tür hinter ihr zu, und das Licht erlosch plötzlich. Ilka erschrak und tastete die Wand neben der Tür nach dem Lichtschalter ab. Plötzlich presste jemand die Hand auf ihren Mund und verdrehte ihr den rechten Arm auf dem Rücken.

«Kein Wort», hauchte jemand hinter ihr. Die Hand über ihrem Mund fuhr herab und umfasste ihre Kehle.

Ilka bekam Panik. Ihre Handtasche war zu Boden gefallen. Keine Chance, an ihre Waffe zu gelangen, die sie immer dabeihatte. Bislang hatte sie die Remington nie benötigt. Jetzt war es so weit. Aber die Hände des Kerls griffen erbarmungslos zu.

«Hören Sie gut zu», sagte er leise. «Ich will dieses Notizbuch von Puttfarcken! Besorgen Sie es!»

Ilka wusste nicht, wie ihr geschah. «Das ist bei der Polizei», röchelte sie. Bloß kein Wort davon, dass sie die Seiten abgelichtet hatte.

«Ist mir völlig egal, wie Sie das anstellen.» Ilka glaubte, einen ausländischen Akzent herauszuhören. «Wir halten Sie unter Beobachtung! Bringen Sie uns nur das Buch. Mehr wollen wir nicht. Und ...», er zögerte einen Augenblick, «glauben Sie nicht, dass Sie nur einen Schritt unternehmen können, ohne dass wir es mitbekommen. Sie hören wieder von mir – und zwar schon bald!»

Als die Hände plötzlich verschwanden, sank Ilka gegen die Wand vor ihr, spürte, wie ihre Knie nachgaben, fand sich auf dem Boden wieder. Ein Spalt gleißenden Lichts ließ sie die Augen schließen, kurz sah sie eine Silhouette, dann fiel die Tür ins Schloss. Ilka war wieder im Dunkeln, allein.

Kapitel 5
Montag, 3. August 1925, nachmittags

☿

Ilka brauchte einige Minuten, um einen klaren Kopf zu bekommen. War wirklich real gewesen, was sie gerade erlebt hatte? Innerlich bebte sie immer noch. War das der Mörder von Puttfarcken gewesen? Nachdem sie das Licht angeschaltet und ihre Handtasche gefunden hatte, strich sie beruhigt über ihre Double Deringer. Was war mit dem Buch? Also doch Erpressung? Puttfarcken ein Erpresser. Sie hatte es nicht für möglich gehalten. Nicht nach den zärtlichen Zeilen von Johann. Aber wer konnte es schon sagen. Vielleicht war die Liebesbekundung nur einseitig gewesen. Mit zitternden Händen steckte sie sich eine Zigarette an.

Nachdem Ilka wieder ans Tageslicht getreten war, kontrollierte sie ständig, ob sie verfolgt wurde. Der Mann hatte so selbstsicher geklungen. Sie musste sich etwas einfallen lassen. Kurz überlegte sie, ob sie Laurens Rosenberg einweihen sollte. Nein, erst einmal nicht. Zuerst musste sie den Film zur Entwicklung bringen. So, dass niemand etwas davon mitbekommen konnte.

Die Instruktionen an den Droschkenfahrer waren klar.

Er gab sein Bestes. Ilka wartete auf Entwicklung und Abzüge noch vor Ort. Dafür zahlte sie auch den dreifachen Preis. Nur jetzt kein Risiko! Stadtpark und Sonne waren längst auf unbestimmte Zeit verschoben. Der Kutscher hatte eine Empfehlung für eine Unterkunft. Natürlich nicht umsonst. Haus Regina – zentral am Hansaplatz gelegen, auf jeden Fall diskret. Ilka überlegte. David konnte sie im Büro nicht mehr erreichen. Nur dort hatte er einen Telephonanschluss. Also unternahm sie eine Irrfahrt durch die Stadt.

Plötzlich hatte sie eine Idee. «Wie lange verkehren die Alsterdampfer?», fragte Ilka.

«Noch mindestens zwei Stunden», erklärte der Kutscher mit Blick auf die Uhr.

«Dann setzen Sie mich bitte am Anleger Rabenstraße ab», meinte Ilka. «Und wenn Sie dann so freundlich wären, mich am Mühlenkamper Fährhaus wieder in Empfang zu nehmen?» Das sollte reichen, um alle Verfolger abzuschütteln.

Der Droschkenfahrer blickte kurz über die Schulter. «Ich soll leer um die Alster rum?»

«Exakt», sagte Ilka. «Sie werden sicher schneller sein als der Dampfer. Dort warten Sie am Anleger mit laufendem Motor. Ich komme vom Schiff direkt zu Ihnen, und dann fahren Sie mich zum Regina. Ist das in Ordnung?» Sie reichte dem Kutscher einen Zehnmarkschein. Er runzelte erst die Stirn, dann nickte er. Die Verrücktheit schien ihn zu amüsieren.

Das Zimmer im Haus Regina war zumindest wanzenfrei, hatte sogar ein eigenes Bad mit einer kleinen Wanne, wie Ilka erleichtert feststellte. Für einen Tag sollte es reichen. Aber Ilka plante schon den nächsten Ortswechsel. Sie war sich sicher, dass ihr niemand gefolgt war. In der Badewanne ließ sie die Geschehnisse Revue passieren. Die Namen auf der Liste hatten es in der Tat in sich. Zumindest die, welche Ilka zuordnen konnte. Viele davon kannte sie aus der Literatur- und Theater-Szene. Und es erschien ihr fast unheimlich, dass Toska einige davon erwähnt hatte. Gründgens und Jahnn waren darunter zu finden, aber die meisten anderen waren ihr unbekannt.

Als sie sich wenig später auf ihrem Bett ausstreckte, schlief sie ein, noch bevor sie die Bewegung ganz beendet hatte.

David war erst entsetzt gewesen, weil sie sich nicht gemeldet hatte, aber nachdem Ilka ihm geschildert hatte, was geschehen war, hatte er Verständnis. Gleich am nächsten Morgen hatte sie ihn im Büro angerufen. Sie hatten sich zum Mittagessen bei Herrmanns in der Spitalerstraße verabredet. Auf dem Weg dorthin hatte Ilka eine Schreibmaschine erworben, eine gebrauchte Klein-Adler Nummer 2, die ihren Bedürfnissen genügen sollte. Zumindest war sie klein und handlich. Genau richtig für eine Reiseschreibmaschine.

Bei Herrmanns war es nicht so voll, wie David am Telephon angedeutet hatte. Ilka setzte sich an einen abgelegenen Tisch in der Ecke, von wo aus sie die Halle der Restauration überblicken konnte. Ob sie es merken würde, wenn sie jemand heimlich observierte? Sie hatte keine Erfahrung in diesen Dingen, musterte jeden Gast, der allein zur Tür hereinkam. Auf der Straße würde sie zur Leica greifen, um Gewissheit zu erlangen. Den Trick hatte Kurt ihr damals verraten. Aber hier? Sie konnte schließlich nicht jeden Fremden photographieren. Von David bisweilen noch keine Spur. Sie orderte ein Wasser und überflog die Titelseite des Anzeigers. Die üblichen Meldungen. Darin unterschieden sich die Hamburger Blätter nicht von denen in Berlin: Reichskanzler Dr. Luther erklärte sich zur Zollfrage; Schneidemühl – das Flüchtlingselend der aus Polen vertriebenen Deutschen; das Optantenschicksal; die Frage, wann das Rheinland endlich befreit würde ... überall Werbung für Ost- und Nordseebäder, Luftkurorte und Kurhotels. Das war regional bedingt. Die Hamburger Gaswerke warnten vor Hausierern, die angebliche Gas-Spar-Apparate verkaufen wollten. Schließlich internationale Meldungen. Vor allem die Nachrichten aus der Fliegerei interessierten Ilka. Ein kurzer Bericht über ein Goliath-Flugzeug, welches auf dem Weg von Paris nach Brüssel auf einem Acker notlanden musste und dort von einem Stier angegriffen worden war. Wie die Sache ausgegangen war, hätte Ilka interessiert. Aber das stand dort nicht.

Endlich kam David. Er entschuldigte sich für die Verspätung, aber er hatte seinen Chef noch nach Hause begleitet, weil der sich plötzlich unwohl gefühlt habe. «Das kommt immer häufiger vor», erklärte David. «Schumacher ist ein leicht kränkelnder, sehr sensibler Mensch. Ich hatte mich übrigens richtig erinnert, als du heute Morgen den Namen erwähntest. Puttfarcken hatte sich damals bei uns im Hochbauamt beworben. Schumacher hat mir das auf Nachfrage bestätigt. Er war ganz erschüttert, als ich ihm von seinem gewaltsamen Tod erzählte. Ein talentierter Mann, wie er meinte. Das könne man an Details des Chilehauses erkennen, bei dessen Bauausführung er wohl beteiligt gewesen war. Er erinnerte sich nicht mehr genau, warum es dann damals mit der Einstellung im Hochbauamt nicht geklappt hat. Sag, hast du den Mann, der dich angegriffen hat, erkennen können?»

«Nein, der hat mich völlig überrumpelt. Und hinterher war ich wie gelähmt. Ich bin überhaupt nicht auf die Idee gekommen, ihm hinterherzurennen.»

«Das wär auch viel zu gefährlich gewesen. Bist du sicher, dass dir niemand gefolgt ist?»

«Hierher? So ziemlich», meinte Ilka. «Aber gewiss wird euer Haus in der Hartungstraße überwacht, wenn der Mann keinen Blödsinn erzählt hat. Und irgendwie klang er nicht wie jemand, der leere Drohungen ausspricht. Was mich aber am meisten irritiert hat ... er sprach zwar mit einem leichten Akzent, aber er sprach im Plural, sagte ganz deutlich: *Wir halten Sie unter Beobachtung.*»

«Bist du dir sicher?»

Ilka nickte. «Ganz sicher. Dreimal sprach er von *wir*. Und ich glaube nicht, dass es sich bei ihm um den Mörder von Puttfarcken handelt. Dann hätte er in der Wohnung nach der Liste gesucht – es sei denn, er ist gestört worden.» Ilka bestellte Hühnerfrikassee und einen jungen Silvaner, David nahm das Labskaus und ein großes Bier. «Ich habe mir eine kleine Schreibmaschine gekauft. Kannst du die nachher mitnehmen, dann muss ich sie nicht den ganzen Tag mit mir rumschleppen?»

«Kein Problem. So, jetzt zeig mir diese Liste», sagte David ungeduldig.

Ilka zog die Photographien aus ihrer Tasche. Sie hatte gleich etwas größere Abzüge herstellen lassen, sodass man keine Lupe brauchte, um die Zeilen zu entziffern. «Setz dich mal auf meine Seite, dann können wir sie auf die Speisekarte legen. Muss ja niemand mitkriegen, was das ist.» Unauffällig ließ sie ihren Blick durch die Halle schweifen. Inzwischen gab es keine freien Plätze mehr.

«Mein lieber Herr Gesangsverein», meinte David schließlich. «Das liest sich ja wie ein … mir fällt gar kein passendes Wort dafür ein. Als wäre es eine Aufstellung bekannter Persönlichkeiten aus dem Hamburger Stadtleben. Kein Wunder, dass die Polizei das nicht aus der Hand geben will. Aber das sieht mir nicht nach einer Erpressung aus dem warmen Milieu aus.» Er tippte auf eine Zeile. «Vor allem hier. Langmaack. Der ist alles andere als schwul.»

«Kenne ich nicht, mag sein. Aber oben über der Liste steht, als handele es sich um eine Überschrift: *für 175er*. Das ist doch ein eindeutiger Verweis auf den Unzuchtsparagraphen.»

«Aber es sprich nicht für Erpressung. Dafür erscheinen mir auch die Beträge viel zu gering. Die dreistelligen kannst du an einer Hand abzählen.»

«Du magst recht haben. Wenn B. Brecht für Bert Brecht stehen sollte … Der ist auch nicht schwul. Ich habe ihn in Berlin erlebt. Der reinste Schürzenjäger. Aber worum geht es dann? Mir erschließt sich das Ganze nicht.»

«Vielleicht eine Spenderliste», mutmaßte David. «Es sind auffällig viele Architekten darunter. Aber auch Politiker. Rudolf Ross ist unser Bürgerschaftspräsident», meinte er. «Oelsner, Rudolf Lodders, Karl Schneider. Alles Architekten. Schneider hat übrigens früher auch bei Höger gearbeitet. Aber Fritz Höger taucht auf der Liste nicht auf. Dabei wäre es doch naheliegend. Er war schließlich sein Arbeitgeber. Aber selbst bei denen, die nur mit ihren Initialen aufgeführt sind, passt nichts. Und hier ... FS ... Das könnte für meinen Chef stehen. Fritz Schumacher. Für den lege ich die Hand ins Feuer. Ich werde ihn direkt darauf ansprechen.»

Entscheidend war, das wusste Ilka, warum jemand ein so großes Interesse an dieser Liste hatte. Was sagte die Aufstellung aus? Die Namen? Die Beträge? Steckte eine kriminelle Handlung dahinter? So viel Phantasie sie auch besaß, der Zusammenhang erschloss sich ihr nicht. Was einte diese Menschen? Sie hatte alle Beträge addiert. Insgesamt handelte es sich um knapp siebentausend Mark. Es waren schon Menschen für weniger Geld umgebracht worden. Aber hier lag, soviel sie wusste, kein Raubmord vor. Und dennoch war der Besitzer der Liste ermordet worden. Wegen der Liste? War der Mörder überraschend gestört worden und später in die Wohnung zurückgekehrt, um das Büchlein zu suchen? Wer wusste überhaupt von dessen Existenz? Es gab nur einen Weg. Ilka musste mit jemandem von der Liste Kontakt aufnehmen. Nur so war ihr Geheimnis zu lüften.

Das Nützliche mit dem Angenehmen zu verbinden

war schon immer ihre bevorzugte Herangehensweise gewesen, und selbst in dieser Situation konnte sie nicht aus ihrer Haut. Und Toska war natürlich Feuer und Flamme. Dabei hatte Ilka ihre Freundin in die Hintergründe gar nicht eingeweiht. Aber da sie keine Kontakte zur Hamburger Architektenszene besaß und sie nicht abwarten wollte, bis David den Oberbaudirektor zu der Angelegenheit befragen konnte, schien es doch viel einfacher, sich in dem Metier umzuhören, wo sie sich auskannte. Und das waren eindeutig Literatur und Theater. Die Kammerspiele also. Toska hatte den *Freihafen* im Laden. So hieß die Programmzeitung der Kammerspiele. *Liebesgabendienste – Eine szenische Lesung*, heute Abend um sieben. Klang zumindest nicht uninteressant. Bis dahin musste Ilka sich nach einer neuen Bleibe umgesehen und eine Möglichkeit gefunden haben, ihre Sachen aus der Hartungstraße abzuholen. Möglichst unauffällig. Sie hatte zwar niemand Verdächtigen bemerkt, musste aber immer noch davon ausgehen, dass man sie beobachtete. Sie wählte einen Zickzackkurs durch die Altstadt. Mit öffentlichen Verkehrsmitteln, die sie ständig und spontan wechselte. Nachdem sie den Paternoster eines Kontorhauses an der Großen Reichenstraße benutzt hatte, in den nur eine Person passte, war sie sich sicher, dass ihr niemand mehr folgte. Das Gebäude hatte immerhin zwei Eingänge. So langsam fand sie Gefallen an dem Versteckspiel. Mit einer Droschke ließ sie sich in die Hartungstraße fahren, packte ihre Tasche und wiederholte den Coup mit dem Alsterdampfer. Nur schickte sie diesmal den Kutscher zum Anleger hinter der Badeanstalt am Schwanenwik. Das Inserat der Pension an der Armgartstraße hatte sie im Anzeiger gefunden und ihr Eintreffen telephonisch angekündigt.

Das Zimmer war liebevoll eingerichtet, und die Vermieterin schien kein Interesse an irgendwelchen Kontrollen zu haben. Sogar einen direkten Zugang über den kleinen Garten gab es. Ohne Concierge. Ideale Voraussetzungen also. Ilka wählte aus ihrer begrenzten Garderobe ein nicht ganz so luftiges Sommerkleid mit Schal und eine dünne Jacke, zerstäubte ein bisschen zu viel von ihrem Lieblingsparfüm aus dem Flakon. Dann orderte sie eine Droschke. Toska wohnte an der Langen Reihe. Das lag auf der Strecke, und ihre Freundin wartete bestimmt schon.

Das Publikum in den Kammerspielen entsprach dem, was Ilka von entsprechenden Bühnen aus der Hauptstadt gewohnt war. Weniger mondän als vielmehr leger. Wer einen Namen hatte, verhielt sich zurückhaltend, blieb still und vermied jegliches Aufsehen um seine Person. Ein wissendes Nicken, wenn man entdeckt wurde, entweder mit einem Lächeln oder in der Pause, indem man diskret miteinander anstieß. Das Programm war schwierig, sehr lyrisch. Bei *Liebesgabendiensten* hatte Ilka anderes erwartet. Aber es ging um die Rolle der amerikanischen Versprechen gegenüber Deutschland, nicht so sehr um Liebe im eigentlichen Sinne. Die schauspielerische Leistung der Akteure ließ zu wünschen übrig, entbehrte zumindest der nötigen Professionalität. Toska schien es ebenso zu sehen. Aber ihre Freundin war eh mehr wegen des Publikums als wegen der Darbietungen gekommen, so schien es zumindest. Ilka hatte es geahnt. Innerhalb kurzer Zeit hatte Toska mehrere Verehrer um sich geschart und sprudelte mit dem Schaumwein im Glas um die Wette. Umso sprachloser schien sie, als Ilka den jungen Klaus Mann nach der Vorstellung direkt ansprach. Dabei hatte Toska sie erst auf ihn aufmerksam gemacht.

Klaus Mann war wirklich noch sehr jung. Jünger jedenfalls, als Ilka ihn sich vorgestellt hatte. «Ich kenne Sie recht gut, aber Sie mich nicht», meinte Ilka und stellte sich vor. «Wir haben *Nachmittag im Schloß* im Mai letzten Jahres gedruckt und *Gimietto* im Dezember. Ich war mit dem Korrektorat betraut.» Ilka grübelte, wie alt er wirklich sein mochte. Älter als zwanzig bestimmt nicht.

«Sie arbeiten bei der *Vossischen*?», erwiderte Mann zögerlich. «Ich habe mich wirklich sehr gefreut, dass sie es abgedruckt haben.» Mann trug zu seinen Knickerbockern ein aberwitzig buntes Hemd.

«Ich mag sehr, was Sie schreiben. Und ich mag die kleinen Details. Ich erinnere mich an eine Passage, in der jemand *mit spitzem Zeigefinger sinnlose kleine Figuren in die Luft* sticht. Das hat mich berührt. Nicht *sinnlos kleine Figuren*, sondern *sinnlose kleine Figuren*.»

«Das freut mich, dass Ihnen mein Gebären gefällt. Es macht mir Mut.»

«Andererseits», hob Ilka an, sie dachte kurz an das verwendete *Gebären*, das sie wahrscheinlich falsch verstanden hatte, «hat mich Ihre Satzstellung ehrlich gesagt oft zum Verzweifeln gebracht. Ich habe oft lange überlegt, ob ich eingreifen sollte. Ob ich eingreifen durfte. Sie schreiben *ungern nur*, es heißt aber *nur ungern*. Dann: *was alles sie sich erzählen*. Anstelle dessen würde ich sagen: *was sie sich alles erzählen*. Und so weiter. Klären Sie mich auf?»

«Der Liedtext muss stimmen», meinte Mann. «Aber ich bin fasziniert, dass Sie meine Texte so präsent haben. Genau genommen werden Sie sie wahrscheinlich besser kennen als ich selbst.»

«Das ist Quatsch.» Ilka lachte. «Was machen Sie nun?»

«Ich werde mit Gusti an der Hand durch den Irrwald der nächtlichen Inszenierungen laufen.» Klaus Mann deutete auf Gründgens, der mit Erich Ziegel etwas abseits stand und Mann und sie interessiert beobachtete. Ein Volltreffer. Gründgens stand auf der Liste. Sie hatte ihn zweimal in Berlin auf der Bühne erlebt. Aber er machte bislang keine Anstalten, zu ihnen zu kommen.

«Eigentlich hatte sich meine Frage auf Ihre Arbeit bezogen. Woran arbeiten Sie zurzeit?»

Mann legte den Kopf schief, als wolle er Ilka aus einem anderen Blickwinkel betrachten. «An zwei Frauen. Nun ja ... Zwei Frauen und zwei Männern, drei Männern genau genommen.»

«Klingt kompliziert», entgegnete Ilka.

«Ungerade Zahlen sind immer kompliziert», meinte Mann. «Aber eben auch interessant. Zumindest wenn es um die Beziehungen zwischen den Menschen geht.» Er legte den Kopf auf die andere Seite. «Es ist ein Theaterstück. Und Erich ... Herr Ziegel hat gesagt, dass er das Stück bringen möchte. Im Herbst. Ich bin noch nicht ganz fertig. Nun, eigentlich schon. Es geht mehr um die Besetzung. Das Theatermetier ist Neuland für mich.»

«Wo liegt das Problem?»

«Bei mir. Wo sonst? Vielleicht werden Sie mich bei *Anja und Esther* – so soll das Stück heißen – selbst auf der Bühne erleben.»

Ilka lachte. «Spielen Sie dann den geraden oder den ungeraden Teil der Geschichte?»

Mann stieg in ihr Lachen ein. «Das fragen Sie am besten meine Schwester. Sie wird Sie aufklären. Darf ich vorstellen …?»

Die junge Frau, die sich in dem Moment an Manns Seite geschoben hatte und ihn zärtlich umarmte und küsste, wirkte kaum älter als er selbst. Dafür umso burschikoser. Ilka nahm überrascht zur Kenntnis, dass sie die gleiche Frisur wie sie selbst hatte. In dunklem Brünett. Allerdings trug sie Männerkleidung und eine Krawatte.

«Geliebtes Schwesterlein. Darf ich vorstellen? Meine Lektorin bei der *Vossischen Zeitung*, Frau …? Jetzt habe ich doch glatt Ihren Namen vergessen …»

«Bischop. Ilka Bischop», half Ilka aus. «Eine Lektorin bin ich wahrlich nicht.»

«Angenehm. Erika, das Schwesterchen. Nur bitte keine Fragen zum Vater. Interessante Frisur!» Erika grinste.

«Besser als dasselbe Kleid, nicht?», erwiderte Ilka.

«Ich denke, die Verwechselungsgefahr ist ausgeschlossen», meinte Erika Mann und blickte an sich herab. «Jetzt suchst du dir deine Gesprächspartnerinnen schon nach der Frisur aus, Klaus.» Sie gab ihm einen Kuss auf die Wange. «Sehr lobenswert.»

Nun gesellten sich auch Gustaf Gründgens und Erich Ziegel dazu. Es folgte eine offizielle Vorstellung. Man sprach sich mit Vornamen an. Als wenn es verpönt wäre, den Nachnamen auszusprechen. Ilka tanzte die Polka der Unverbindlichkeiten mit. Sie war überrascht, wie ungezwungen sich die vier gaben. Die Schwester von Mann, welche die Rolle seiner Geliebten spielte, übertraf Ilkas Vorstellung von einer emanzipierten Frau um ein Vielfaches. Nicht nur wegen der Kleidung. Es wirkte fast ungeheuerlich. «Das ist Gusti?», fragte sie ihren Bruder mit Blick auf Gründgens. «Du hast mir von einem wüsten und zügellosen Gesellen erzählt. Ich sehe einen charmanten und bildhübschen Kerl. Und mit dem trollst du dich herum? Ich bin ein wenig eifersüchtig.» Sie lachte.

Gründgens deutete einen Handkuss an. «Sie arbeiten unter Reinhardt in Berlin, wie ich erfahren habe?»

«Er kapituliert vor mir», meinte sie.

«Ich bin entzückt. Klaus? Wie werden wir den Rest des Abends verbringen?»

«Ich merke schon, er wird an mir vorbeifließen», warf Ilka ein.

«Und diese charmante Person habe ich bislang vernachlässigt», konterte Gründgens und nahm auch Ilkas Hand. «Begleiten Sie uns?»

«Wohin auch immer», hauchte sie.

«In den Vulkan», meinte Gründgens und nahm Mann in den Arm. «Und deine Schwester darf nicht der Grund sein, dass wir mehr als einen Kompromiss auf unsere Verwerfungen nehmen.»

Ilka versuchte das Spiel der Worte mitzuspielen. «Und ich werde das fünfte Rad am Wagen …»

«Die ungerade Zahl», unterbrach Mann und lachte Ilka geheimnisvoll an. «Wohin also?»

«In die Walhalla-Diele am Großneumarkt», schlug Gründgens vor.

Ziegel bevorzugte das Stadtcasino am Graskeller.

«Ich denke, in unserer Besetzung wären Die drei Sterne an den Hütten nicht schlecht», schlug Mann vor.

Ilka kannte nichts davon. Auch Erika konnte mangels Kenntnis nichts beitragen. Man einigte sich auf Manns Vorschlag. Ilkas Blick suchte die Räumlichkeiten nach Toska ab, aber von ihrer Freundin fehlte jede Spur. Dann eben ohne Toska. Die würde schon auf ihre Kosten kommen, da war sich Ilka sicher. Sie selbst durfte es nur nicht übertreiben. Morgen Vormittag hatte sie den Termin bei der Donner-Bank.

Während der Fahrt zu den Hütten, wo auch Hamburgs Polizeigefängnis angesiedelt war, dachte Ilka über die merkwürdige Zusammensetzung ihres merkwürdigen Gespanns nach. Mann und Gründgens schienen irgendwas miteinander zu haben, das hatte sie schon gespürt. Klaus Mann schien einerseits etwas infantil, andererseits wie von einer Sehnsucht nach Unangepasstheit und Unbekanntem gefesselt. Das hatte sie schon in seinen Texten gespürt. Suche und Abgrenzung. Bei dem übermächtigen Vater war das ja auch irgendwie verständlich.

Das Verhältnis zwischen Erika und ihrem Bruder war hingegen undurchsichtig. Dass sie eine Männerrolle spielte, hieß in diesem Fall sicher nicht, dass sie auf

Frauen stand. Das hatte Ilka sofort gemerkt. Es reichte ein Blick. Vielleicht der Wunsch danach, in der Männerwelt auf gleicher Augenhöhe zu kommunizieren?

Ziegel war anscheinend mehr aus strategischen Gründen mit dabei, ging es doch um seine Klientel. Und die hofierte der Mann mit dem markanten Grübchen am Kinn ohne Wenn und Aber. Gründgens war inzwischen ein Garant für öffentliche Aufmerksamkeit, ein Zugpferd, wenn es darum ging, Säle zu füllen. Dazu kam seine Ausstrahlung. Er sah nicht nur phantastisch aus, wie sich Ilka eingestand, er war auch wortgewandt und kaum zu durchschauen. Er hatte eine anrüchige Art, schien zügellos und subversiv. Es war nicht das Gehabe eines Schauspielers, nein, es wirkte vielmehr wie das verzerrte Spiegelbild eines echten inneren Anliegens. Ilka wusste nicht genau, wie alt er war, aber sicherlich jünger als sie selbst. Wahrscheinlich noch keine dreißig. So war es verständlich, dass er für Mann ein Leitbild darstellte. Würde es ihr gelingen, Gründgens wie beiläufig auf Puttfarcken und die Liste anzusprechen? Ilka hoffte, dass sich eine passende Gelegenheit finden würde.

Das männliche Publikum überwog in den Drei Sternen eindeutig, und bei einigen Damen war offensichtlich, dass sie nicht echt waren. Verkleidungen, wohin man auch blickte. Zumindest die Manns passten also hierher. Auf der Bühne wechselte sich eine Tanzkapelle, die sowohl Lieder zum Schunkeln als auch die neuesten amerikanischen Tanzrhythmen beherrschte, mit kurzen Varieté-Einlagen und anderen Darbietungen ab. Es gab einen

Zauberer, der allerlei Anstößiges aus seinem Zylinder zog, einen verrucht schlampigen Damenimitator mit schief sitzender Perücke sowie einen Sänger, der eine aufmüpfige Persiflage auf die Liedtexte französischer Chansons bot. Die Stimmung war ausgelassen. Auf den Tischen reihten sich die Sektkelche und Flaschen. Immer wenn das Licht für die Darbietungen abgedunkelt wurde, war anzügliches Getuschel und Gekicher zu vernehmen.

Erika wurde auf der Eckbank eng von Gustaf und Klaus eingerahmt, Ilka und Erich saßen ihnen zuerst etwas irritiert gegenüber, wagten sich dann aber als Erste auf die Tanzfläche, und Ilka staunte nicht schlecht, wie sicher der bestimmt fünfzigjährige Theatermann seine Beine zu Two Step, Shim Sham und Charleston bewegen konnte – zu Letzterem schwang er sogar die Arme von Seite zu Seite, wie es sich gehörte. Erika und Klaus folgten nach kurzer Zeit auf die Tanzfläche, nur Gründgens blieb am Tisch sitzen und beobachtete das Geschehen um ihn herum.

Als die Kapelle zu langsameren Rhythmen wechselte, kehrte Ilka der Tanzfläche den Rücken und rückte zu Gründgens an den Tisch. Erika und Klaus tanzten Wange an Wange in inniger Umarmung auf dem Parkett weiter. Ilka bestellte eine Karaffe Wasser. «Herrlich», meinte sie. «Dieser neue Tanz, der Charleston, macht einen ganz atemlos.»

«Du machst eine gute Figur dabei», meinte Gründgens und zwinkerte Ilka zu. «Auch wenn du an diesem Ort wahrscheinlich nicht die Aufmerksamkeit bekommst, die dir zustünde.»

Ilka wurde rot. Zumindest Gründgens hatte sie ja beobachtet. «Zugegeben, in Berlin sind die von mir bevorzugten Lokalitäten meist anders besetzt.»

Gründgens prostete ihr zu und blickte amüsiert auf sein Glas. «Wahrscheinlich heterogener.»

«Oh, ich bin es durchaus gewohnt, Kompromisse einzugehen.» War das zu intim?

«Was machst du in Berlin? Bist du auch am Theater?»

«Nein. Ich arbeite als Journalistin für Ullstein, bei der *Vossischen Zeitung*. – Aber ich habe dich auf der Kommandantenbühne gesehen.»

Gründgens lächelte bescheiden. «Eine gruslige Zeit. Und eine gruslige Rolle.»

«Dafür fast immer ausverkauft. Ich hatte Schwierigkeiten, an eine Karte zu gelangen.» Gründgens war ihr sehr nah gekommen. Nur eine Handbreit trennte ihre Köpfe. Sie konnte förmlich seinen Atem am Hals spüren. Was führte er im Schilde?

«Und was führt dich in die Stadt? Ein Bericht über die Kammerspiele? Über Klaus?»

«Nein, ich war nur zufällig in den Kammerspielen. Mit einer Freundin. Und dann kam ich mit Klaus ins Gespräch. Wir haben letztes Jahr zwei Kurzgeschichten von ihm im Blatt abgedruckt.» Ilka rückte etwas zur Seite. Die fast intime Nähe machte sie nervös. Aber es war die herbeigesehnte Gelegenheit. «Ich recherchiere im Umkreis eines Bekannten, der auf tragische Weise ums Leben gekommen ist. Daniel Puttfarcken. Vielleicht kennst du ihn sogar.»

«Puttfarcken», wiederholte Gründgens und lupfte

nachdenklich eine Augenbraue. «Sagt mir jetzt auf die Schnelle nichts. Wie kommst du darauf, ich könne ihn kennen?»

«Ich fand in seinem Nachlass ein Büchlein, in dem auch dein Name auftaucht. Es handelt sich dabei um eine Liste, eine Aufzählung von Leuten, die ihm wohl Geld gaben. Wofür, weiß ich nicht. Es sind alles kleinere Beträge. Puttfarcken war Architekt.»

«So ein kleiner Schmächtiger mit roten Haaren?», fragte Gründgens.

Ilka nickte hoffnungsvoll, obwohl sie kein Bild von Puttfarcken vor Augen hatte.

«Ein lieber Kerl. Ich habe ihn hier, nein, bei Erich im Theater kennengelernt», korrigierte er sich. «Damals, als Erich den Aufruf von Kurt Hiller gegen den Schwulenparagraphen unterstützte. Er kam in Begleitung von Andreas Knack, dem Krankenhausdirektor, der auch in der Bürgerschaft sitzt. Die sammelten für einen Fonds, der für Rupferopfer gedacht war. Ganz nach dem Vorbild vom WHK und wohl auch in Absprache mit Magnus Hirschfeld. Ich glaube, Knack arbeitet eng mit ihm zusammen. Eine gute Sache, die man unterstützen sollte. Da habe ich natürlich auch ein paar Mark gespendet.»

«Ist das mit den Rupfern denn tatsächlich so verbreitet?», fragte Ilka interessiert.

«Ich denke schon», entgegnete Gründgens. «Sonst käme man ja nicht auf die Idee für einen solchen Fonds. Genaues kann ich dazu nicht sagen. Aber wer weiß, was einem noch so alles widerfährt im Leben.»

Kapitel 6

Mittwoch, 5. August 1925, morgens

☿

Das Aufstehen fiel ihr schwer. Ilka kam es vor, als wäre sie gerade erst ins Bett gegangen. Genaugenommen wusste sie nicht mal, wie spät es wirklich geworden war. Bei der Morgentoilette bröselte das Stückwerk des gestrigen Abends in die Erinnerung. Gründgens, der Charmeur. Der Kerl war unglaublich. Aber seine Schäkerei und sein Getändel waren nur ein Spiel gewesen. Es waren lüsterne Komplimente an sie, aber einen fleischlichen Annäherungsversuch hatte es nicht gegeben. Sinnlich ja, jedoch hatte er sich selbst einer Umsetzung versperrt. Hätte sie dem anderenfalls stattgegeben? Wahrscheinlich schon, auch wenn ihre Absichten in eine andere Richtung gezielt hatten: die Liste. Das war es, worum es Ilka ging. Im Nachhinein fiel ihr ein Stein vom Herzen, auch wenn das an Puttfarckens Tod nichts änderte. Trotzdem war sie irgendwie getröstet, dass er kein billiger Erpresser gewesen war. Eine Spendenliste also. Eigentlich völlig harmlos. Nur was wollte der Kerl, der sie auf der Toilette bedrängt hatte, mit dieser Liste? Mit den Namen von Leuten, die selbst Gefahr liefen, einmal einer Erpressung zum Opfer zu fallen, oder solchen, die zumindest eine so liberale Einstellung hatten, dass sie sich gegen den 175er aussprachen. Trotzdem musste die Aufstellung irgendeine wichtige Information beinhalten. Ein Geheimnis. Und überhaupt: Warum war Puttfarcken ermordet worden?

Die Donner-Bank befand sich in der Neuen Gröningerstraße. Ein Blick auf das Thermometer am Fenster signalisierte, dass es heute bestimmt nicht wirklich warm werden würde. Zwanzig Grad vielleicht. Die Wolkendecke sah nach möglichen Schauern aus. Ilka wählte das wärmere Kleid und beschloss, sich nach dem Banktermin erst einmal neu einzukleiden. Die Verbindungen mit öffentlichen Verkehrsmitteln zur Neuen Gröningerstraße waren laut Davids Plan eher bescheiden. Also fuhr Ilka ab Schwanenwik mit dem Dampfer bis zum Pavillon am Jungfernstieg. Den Rest konnte sie laufen. Das Kontor der Bank lag im Schatten der Katharinenkirche. Ein barockes Portal aus Sandstein, umgeben vom Zierrat altehrwürdiger hanseatischer Backsteintradition.

Dr. Hansen empfing sie im Besprechungszimmer der Bank. Auch wenn ihre Einlagen erheblich waren, machte er nicht den Eindruck, als wenn er einem besonderen Kunden gegenübersaß. Wahrscheinlich weil sie eine Frau war. Hansen war distinguiert, wirkte aber völlig unbeteiligt. Nicht von der Sache her, aber sein Gehabe war eindeutig im unerotischsten Metier überhaupt beheimatet: Geld und Finanzen. Nun gut. Deswegen arbeitete er ja auch für sie. Ilka ließ Hansens Berichte über Aktienentwicklungen über sich ergehen, nahm die Kursnotierungen der Hamburger Börse und die Kassakurse der Berliner Börse zur Kenntnis, aber sie war nicht bei der Sache.

«Wenn es dabei bleibt», meinte Dr. Hansen, «bewegen wir uns bei Ihren Einlagen jetzt in der Größenordnung von sechseinhalb Prozent Vermögenssteuer. Das ist gegenüber den fünf Prozent bei einem Kapital von bis zu zweihundertfünfzigtausend Mark schon erheblich. Und so viel kann die Bank bei der derzeitigen Kreditlage nicht erwirtschaften. Trotz der amerikanischen Investitionsbereitschaft. Über die Kurse haben wir per Saldo einen Verlust von fast einem Fünftel Prozent gegenüber der Steuer.»

Ilka schwindelte. Nicht wegen der Beträge, die sie eh als marginal empfand. Sie war einfach nicht bei der Sache. Die Hälfte ihres Vermögens hatte Ilka direkt im Ausland angelegt. In Schweden, in Frankreich und England. Davon wusste die Donner-Bank nichts. Das war auch gut so. Ilka litt keine Geldknappheit. Das Vermögen war groß genug. Sie würde es selbst kaum aufbrauchen können.

«Wir müssten also ein gewisses Risiko eingehen, dem Verlust gegenzusteuern. Dafür brauche ich natürlich Ihr Einverständnis.» Er wollte Spielgeld. Das hatte Ilka schon verstanden. Aber die Inflation hatte sie schon genug gekostet. Hingegen war der Wert ihrer Immobilien sogar gestiegen. Die Zinsgeschäfte waren derzeit nicht lukrativ, so viel hatte sie verstanden. Aber Ilkas Vorschläge waren emotional bestimmt und fanden bei dem Banker kein Verständnis. Ohne Risiko wuchs nichts. Bis auf den Wert der Immobilien. Das war einerseits beruhigend, andererseits war es albern, solange sie keine Nachkommen zu berücksichtigen hatte. Und daran war momentan nicht zu denken. Zumindest so weit funktionierte ihr Mechanismus. Sie gab Hansen letztlich die Erlaubnis, zwanzig Prozent des Kapitals in riskantere Aktiengeschäfte zu investieren. Aber trotzdem behutsam und wohlüberlegt, wie sie betonte.

Von der Donner-Bank war es nur ein Katzensprung zu den Kaufhäusern an der Mönckebergstraße. Ilka beschloss, die Strecke zu Fuß zurückzulegen und einen kleinen Schlenker über den Messberg zu machen. Von der Gröningerstraße her querte sie die Brandstwiete und lief dann weiter über Hüxter- und Brauerstraße, an deren Ende sie schon die großen Neubauten hinter dem Messberg erkennen konnte, Ballinhaus und Chilehaus. Ilka schlängelte sich an den Hand- und Leiterwagen vorbei, die selbst auf den Fußwegen abgestellt waren. Mittlerweile säumten auch immer mehr Transporetten die Fahrwege, motorisierte Dreiräder für den Lastentransport. Erstaunlich, wie viele Pferdefuhrwerke es in der Stadt noch gab. Automobile waren immer noch in der Unterzahl. In Berlin hatte die Motorisierung deutlich schneller um sich gegriffen. Auf dem Jungfernstieg hatte man mittig zwar einen Parkstreifen für Automobile eingerichtet, aber abseits der Boulevards bestimmten immer noch Pferde den Rhythmus der Straßen.

Als sie schließlich auf dem Messberg angelangt war, staunte Ilka nicht schlecht. Während das Ballinhaus wie ein grober, massiver Klotz daherkam, aus dessen Mitte eine riesige Walmdachlandschaft emporwuchs, wirkte das Chilehaus wie ein flimmerndes Mosaik aus Fenstern. Die ganze Fassade schien in Bewegung zu sein. Es war ein faszinierendes Schauspiel, das sich ihr bot. Ein ganzer Straßenzug führte durch das Gebäude; das Chilehaus überspannte die Straße mit großen Bögen. Im Erdgeschoss gab es Geschäfte, deren Fenster von hellen Markisen beschattet wurden. Darüber nichts als Fenster. Ilka zählte fünf Etagen an der Fassade, über denen noch einmal drei gestaffelt zurückliegende Geschosse mit auskragenden und umlaufenden Galerien lagen. Als Abschluss thronte eine Art Pavillon auf dem Gebäude. Am faszinierendsten aber war, wie sich das Chilehaus einer geschwungenen Welle gleich sanft an den Straßenzug anschmiegte. Beeindruckt hielt Ilka inne. Wie anders und modern das Chilehaus war, sah man an der Polizeiwache, welche die südwestliche Ecke des Komplexes bildete. Es wirkte, als umklammere das Chilehaus das ältere, mit barocken Stilelementen geschmückte Gemäuer, das für sich genommen noch nicht einmal sonderlich alt wirkte und vielleicht sogar erst in diesem Jahrhundert gebaut worden war. Auch die benachbarten Gebäude am Hopfensack, viele von ihnen aus dem letzten Jahrhundert, manche sogar aus dem 17. Jahrhundert, worauf ihre schiefen Renaissancefassaden hindeuteten, kontrastierten den Wechsel der Zeiten auf aberwitzige Weise. Es waren städtebauliche Rudimente und kleinzellige Relikte aus längst vergangenen Zeiten.

Ilka schritt langsam auf das Chilehaus zu, und je näher sie der Fassade kam, umso überwältigter war sie. Es war nicht einfach gemauert, die Backsteine schienen zu tanzen. Ihre Anordnung glich einer verspielten, nach einem undurchschaubaren Muster geformten Ordnung. Mal imitierten sie Gesimse, dann Lisenen oder Schmuckbänder. Und wo ihre kleinteilige Struktur nicht ausreichte, waren gebrannte Majoliken eingefügt, deren florales oder figürliches Ornament – flächigen Reliefs gleich – als Abschluss einzelner Baugruppen diente. Langsam ging Ilka in Richtung Pumpen, schritt die Fassade ab, den Blick immer wieder nach oben gerichtet. Dort, wo Pumpen und Burchardstraße zusammenliefen, lag die Spitze, der Bug des Dampfers. Auf den Photographien, die Ilka gesehen hatte, wirkte alles so dramatisch und überhöht. In der Tat war der Anblick spektakulär, aber irgendwie hatte sich Ilka das noch atemberaubender vorgestellt, nochmals gesteigert. Aber man konnte es nicht steigern.

Die andere Straßenseite war eine einzige Baustelle. Die alten Gemäuer, die sie noch aus ihrer Kindheit kannte, waren alle niedergelegt worden. An ihrer Stelle fand sich nun Baugrube an Baugrube, dazwischen wuchs der gigantische Block eines weiteren Kontorhauses in die Höhe. Staub und Lärm hingen in der Luft. Vom Burchardplatz aus kreuzte Ilka die Steinstraße auf Höhe der Jacobikirche und reihte sich dahinter in den Menschenstrom auf der Mönckebergstraße ein. Hier nun waren Menschenmenge und Verkehrsaufkommen tatsächlich mit Berlin vergleichbar.

Gleich im ersten Kaufhaus wurde Ilka fündig. Sie sah ein beiges Kostüm aus geplättetem Leinen, an den Rändern grün abgesetzt und mit edlen Perlmuttknöpfen versehen. Dazu ein schönes Paar geknöpfter Riemenpumps, ideal zum Tanzen. Seidenstrümpfe und Wäsche hatte sie genug, und wenn sie noch etwas benötigte, würde sie es bei Toska bekommen. Immer wieder schlich sie aber um ein wunderbares Kleid herum, das sie gleich zu Anfang gesehen hatte. Eigentlich hatte sie ein ausreichend luftiges Kleid mit, aber dieses hier war etwas Besonderes. Allein die Farbe. Fast ein Zitronengelb. Die Seide war hauchzart, an den Rändern blau abgesetzt und ohne Saum. Die Schnürung ebenfalls in Blau, ein gewagter Ausschnitt und am Rücken völlig offen. Das Monogramm J.P. erklärte den Preis.

«Collection Jean Patou», näselte die Verkäuferin, die beobachtet hatte, wie sie darum herumgeschlichen war.

«Ich weiß», entgegnete Ilka. Das Stück war sündhaft teuer. Es endete knapp über den Knien. Bei so etwas konnte sie immer schwach werden. Ilka haderte mit sich. In Berlin hatte sie etwas ganz Ähnliches. Auch ohne Futter. Aber nicht in dieser Farbe. Man durfte keine schnellen Drehbewegungen machen, sonst lagen die Brüste frei. Charleston konnte man damit nicht tanzen. Aber die Farbkombination war einmalig. Ilka dachte an ihren Besuch bei der Donner-Bank. Hansen hatte sein Spielgeld bekommen, und bei sich selbst knauserte sie? «Haben Sie eine Ankleidekabine?» Zumindest anprobieren konnte sie das Kleid ja ...

Die Verkäuferin wiegte langsam den Kopf hin und her, als Ilka aus der Kabine vor den Spiegel trat. «Es steht Ihnen wirklich ausgezeichnet ... Aber ohne Büstenhalter und Korsage? Von der Seite kann man sogar hineinschauen.»

Es war dünn wie ein Negligé. Die Seide streichelte

knisternd über ihre Haut, und Ilka merkte, wie sich ihre Brustwarzen aufrichteten. Die Verkäuferin schaute verlegen zur Seite.

«Ich nehme es», meinte Ilka nach einer Bedenksekunde. Einer halben. «Und dazu bräuchte ich noch farblich abgestimmte Sandaletten.» Die fanden sich nicht. Weder in Zitronengelb noch in einem passenden Blauton. Und so bummelte Ilka die Mönckebergstraße in Richtung Rathaus entlang und klapperte alle Schuhgeschäfte ab, bis sie kurz vorm Pferdemarkt doch noch fündig wurde. Ein kurzer Besuch bei Toska war unausweichlich. Sie hatte das dringende Bedürfnis, ihre Beute jemandem vorzuführen.

«Unglaublich. Das ziehst du am Samstag an», ermutigte Toska sie, nachdem klar war, dass dieses Kleid wahrscheinlich zu frivol war, um es zu einem alltäglichen Anlass zu tragen. «Wir machen uns hübsch und gehen in die Stadthalle. Da ist Strandfest. Du kannst dir ja ein Jäckchen überwerfen. Das wird ein Spaß. Und das Thema am Abend lautet: Venezianische Nacht. Also mit Masken. Ich besorg uns welche. Es gibt eine Illumination, ein Brillantfeuerwerk und Kabarett. Tanz und Belustigung sowieso.»

Das klang nach einer passablen Gelegenheit. Sie unterhielten sich noch über den gestrigen Abend. Toska war ganz spontan der Einladung eines Schauspielers gefolgt, dessen Name Ilka nichts sagte. Aber so, wie Toska die Augen verdrehte, musste man ihn wohl auch nicht kennen. Seine Qualitäten lagen vermutlich auf einem anderen Gebiet.

Ein kurzer Anruf bei David brachte Klarheit über den weiteren Tag. Er musste nach Dienstschluss noch zu seinem Chef, der heute nicht im Amt erschienen war, weil es ihm wieder einmal nicht gut ging. Allerdings hatte David einige Abstimmungen über das Dulsberg-Projekt, mit dem er gerade betraut war, in die Wege zu leiten. Wie David ihr erklärte, bestand der Oberbaudirektor darauf, über jedes winzige Detail informiert zu werden. Egal wie dreckig es ihm ging. «Er ist wie ein Besessener», meinte ihr Bruder. «Weißt du, ich fände es schön, wenn du mich dort abholen könntest. An der Alster 39, da wohnt Schumacher. Dann können wir anschließend noch etwas unternehmen. Ich muss nach der Unterredung nicht mehr ins Amt.»

Ilka nahm eine Droschke, bat den Fahrer, in der Armgartstraße kurz zu warten, zog das neue Leinenkostüm an und ließ sich dann zur Adresse von Schumacher fahren. Das Haus an der Alster war eine der spätklassizistischen Stadtvillen und stand in Reih und Glied mit seinesgleichen. Schmal und unspektakulär, drei Fenster in der Breite, nach Ilkas Auffassung einem Oberbaudirektor nicht angemessen. Die Ulmen davor warfen frühabendliche Schatten auf die helle Fassade. Ein Amselmännchen sang sein monotones Abendlied. Nicht einmal ein Hausmädchen gab es, wie Ilka feststellte, als die Dame des Hauses ihr persönlich öffnete. Aber man hatte ihr Eintreffen anscheinend angekündigt. «Die Herren sitzen oben und erwarten Sie.»

Ilka stieg über eine gewinkelte Treppe in den ersten Stock empor. Das Treppenhaus war dunkel, sowohl die

Stofftapeten wie auch die Möbel. Die Einrichtung mochte nicht recht zu einem Menschen passen, der die Zukunft der Stadt in den Händen hielt. Wie David immer betont hatte, war Schumacher dank seiner Position eine der einflussreichsten Persönlichkeiten Hamburgs. Schließlich gab er alleine die Marschrichtung vor, mit welchem Gesicht die Stadt in die Zukunft schritt. Es war eines aus Backstein. Dunkel, nicht die strahlende Moderne des Bauhauses, von Licht durchflutet und offen. Ilka gefiel es nicht.

David winkte ihr durch die offene Tür zu. «Darf ich vorstellen, meine Schwester, Ilka Bischop.»

«Ich bin sehr erfreut, Sie kennenzulernen.»

Der Oberbaudirektor machte keine Anstalten, sich von der Chaiselongue zu erheben, streckte ihr nur müde den Arm entgegen. Schumacher war eine kleine, schmächtige Person. Ilka hatte ihn sich ganz anders vorgestellt, als kraftstrotzende Figur, deren Machtfülle durch Leibesfülle, zumindest aber durch Größe ihre Entsprechung fand. Nichts dergleichen. Eine zarte Erscheinung, fast kindlich. Nur sein voller Bart wies auf das fortgeschrittene Alter hin.

«Ihr Bruder hat mir immer wieder von Ihnen erzählt. Nur Vorteilhaftes. Und ich muss sagen, er hat nicht übertrieben. Es tut mir leid, dass ich Sie in einem solchen Zustand empfangen muss.» Die Erschöpfung war ihm anzusehen. Seine Stimme klang schwach und atemlos. Aber allein die Wortwahl deutete darauf hin, dass er akribisch darauf achtete, stets Herr der Situation zu bleiben. Sein schmeichlerisches Kompliment nahm Ilka unkommentiert zur Kenntnis. «Vielen Dank, dass du mich auf dem Laufenden hältst», meinte er, an David gerichtet. «Was den Dulsberg betrifft, bin ich erleichtert. – Ihr wollt sicherlich los?»

«Wir wollen es nicht überstürzen», entgegnete David. «Hier noch kurz die Notizen aus der Bürgerschaftssitzung, die mir zugetragen wurden. Zunächst zum Umbau der Esplanade: Die Straßenbahnschienen in der Mitte und die Umgestaltung mittels zweier gegenläufiger Einbahnstraßen sind aktuell, jedoch müsste dafür das 70/71er-Denkmal aus verkehrstechnischen Gründen weichen», rekapitulierte er. «Polizeipräsident Dr. Campe machte den Vorschlag, das Denkmal an den Dammtordamm zu verlegen. Entweder zwischen das Hotel und die Gleise, oder auf die andere Seite, hin zum Botanischen Garten.»

«Eher auf die andere Seite», kommentierte Schumacher knapp, auch wenn er das wahrscheinlich nicht zu entscheiden hatte.

«Und wegen des Hopfenmarktes ... Die Sache mit den unterirdischen Kraftfahrzeugstellplätzen ist erst mal vom Tisch, wie ich erfuhr. Es wird dort keine vorläufige Bebauung geben.»

«Sehr gut. Wenn ich mir auch eingestehen muss, die automobile Entwicklung nicht wirklich in meine Pläne eingebunden zu haben. Es ist schwierig, dem entsprechend Rechnung zu tragen. Welche Rolle wird das Automobil in Zukunft spielen? Ich weiß es schlicht und ergreifend nicht.» Entschuldigend zu Ilka: «Es tut mir leid, und ich hoffe, Sie entschuldigen unsere Einlassungen, aber es steht so viel Wichtiges zur Debatte ...»

«Das macht nichts. Mir tut es leid, dass ich gedanklich mit ganz anderen Dingen beschäftigt bin», sagte Ilka.

«David erzählte mir davon», antwortete Schumacher und stöhnte. «Ich bin sehr betrübt wegen des Todes von Herrn Puttfarcken.»

«Sie kannten ihn?», fragte Ilka.

«Ja», meinte Schumacher. «Wir sind uns ein paar Mal begegnet. Das war auch der Grund, warum ich ihn damals nicht einstellen konnte, als er sich im Hochbauamt bewarb. Aber, das ist privater Natur. Aber er hat bei Höger ja eine durchaus adäquate Anstellung gefunden.»

«Ich habe heute das Chilehaus zum ersten Mal gesehen. Es ist unglaublich ...»

«Nun ... Es ist in aller Munde. Es ist spektakulär, ohne Frage.» Schumacher versuchte, seine Meinung so diplomatisch wie möglich zu verpacken. Er kämpfte mit sich, mit seinem Neid durch die Aufmerksamkeit für einen anderen Architekten, so viel war klar. «Letztendlich hat er es doch mir zu verdanken, dass sein Schiffsmotiv entstand ... Und so plastisch, wie es jetzt vermarktet wird ... Ohne meine Struktur ... städtebaulich betrachtet ... es ist nur aufgrund der Tatsache entstanden, dass ich ihm den Freiraum der Betrachtung geschaffen habe. Ursprünglich stand der Perspektive des Bugs die örtliche Bebauung zuwider. Erst mit der Niederlegung einer intakten Disposition war überhaupt ein solcher Blickwinkel möglich. Ganze Straßenzüge mussten verschoben werden ... In der Tat ist der Bau phantastisch ... Den Backstein beherrscht Höger wie kein Zweiter. Aber er ist kein Städteplaner. Er ist ein Visionär individueller Bauten. Es geht aber um das Ganze der Stadt ... um die Struktur.»

«Sicher. Und Herr Puttfarcken hatte maßgeblichen Einfluss auf den Bau?»

«Eher nicht», entgegnete Schumacher. «Er war der Mann vor Ort, soweit ich weiß. Er war nicht für den Entwurf zuständig, sondern hat die Ingenieursarbeiten begleitet und den Bauherrn betreut, Herrn Sloman.»

Ilka überlegte kurz, ob sie Schumacher mit den neuesten Fakten konfrontieren konnte. «Sie haben ja einen Spendenaufruf von Puttfarcken finanziell unterstützt», warf sie in den Raum, ohne sich sicher zu sein, ob die Initialen FS wirklich für Schumacher standen.

Nach einer kurzen Pause nickte der Oberbaudirektor. «Aber ja doch. Das ist schon etwas her, aber es ist mir noch präsent. Er warb für Unterdrückte, und ich fand mich bereit, dem etwas beizusteuern. – Ich bin wirklich sehr betrübt», sagte Schumacher. In Ilkas Ohren klang er eher angstvoll.

«Ich hatte ihn mir ganz anders vorgestellt. Vor allem nach deinen Schilderungen», meinte Ilka, als sie im Restaurant Nachtigall an der Schmilinskystraße einen Platz gefunden hatten. «Vor allem nicht so schmächtig.» Sie blätterte durch die Karte.

«Er ist sehr sensibel. Im Winter hatte er wohl eine Embolie. Nicht die erste, wie er mir sagte. Er muss vorsichtig sein.»

«Auf jeden Fall entspricht er nicht dem klassischen Typ Amtsleiter. Da musst du mir recht geben, oder?»

«Nun schließ mal von seiner Konstitution nicht auf seine Kompetenzen», widersprach David. «Er ist ein Genie. Ich kenne ihn nicht anders und möchte keinen anderen Chef haben. – Klärst du mich auf, was die Liste angeht? Es gibt Neuigkeiten, oder?»

«Ich konnte das einem Gespräch mit Gustaf Gründgens entnehmen. Der Schauspieler. Er steht ja auch auf der Liste, und ich hatte gestern zufällig die Gelegenheit, ihn zu befragen. Er sagte, Puttfarcken habe mit anderen zusammen im Milieu für einen Fonds geworben, der für Rupferopfer aufgebaut werden sollte. Also für Homosexuelle, die von Strichern erpresst werden. Genau das Gegenteil von dem, was die Polizei vermutet. – Ich nehme die Seezunge, und du?»

«Das ist ja interessant.» David war mit der Karte noch nicht durch.

«Die Frage ist, wer alles gespendet hat. Wer hat ein begründetes Interesse daran, dass den Opfern unbürokratisch geholfen wird? Die Spender wissen sich notfalls selbst zu helfen, weil sie über genügend Kapital verfügen. Es sind Leute, die ihre Einstellung zur Sache ... oder aber auch ihre Veranlagung lieber diskret beurteilt wissen wollen. Liegt da der Haken? Geht es darum, aus den Spendern Täter zu machen? Sie zu brandmarken, öffentlich an den Pranger zu stellen? Ich habe lange darüber nachgedacht. Mir fällt keine andere Erklärung ein. Und was ist mit Schumacher? Er war nicht sehr auskunftsfreudig, was sein Verhältnis zu Puttfarcken betraf. Aber schwul ist er ja wohl nicht.»

«Woher willst du das wissen?»

Nicht in Övelgönne, sondern auf Hiddensee: Wasserflugzeug Junkers F 13.

picture alliance/ZB

Fokker D XIII in Lipezk, Russland. Photo vor 1926.

Bundesarchiv, RH 2 Bild 02292-072

Die Schauspielerin Ruth Landshoff.
ullstein bild – Zander & Labisch

Der Journalist und Redakteur Georg Bernhard 1928.
Bundesarchiv, Bild 102-06068

Klaus und Erika Mann. Photo um 1930.

ullstein bild – Lotte Jacobi

Das Jahrzehnt der fliegenden Frauen: die Schauspielerin Corinne Griffith. Photo um 1923.

Hulton Archive/Getty Images

Das Romanische Café in Berlin. Photo um 1925.
ullstein bild

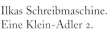

Ilkas Pistole. Remington
Double Deringer .41 Rimfire.
Interfoto/Hermann Historica GmbH

Ilkas Schreibmaschine.
Eine Klein-Adler 2.

*Qwertzuiopü
Schreibmaschinen-Museum*

Ilkas Kamera. Leica Modell I A mit Anastigmat.
Nur 1925 gebaut (144 Exemplare).

Leica Camera AG, Wetzlar

Die Berliner Riviera: Badeleben am Wannsee um 1925.

ullstein bild – Imagno

Tänzerinnen des Luciano-Balletts um 1925 mit zeitgenössischen Frisuren.

akg-images

Aus Gründen der Geheimhaltung als Großtraktor bezeichnetes Panzerfahrzeug, gebaut von 1928 bis 1929 von den Firmen Rheinmetall, Daimler-Benz und Krupp. Hier bei einer Panzerschreck-Ausbildung 1944.

Bundesarchiv, Bild 146-1979-107-13

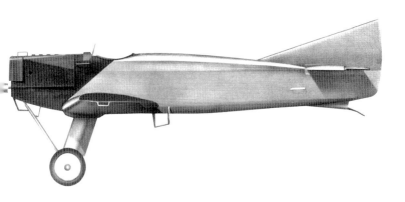

Ilkas Laubfrosch. Eine Junkers A 20c, umgebaut zum Einsitzer.

Photo: privat

Künstlerfest Der siebente Krater im Hamburger Curiohaus 1925. Vor Oberbaurat Emil Maetzel (im Teufelskostüm) Klaus und Erika Mann und Gustaf Gründgens.

Photo: privat

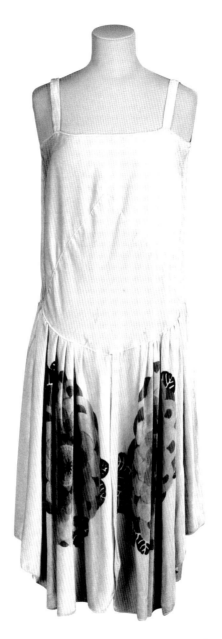

Nicht von Jean Patou, sondern von Lucien Lelong: Abendkleid um 1925.
ullstein bild – Roger-Viollet

Platz für über zehntausend Gäste: die Hamburger Stadthalle im Stadtpark. Erbaut 1911–1916 und 1922 nach einem Entwurf von Fritz Schumacher. Nicht erhalten.

Hamburger Staatsarchiv

Der Große Saal der Stadthalle. Ausführung ab 1922. Innengestaltung durch Hermann Höger, Otto Fischer-Trachau, Richard Kuöhl und Bernhard Hopp.

Hamburger Staatsarchiv

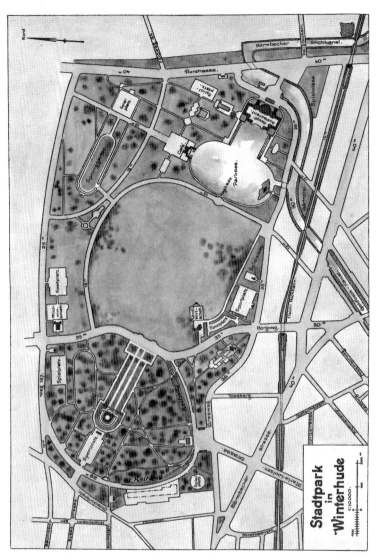

Ursprungsplan des Hamburger Stadtparks – Ausführung
der Peripherie-Anlagen abweichend. Bauliche Situation am
Parksee ausgeführt.

Hamburger Staatsarchiv

Das (spätere) Kontorhausviertel in der Hamburger Altstadt um 1925. Unten mittig das Chilehaus von Fritz Höger mit seiner charakteristischen Dachlandschaft und dem außergewöhnlichen Grundriss.

Hamburger Staatsarchiv

«Na ja, er ist verheiratet. Ich weiß, das ist keine Garantie dafür, keine heimliche Veranlagung zu haben, aber es ist bestimmt eher die Ausnahme.»

«Wie? Verheiratet? Du meinst Conny? Nichts da.» David drückte seine Zigarette im Aschenbecher aus. «Conny ist seine Schwester. Sie führt ihm den Haushalt und kümmert sich auch sonst um alles, wozu er selbst keine Zeit und Lust hat. – Ich nehme das Cordon bleu.»

«Seine Schwester? Interessant. – Können wir uns auf den Chardonnay einigen?»

«Ich bevorzuge nach wie vor ein frisches Pils», entschuldigte sich David.

«Kein Problem, ich will dir dein Feierabendbier nicht vorenthalten. – Bleibt die Frage: Warum ist diese verdammte Liste so interessant? Und wer interessiert sich dafür? Wer interessiert sich dafür, ob der oder der mehr an Männern oder Frauen Interesse hat ... David! Es geht hier auch um Mord!»

«Ich kann es dir nicht sagen», sagte ihr Bruder. «Ist auch nicht mein Job. – Ich kann dein Interesse an der Sache ja halbwegs nachvollziehen. Aber ich wüsste nicht, was ich beisteuern könnte.»

Sie verbrachten den Abend in der unausgesprochenen Übereinkunft, das Thema nicht weiter zu erörtern, was zumindest für Ilka nicht einfach war. Es ging vordringlich um ihre Familie, um die gesundheitliche Konstitution von Sören, der nach Davids Schilderungen wirklich sehr alt geworden war, um den großen Altersunterschied zwischen Sören und Tilda, die immer noch vor Energie sprudelte, nicht nur, wenn es um parteipolitische Dinge ging, sondern auch um Fragen des Frauenrechts, wie David süffisant betonte. In der Hinsicht stand er seinem Ziehvater immer noch näher als Mathilda, deren Engagement er zwar befürwortete, aber auch als überholt einstufte, weil Frauen inzwischen so viel mehr gestattet war. Nach einem Apfelkompott trennten sich ihre Wege. Ilka übernahm die Rechnung und bat die Bedienung, ein Taxi zu bestellen.

Im Garten an der Armgartstraße brannte eine Gaslaterne. Ilka war froh, ihre Bleibe über einen separaten Eingang betreten zu können. Sie fragte sich, wo wohl das Käuzchen beheimatet war, das ihre Schritte mit einem gleichermaßen klagenden wie gespenstischen Ruf begleitete. Die Tür zu ihren Zimmern quietschte leise. Nachdem sie ihre Sachen abgelegt und sich ein Nachthemd übergestreift hatte, öffnete sie die Tür zur Schlafstube. Ihr stockte der Atem. Auf dem Sessel neben ihrem Bett saß ein fremder Mann und blickte sie ausdruckslos an.

Kapitel 7
Mittwoch, 5. August 1925, abends

☤

Ilka konnte einen Schrei nur in letzter Sekunde unterdrücken. Ihr Herz raste. «Wer sind Sie? Was wollen Sie?»

Der Mann legte den Zeigefinger über die Lippen und deutete auf den Stuhl vor dem Spiegeltischchen. «Ich tue Ihnen nichts», erwiderte er leise. «Bitte setzen Sie sich. Wir müssen reden.»

Ilka erkannte die Stimme des Mannes. Es war der Kerl vom Flughafen. War er bewaffnet? Er saß dort ganz ruhig, als wäre es das Normalste der Welt. So verstört sie auch war, der Mann wirkte nicht wirklich bedrohlich. Ilka überlegt kurz, ob sie ins andere Zimmer zurückweichen und versuchen sollte, an ihre Waffe zu gelangen. Dann aber setzte sie sich auf den Platz vor dem Schminktisch.

«Ich hatte Sie gebeten, das Notizbuch von Herrn Puttfarcken zu beschaffen.»

«Gebeten ist gut.» Sie räusperte sich. «Es ist bei der Polizei. Ein offizielles Beweismittel, das kann ich nicht einfach mitnehmen. Aber warten Sie … Sie erlauben?»

Ilka deutete auf ihre Aktentasche, die an der Wand lehnte.

Der Mann erhob sich langsam, nahm die Tasche und warf einen kontrollierenden Blick hinein. Dann reichte er sie Ilka und setzte sich wieder.

Ilka hatte in einer Vorahnung mehrere Abzüge anfertigen lassen. Deshalb war es nicht so dramatisch, wenn sie dem Kerl einen Satz aushändigte. Außerdem besaß sie die Negative. Wie hatte er sie nur so schnell ausfindig gemacht? «Ich habe es photographiert. Alles. Die Liste.» Sie reichte dem Mann die Bilder.

Er warf einen flüchtigen Blick darauf und schüttelte dann den Kopf.

«Alle anderen Seiten waren unbeschrieben. Ich habe es durchgeblättert», versicherte Ilka. «Was wollen Sie eigentlich damit?»

«Sie verstehen nicht ...» Der Mann reichte Ilka die Photographien zurück, ohne die Einträge in der Liste auch nur eines Blickes zu würdigen. «Das ist völlig uninteressant für mich. Keine Ahnung, was das ist. Ich brauche das Buch.»

«Das Buch? Ich sagte doch, es ist ansonsten leer.» Der Kerl schien schwer von Begriff zu sein.

«Schauen Sie.» Der Mann zog ein Notizbuch aus seiner Jacke, das dem Buch von Puttfarcken zum Verwechseln ähnlich war. Es hatte einen gleichfarbigen Ledereinband und eine Knöpflasche an der Seite. Der Mann schlug das Notizbuch auf und zog einen unscheinbaren Metallstab aus dem gebundenen Rücken des Notizbuchs. «Ich habe auch so ein Buch. Genaugenommen gehört mir das Buch von Herrn Puttfarcken ebenfalls.» Er blätterte bis zur letzten Seite, dann klappte er die Innenseite der hinteren Einfassung auf.

Auf einmal verstand Ilka. Es war ein Versteck, ein geheimes Couvert. «Was dort drin ist, wollen wir haben.»

«Ich verstehe», meinte Ilka. «Wer ist *wir*?»

«Das spielt keine Rolle.»

«Geheimdienst?», fragte Ilka. So langsam dämmerte ihr, was hier los war. Sie war in eine völlig falsche Richtung unterwegs gewesen. «Sie haben mich schon in Berlin verfolgt, habe ich recht?» Einer von Stariks Leuten? Parabellum hatte sie gewarnt. Aber der Akzent des Kerls deutete eher auf etwas Französisches, keinesfalls aufs Russische. Das Russische erkannte sie sofort.

Der Mann schüttelte den Kopf. «Nein. Hören Sie. Herr Puttfarcken hat für uns gearbeitet. Er hatte Zugriff auf mehrere sehr zuverlässige Quellen. Informationen über Dinge, die für uns von außerordentlichem Interesse sind.»

Ilka nickte. Sie hatte es geradezu vor Augen. «Und diese Informationen tauschten Sie mit Hilfe identischer Notizbücher aus, ich verstehe. Man setzt sich auf eine Parkbank und legt sein Notizbuch neben sich. Nach einiger Zeit setzt sich jemand daneben, schlägt eine Zeitung auf, legt ebenfalls sein Notizbuch auf die Bank. Man redet also kein Wort miteinander, man kennt sich gar nicht. Und es fällt natürlich nicht auf, wenn die beiden Notizbücher ganz beiläufig vertauscht werden … Ich habe genügend Phantasie, mir so etwas auszumalen.»

«So in etwa», meinte der Mann.

«Was hat Ihnen Puttfarcken besorgt? Lassen Sie mich raten ... Informationen zu geheimen Ausbildungsstätten für deutsche Piloten im Ausland.»

Der Mann hob die Augenbrauen. Die Verblüffung war ihm anzusehen. «Ich glaube, ich habe Sie unterschätzt.»

«Das tun viele», sagte Ilka selbstbewusst.

«Woher wissen Sie davon?»

«Ich bin Journalistin und recherchiere in der Sache.»

«Und deshalb versuchten Sie, Kontakt zu Puttfarcken aufzunehmen? Hatten Sie Ihr Kommen angekündigt?», fragte er besorgt.

Ilka spürte, dass sie vorsichtig sein musste. «Nein, wir kannten uns nicht. Die Adresse hatte ich von einem gemeinsamen Freund.»

«Puttfarcken hätte Ihnen niemals Auskünfte zu der Sache gegeben. Die Informationen, die er besaß, gelten als streng vertraulich.»

«Wer hat ihn erschossen?», fragte Ilka.

«Das wüssten wir auch gerne. Wir können nur spekulieren. Vielleicht ist sein Kontakt zu uns aufgeflogen. Er wollte sich am Tag seines Todes mit mir treffen. Zumindest hatte er das angekündigt. Als er nicht zur verabredeten Stelle kam, bin ich zu seiner Adresse gefahren, aber da war die Polizei schon vor Ort. Ich hatte keine Möglichkeit, an das Notizbuch zu kommen.»

«Und dann sind Sie zu einem späteren Zeitpunkt dort eingestiegen und haben die Wohnung durchsucht. Aber das Buch haben Sie nicht finden können.»

Der Mann nickte. «Ihr gemeinsamer Freund ...»

«Ist tot», erklärte Ilka. «Ein Flieger. Angeblich abgestürzt. In Russland. Details dazu kenne ich nicht. Das wollte ich Puttfarcken mitteilen. Die beiden waren wohl verbandelt.»

«Puttfarcken hatte über seine sexuelle Veranlagung Möglichkeiten, Dinge in Erfahrung zu bringen ... Er hat sie ganz bewusst eingesetzt, um an heikle Informationen zu kommen. Über Kontaktpersonen, die genauso gestrickt waren.»

«Eine männliche Mata Hari also?»

Ein kurzes Grinsen, dann ein Nicken. «Das haben Sie gesagt.»

«Worum geht es genau? Für wen arbeiten Sie?» Sie durfte auf keinen Fall etwas von dem Brief verraten, den Johann ihr hatte zukommen lassen. Wahrscheinlich wusste sie über dessen Inhalt sogar Details zu der Sache, die nicht einmal Puttfarcken bekannt gewesen waren. Zumindest konnte er von der Bestätigung seiner Vermutungen nichts gewusst haben.

Der Mann schüttelte den Kopf. «Glauben Sie mir. Mit dem Wissen würden Sie sich nur selbst in Gefahr begeben. Denken Sie an Puttfarcken und dessen Schicksal. Und Puttfarcken war halbwegs professionell geschult. Nur so viel ... Wir beobachten interessiert und mit begründeter Sorge die Bestrebungen einer Gruppierung in Deutschland, die sehr wahrscheinlich einen Revanchekrieg gegen Frankreich vorbereitet. Mehr kann ... mehr darf ich Ihnen dazu nicht sagen.»

«Ich werde versuchen, an den Inhalt des Notizbuchs zu kommen», sagte Ilka. «Da die Polizei nichts davon ahnt, besteht berechtigte Hoffnung darauf.»

«Es ist vor allem eine gefaltete Karte mit Eintragungen, die ständig aktualisiert wird. Sie ist immer mit dabei.»

«Wie viele Ausbildungsstätten gibt es?»

«Bislang wissen wir von dreien, aber es sind noch weitere in Planung.»

«Wenn Sie das nächste Mal mit mir in Kontakt treten, dann bitte ich darum, dass Sie es etwas moderater angehen. Nicht dass ich an einem Herzschlag sterbe.»

«Das wird kaum möglich sein. Sie haben sicherlich noch nicht bemerkt, dass Sie beschattet werden?»

«Beschattet? Von Ihnen, ja.»

«Nicht nur. Wir wissen noch nicht, wer es ist. Es ist uns nur aufgefallen. Vielleicht Russen. Leute von Bersin. Schlecht stellen sie es jedenfalls nicht an. Nur Ihre Nummer mit dem Alsterdampfer …» Er grinste. «Das hatten die nicht drauf.» Der Mann erhob sich langsam von seinem Platz. «Ich werde mir Mühe geben, bei der nächsten Kontaktaufnahme Ihr Nervenkostüm zu schonen. Vielen Dank für Ihr Verständnis. Und für Ihre Mitarbeit.»

«Nach einem Namen darf ich wohl nicht fragen?» Ilka öffnete bereitwillig die Tür zum Garten.

Er lächelte. «Nennen Sie mich einfach Karl.»

Als sie die Tür schloss, merkte Ilka, wie sie zitterte. Nein, sie bebte innerlich. Als Erstes suchte sie ihre Handtasche und nahm die Deringer heraus. Mitarbeit? Als hätte sie sich dazu bereit erklärt. Ab sofort würde sie mit der Waffe neben dem Bett schlafen.

Kapitel 8

*Donnerstag, 6. August 1925,
vormittags*

☿

Es war einfacher gewesen, als Ilka gedacht hatte. Das Notizbuch lag immer noch dort, wo sie es am Montag gesehen hatte. Sie hatte sich herausgeputzt, wollte Eindruck schinden, beabsichtigte ja, einen Moment der Unachtsamkeit ausnutzen zu können. Die Zielvorgabe war klar. Natürlich biss Rosenberg an, kein Wunder. So, wie sie es darauf angelegt hatte. Auch wenn er sich erst zierte. Nein, der hatte bestimmt kein Mädchen in petto. Ganz im Gegenteil. Etwas unbeholfen wirkte er, überfordert. So gut, wie er aussah, war er vielleicht auch schwul. Was Ilka schade gefunden hätte. Es war in letzter Zeit fast immer so, dass Männer, die sie als gutaussehend empfand, sich eher fürs eigene Geschlecht interessierten. Laurens, was für ein Name. Jetzt fiel es ihr ein. *Archaisch* war das zutreffende Wort. Er sah archaisch aus. Wie ein Spartaner. Kantig, mit einem scharf geschnittenen Profil. Heute trug er nur ein weißes Hemd, dazu eine schwarze Hose mit breiten Hosenträgern. Sie war fasziniert von seinen Augen.

Von Anfang an hatte sie ihn umgarnt. Erst die Fragen

nach dem Voranschreiten seiner Untersuchungen. Wer bereits befragt worden war. Wollte die Polizei tatsächlich von allen Personen auf der Liste das Alibi zur Tatzeit überprüfen? Das klang fast unmöglich. Und es war sinnlos, wie sie ja wusste. Dann hatte sie ihn spontan gefragt, ob er sie am Sonnabend in die Stadthalle begleiten wolle. Toska hatte sie dabei nicht erwähnt. Rosenberg schien völlig überrumpelt. Das könne er nicht, hatte er gemeint. Sie sei doch in einen Fall verwickelt, den er bearbeite. «Wenn das herauskommt, könnte ich in Teufels Küche geraten.»

«Aber Sie ermitteln doch nicht gegen mich. Ich bin nur eine Zeugin», hatte Ilka geantwortet. «Oder bin ich etwa eine Tatverdächtige? – Ich habe ein wasserdichtes Alibi», schob sie mit einem entwaffnenden Lächeln hinterher. «Es geht doch nur um ein wenig Ablenkung und Amüsement. Ich habe niemanden, der mich begleitet, und ohne einen Mann an der Seite komme ich mir bei so etwas immer komisch vor.» Sie hatte alle Register gezogen, und schließlich hatte Rosenberg eingewilligt. Aber er wollte sich zumindest offiziell für den Bereitschaftsdienst abmelden, wie er meinte. Nicht ganz oben, aber wenigstens bei seinem Chef. Er entschuldigte sich für einen Moment, und Ilka nutzte seine Abwesenheit.

Tatsächlich steckten in der Tasche im Buchrücken ein Plan, zwei Blaupausen sowie ein Zettel mit handschriftlichen Notizen. Aber sie hatte keine Zeit, sich die Dokumente anzusehen, und steckte sie in die Handtasche. Dann schloss sie das Geheimfach, indem sie die dünne Stange von oben in die Bindung zurückschob. Zuerst konnte sie die kleinen Lederschlaufen mit dem Stab nicht treffen, und vor Aufregung brauchte sie drei Versuche, aber sie zwang sich zur Ruhe, und schließlich sah alles genauso aus wie zuvor.

Nachdem Rosenberg zurückgekehrt war, verabschiedeten sie sich förmlich, obwohl zumindest von seiner Seite aus klar war, dass er ihr gemeinsames Vorhaben als etwas Besonderes ansah. Als Treffpunkt vereinbarten sie das Foyer der Stadthalle.

Noch auf der Toilette des Stadthauses lichtete Ilka alle Seiten mit ihrer Leica ab. Dann brachte sie den Film auf direktem Weg zum Photolabor, wartete aber nicht auf die Entwicklung, sondern zahlte im Voraus und bat darum, die Bilder an Davids Adresse zu liefern. Sie hatte es, wie sie nun wusste, mit Geheimdienstleuten zu tun. Auch wenn die möglicherweise auf ihrer Seite standen, musste sie ihr Verhalten entsprechend anpassen. Bislang hatte sie ihrer Überwachung nicht entgehen können, so viel war klar. Sie musste also ihre Verfolger abschütteln, und dieses Mal richtig, um unentdeckt operieren zu können. Die weiten Flächen des Stadtparks kamen ihr in den Sinn – warum nicht?

Am See vor der Stadthalle wählte Ilka eine einsame Parkbank nahe der Kaskade, setzte sich und beobachtete das Treiben um sich herum. Von hier aus hatte sie den Überblick. Zur Linken der See, auf dem sich geschätzt hundert Ruderboote und Kanus bewegten, besetzt mit Ausflüglern, Familien und Verliebten gleichermaßen, dahinter die breit gestreckte Front der Stadthalle mit ihrer verspielten Dachlandschaft und den Fledermausgauben sowie die abgestuften Ränge des Areals zum Wasser hinunter bis zur Mauer. Auf der anderen Seite die große Wiese, dahinter – wie eine Kanüle verjüngt – die perspektivische Flucht auf den Wasserturm, der den Stadtpark im Westen begrenzte. Ein Koloss aus rotem Backstein, theatralisch gestaltet wie ein archaisches Denkmal. Die ganze Komposition aus Natur, Fluchten und architektonischen Einsprengseln wirkte auf Ilka wie ein Bühnenbild. Zumindest konnte sie von ihrem Platz aus jeden Passanten erkennen, und solange sich niemand zu ihr setzte, konnte auch niemand sehen, was sie inzwischen in den Händen hielt.

Die Karte hatte mehrere handschriftliche Eintragungen, allesamt im benachbarten Ausland. Lipezk war darunter. Dazu noch andere Namen, die Ilka nichts sagten. Kama etwa, mit einem Kreuz gekennzeichnet. Auch in Russland, aber südlicher gelegen. Die Karte war schematisch gestaltet und stark vereinfacht. Genaue Grenzverläufe waren nicht eingezeichnet. Es bedurfte schon einer gewissen geographischen Grundkenntnis, alles zuordnen zu können. Dann die handschriftlichen Vermerke. Zumindest konnte Ilka die Handschrift von Puttfarcken gut entziffern. Die Namen jedoch sagten ihr nichts: *Schinckel, Behrenberg-Gossler, von Neuhaus und Sloman informiert ... von hier direkt zu von Seeckt. Kontakt nur über Trutz von Liebig.*

Hans von Seeckt! Der Chef der Heeresleitung der Reichswehr. Ebert hatte ihm wegen der Putschversuche vor zwei Jahren Generalvollmacht gegen innere Unruhen erteilt. Einer von Ilkas ersten politischen Berichten für die *Vossische*. Von Seeckt hatte daraufhin sowohl NSDAP als auch KPD verbieten lassen. War das die Verbindung? Und der Name Sloman? Sie war sich sicher, dass er ihr etwas sagen sollte, aber es gelang ihr nicht, ihn zuzuordnen. *Baldur von Wittgenstein könnte für Aufklärung sorgen, habe aber über den normalen Weg keine Kontaktmöglichkeit*, entzifferte sie. *Grevensteiner Mühle ist aufgelöst, soweit bekannt. Fortsetzung in der Domäne Dektow als Zentralstelle der Arbeitsvermittlung. Noch keine Info bezüglich der Gutsherren im Mecklenburger Frontbann, gegebenenfalls auch Frontbann Ostpreußen.*

Was war damit anzufangen? *Frontbann Ostpreußen.* Das klang verboten. Zumindest geheim.

Dann noch ein Hinweis auf eine Veranstaltung in Mentrup's Gesellschaftshaus am Zollenspieker. In wenigen Tagen. Ein Treffen der ehemaligen Angehörigen des Landwehr-Infanterie-Regiments 85. Darunter stand: *Kontakt Gutehoffnungshütte, Rheinmetall-Borsig und Hanomag. Genau wie Landsverk AB. Siehe Kama. Bitte prüfen.* Die Blaupausen schienen Durchschläge von Verträgen mit der Firma Hanomag sowie mit der Landsverk AB zu sein. Worum es im Detail ging, war nicht ersichtlich. Nur dass es russische Kooperationspartner waren, die in einem Fall Strickmaschinen für Strümpfe geordert hatten. Das war alles.

Ilka verstaute die Dokumente wieder in ihrer Handtasche. Sie bereute, nicht in ihrer Redaktion in Berlin zu sitzen. Von dort aus waren Recherchen so viel einfacher zu bewerkstelligen. Zumal ihr die Unterstützung durch

Georg Bernhard sicher gewesen wäre. Wie sollte sie von hier aus ... Aber egal. Nun also ohne Georgs Kontakte. Ilka überlegte kurz. Landsverk AB war eine schwedische Gesellschaft. Um an entsprechende Hintergrundinformationen zu gelangen, brauchte sie nur Ture zu kontaktieren. Der bewegte sich in genau diesem Metier.

Ilka saß in der Kabine des Fernmeldeamtes und wartete, bis der Kontakt hergestellt war. Nach ein paar Minuten war es so weit, und sie hörte Tures Stimme. Etwas zeitversetzt, aber dennoch ohne das frühere Rauschen. «Hej min kära. Stör jag?»

«Du stör aldrig! Var är du? Är du okej?» Tures Stimme war weit weg, aber dennoch war Ilka froh, sie zu hören. Es war unglaublich, was die Technik einem heutzutage ermöglichte, auch wenn es ein wenig knisterte.

Ihr wurde warm ums Herz. «I Hamburg. Jag behöver din hjälp.»

«Med vad?» Ture klang ganz sachlich und unemotional. Ilka seufzte leise.

«Det handlar om ett svenskt företagskontrakt. Det är förmodligen en hemlighet. Also nicht officiellt. – Vad vet du om Landsverk AB?»

«Landsverk?» Eine große Pause. Ilka dachte schon, die Verbindung wäre unterbrochen worden. «Ist beläget i Landskrona», meinte Ture schließlich. «Machen jordbruks maskiner. Für die Agrikultur. Warum interessiert du dich för det?» Langsam sickerte wieder das Deutsch in Tures Schwedisch.

«Gibt es Verbindungen nach Tyskland?»

«I varje fall. Da ist die Gutehoffnungshütten, andel klubb Mining and Metallurgy area Oberhausen ... Oh jeh, was en tysk sallad. Jag kan inte översätta det bättre. Något att bara tänka på tyska. Typisch Tyskland.» Es war erfrischend, sein Lachen zu hören. Natürlich waren die deutschen Namensgebungen von Betrieben und Aktiengesellschaften ein Fall für sich. «Den håller femtio procent AV aktier, nyligen sextioett procent. Also eine tyskt företag, eigentlich eine deutscher Unternehmen, om du vill. Vad är det? Worum es geht?»

Da mischten also deutsche Investoren mit. «Was machen die? Was stellen sie her?»

«Traktorer och jordbruksmaskiner ... Für die agricultur. De är specialiserade auf de heavy duty ... svår terräng. Med bulldozers och kedjor. Ketten ...» Sein Deutsch war doch besser, als Ilka es in Erinnerung hatte. Inzwischen glich ihre Kommunikation einem Kuddelmuddel aus schwedischen und deutschen Wortfetzen. Was einem zuerst einfiel, das benutzte man. Der andere verstand es auf jeden Fall. Interessanterweise waren es bei Ture eher die Substantive, die er international, meist sogar auf Englisch sagte, bei Ilka die schwedischen Redewendungen, die sie sich einverleibt hatte, in die sie sich verliebt hatte. Ture machte nach wie vor die Satzstellung zu schaffen. War das ein Wunder? Er hatte nicht mal ein Jahr hier verbracht. Aber verstehen konnte er fast jedes Wort.

«Militärisches Gerät? Panzer? Stridsvagn?», fragte Ilka.

«Ich weiß irgenting därav, nichts, aber es ist möjligt.»

Also tatsächlich. «Tack, du hjälpte mig.»

«När kommer du till Sverige?» Ganz anders sein Tonfall. Wollte er das wirklich? Ture wusste doch, wie sie gestrickt war.

«Hmm. Ich komme auf jeden Fall – irgendwann, demnächst.»

«Gib mir besked i god tid. Früh genug, damit ich etwas ordna kann för oss.»

Ilka machte einen Seufzer. «Ich fühle mich in Berlin recht wohl. Och även i Hamburg.»

«Mache keine nonsens. Jag är glad när du kommer. Ich freue mich. Och mina föräldrar.» Ja, die Eltern. Sie hatten die Heirat sicher schon vor Augen. Aber so ging das nicht. Ilka hauchte ein Dankeschön in die Muschel und verabschiedete sich auf unbestimmte Zeit.

Sie zahlte dreizehn Mark für die Verbindung. Das war es ihr wert gewesen. Auch, um Tures Stimme zu hören. Und sie hatte genau das erfahren, was sie hatte hören wollen. Ein schwedischer Konzern, eine Aktiengesellschaft, die gerade von Deutschland übernommen worden war. Das passte ins Bild. Die Herstellung von Traktoren … Raupen, Kettenantrieb. Von dort war es kein weiter Weg zur Produktion von Panzern. Und genau das war Deutschland offiziell verboten. Es passte. Sie musste dringend Georg informieren.

Ilka hatte Glück und erreichte Georg Bernhard in der Redaktion persönlich. Sie diktierte ihm die Geschehnisse und die neuesten Erkenntnisse – nicht ohne den Hinweis, dass sie sich hier kaum befähigt sah, einen druckfertigen Bericht herzustellen, auch wenn sie inzwischen eine Schreibmaschine besaß. Er sorgte sich hingegen mehr um ihr leibliches Wohl. «Pass bloß auf dich auf», meinte er, als sie ihm von dem nächtlichen Besuch des Agenten berichtet hatte. «Und was machen die Hakenkreuzler in Hamburg?», fragte er besorgt. «Ist es genauso schlimm wie mit den SA-Leuten in Berlin?»

«Bislang sind mir noch keine von den Saalschützern begegnet», erwiderte Ilka. «Zumindest gibt es hier keine Übergriffe in der Öffentlichkeit. Auch die Kommunisten scheinen sich zurückzuhalten. Zumindest habe ich keine Provokationen erleben können.»

Die von Puttfarcken angeführten Namen sagten Georg bis auf von Seeckt auch nichts. «Vielleicht gibt es da eine Verbindung zum Deutschen Herrenklub?», spekulierte er. «Hier haben wir ja den Berliner Nationalklub. Die arbeiten dem zu. Immer gegen die Republik. Egal, wie. Vielleicht gibt es etwas Vergleichbares auch in Hamburg. Würde mich wundern, wenn nicht.»

«Ich werde nachforschen», versprach Ilka. «Was ist dir über den Mecklenburger Frontbann bekannt?»

«Wie kommst du darauf?» Ilka sah Georg bildlich vor sich, wie er den riesigen Zinken kraus zog und die Augenbrauen lupfte. Da hatte sie offenbar einen Volltreffer gelandet. «Das ist schon merkwürdig ...», meinte er. «Vorgestern erfuhren wir, dass die von den Gutsherren von Strauchwitz und Gehlen finanzierte Horde wohl tatsächlich plante, in Schwerin inhaftierte Fememörder mit Gewalt aus dem Gefängnis zu befreien. Das muss man sich mal überlegen ... Die Aktivitäten dieser Geheimbünde stellen eine ernsthafte Gefahr dar. Zumindest so lange, wie die Gerichte stillhalten und sie immer wieder freisprechen. Ähnliche Nachrichten hört man sonst nur aus den immer noch besetzten Rheingebieten, was den Vikingbund betrifft. – Und aus Bayern», schob Georg nach. «Nicht nur Hitler ... Über Röhm und Roßbach verdichten sich die Gerüchte ebenfalls. Ich weiß wirklich nicht, was die im Schilde führen, vermute aber das Schlimmste.»

«Du meinst also, die bauen etwas auf, was nicht konform mit den Bestimmungen geht?» Ilka stolperte immer noch über den Begriff *Fememord*, mit dem sie sich nicht arrangieren konnte. Irgendetwas sträubte sich in ihr, das Wort in ihren Wortschatz aufzunehmen. Dabei schien die Selbstjustiz gegenüber Abtrünnigen und Geheimnisverrätern genauso wie politisch motivierte Morde aktueller denn je.

«Mit Sicherheit. Es geht gegen Versailles, gegen Frankreich, wenn du so willst. Gegen Juden allemal.»

«Na ja, die Versailler Verträge sind aber auch harter Tobak», meinte Ilka. «Kein Wunder, wenn das die reaktionären Kräfte im Staat mobilisiert.»

«Die Verträge sind nun mal da. Aber die deutsche Industrie lauert schon. Die nehmen jede Lücke wahr, um sich entsprechend zu positionieren. Und genau das ist unser Feld ... Was läuft da außerhalb der Reichsgrenzen? Außerhalb der Versailler Vorgaben? Die sind einfach dilettantisch formuliert. Ich habe das mal prüfen lassen. Die wörtliche Interpretation der Verträge eröffnet einen unglaublichen Spielraum, was ihre Umsetzung angeht. Und genau das nutzen deutsche Unternehmen jetzt aus.»

Ilka dachte an die Lorenz AG, an Fokker und Junkers, an all die anderen, an die Landsverk AB und die Informationen von Ture. Ihr rauchte der Kopf. Sie bedankte sich und beendete das Gespräch: «Georg, ich halte dich auf dem Laufenden.»

«Pass auf dich auf!», war Bernhards Antwort.

Ilka legte auf und versuchte dann, die Bausteine ihrer bisherigen Recherche zusammenzusetzen. Es wollte nicht recht gelingen. Vor allem Puttfarckens Rolle war ihr immer noch nicht klar. Ein Stachel, der nicht passen wollte. Zuarbeit für einen Geheimdienst, verbandelt mit einem Piloten, den er – so spekulierte Ilka – mit Nachforschungen betraut hatte. Vielleicht waren die beiden doch kein Paar gewesen und Johann nur Mittel zum Zweck? Woher hatte Puttfarcken seine Informationen bezogen? Aus dem Umkreis seiner Arbeit für Höger? Plötzlich fiel es ihr ein. Sloman! Aber ja doch! Schumacher hatte ihn erwähnt – Sloman war der Bauherr des Chilehauses. Wenn Puttfarckens Bericht stimmte und Sloman Kontakt zu Hans von Seeckt und somit zur Reichswehr hatte, musste Ilka genau dort ansetzen.

Kapitel 9
Sonnabend, 8. August 1925

☿

Ilka setzte sich an die Schreibmaschine und versuchte abermals, aus den ihr bekannten Fakten eine Story zu Papier zu bringen. Doch sie scheiterte immer wieder daran, die Zusammenhänge plausibel darzustellen. Es gab einfach noch zu viele Lücken und Fragezeichen. Zum wiederholten Male landeten die Entwürfe im Papierkorb. Für heute war es das Beste, einfach aufzuhören. Außerdem durfte sie das Amüsement einfach nicht zu kurz kommen lassen, egal welchen Auftrag sie bearbeitete. Wenn sie schon einmal hier war, dann sollte all das, was diese Stadt ausmachte, nicht ohne Weiteres an ihr vorbeiziehen. Und ganz besonders nicht Laurens Rosenberg.

Ilka nahm ein ausgiebiges Bad, dann widmete sie sich der Körperpflege. Ausführlicher als sonst. Sie wählte das bei Toska erstandene Nichts an Wäsche, und auch das Kleid war ein Gedicht. Endlose Pirouetten vor dem Spiegel zeigten ihr immer mehr, wie ergreifend der Stoff und die Farben wirkten. Ein Feuerwerk an Finesse. Die Transparenz kaschierte sie vorerst mit einem leichten

Jäckchen. Dazu die dünnsten Seidenstrümpfe, die sie finden konnte. Auch wenn sie flache Sandaletten passender gefunden hätte, wählte Ilka die geknöpften Pumps, weil sie für das Tanzparkett geeigneter waren. Sie gefiel sich vor dem Spiegel, nahm sicherheitshalber noch einmal ihre Temperatur, die ihr freie Bahn signalisierte, und machte sich auf den Weg zum Anleger Mühlenkamper Fährhaus, von wo aus die Barkassen halbstündlich in Richtung Stadthalle schipperten.

Toska war überpünktlich gewesen. Sie trug Schwarz, allerdings kürzer als kurz. Enten flüchteten protestierend schnatternd zum Uferrand, während sich der Dampfer seinen Weg unter den Überhängen der Weiden rechts und links der Wasserstraße suchte. Ilkas Stimme tönte gegen den Schiffsmotor an: «Ich habe mich mit einem Mann verabredet!»

«Erzähl!» Die Neugier stand Toska ins Gesicht geschrieben.

«Du wirst es mir nicht glauben» antwortete Ilka. «Ein Polizist.»

«Polente? Mein Gott. Was führst du im Schilde?»

Ilka lachte. «Wenn du ihn siehst, wirst du es erahnen.» Sie waren albern, ganz so wie früher. Ilka fragte sich, ob Laurens sie überhaupt erkennen würde. Würde er überhaupt da sein?

Er war da. Als die Barkasse den Anleger erreichte, stand er in nicht zu übersehender Pose an der Treppe zwischen Ponton und Vorplatz. Und er hatte sich Mühe gegeben, dem Thema des Abends zu entsprechen. Jedenfalls mehr als sie und Toska. Mit weißer Perücke und barocken Kniehosen zog er in die venezianische Nacht. Dazu eine schwarze Augenmaske. Für die Frauen waren lange, wallende Kleider nicht unbedingt von Vorteil, allein wegen der Temperaturen. Trotzdem gab es einige Damen mit barocken Schleppen zu bewundern. Immerhin hatte Toska für Ilka eine grellbunte Maske in Form eines Schmetterlings organisiert, sie selbst trug natürlich ein Exemplar in schwarzem Samt. Nachdem Ilka ihre Freundin vorgestellt hatte, überlegte sie kurz, dann sagte sie: «Ich glaube, wir sollten uns ab sofort duzen.»

«Aber gerne doch», erwiderte Rosenberg, dem die gespielte Galanterie Freude zu machen schien. «Ich fühle mich übrigens in Begleitung von zwei so schönen Damen fast überfordert. Wie soll ich mich da nur entscheiden?»

Toska kicherte. «Wir erwarten von dir natürlich das Urteil des Paris.»

«Dann muss ich warten, bis sich eine dritte Schönheit an meine Seite gesellt? Da bin ich fein raus», entgegnete Laurens. «Wahrscheinlich habe ich den Apfel bis dahin vor Unentschlossenheit aufgegessen.» Er lachte. «Allerdings höre ich mir selbstverständlich erst mal an, was mir angeboten wird ...»

«Kein Grund, dafür einen Krieg vom Zaune zu brechen», meinte Ilka. «Hatten wir ja gerade erst.» Sie hatte nicht erwartet, dass sich Laurens Rosenberg in der griechischen Mythologie auskannte. Bildungslücken schien der Kommissar jedenfalls nicht zu haben.

«Ich kann dich in der Tat verstehen», flüsterte ihr Toska ins Ohr, während sie sich in die Schlange vor der

Kasse im Foyer einreihten. «Das sieht vielversprechend aus. Und keine Angst, ich werde meinen Don Juan schon auch noch finden.»

Sie zahlten fünfzig Pfennig Eintritt pro Person. Ein angemessener Beitrag. Es war ja immerhin ein großes Programm angekündigt. Das Strandfest war allerdings bereits vorbei, und die Abendgarderobe überwog im Gedrängel. Trotzdem gab es noch einige leicht bekleidete Frauen und Männer auf der rückseitigen Terrasse, wo man Liegestühle um einen provisorisch konstruierten Laufsteg aufgestellt hatte. Angestellte waren inzwischen damit beschäftigt, das hölzerne Plateau zu einer Art Bühne umzubauen. Ilka staunte über die Ausmaße der Stadthalle, die laut Ankündigung dreizehntausend Menschen fassen konnte. Angeblich war es die größte Lokalität mit Schankwirtschaft in Norddeutschland. Die Dimensionen erinnerten an ein Kirchenschiff, was vor allem an der Gestalt der Decken liegen mochte. Hinter dem Foyer gab es eine zentrale Halle mit ovalem Grundriss, die zum Stadtparksee hin von einer Arkade griechischer Säulen begrenzt wurde. Rückseitig wies die Halle eine Empore auf, deren Brüstung den Platz als Spielstätte von Musik und Aufführungen kennzeichnete. Eine Bühne, die von den langgestreckten Seitenflügeln aus kaum einsehbar war. Die Seitenflügel, die man beidseitig über breite Treppen erreichte, waren als tonnengewölbte Säle angefügt. Tische und Stühle, wohin man auch blickte. In der großen Halle fanden sich runde Tische, in den Seitenflügeln waren eckige Vierertische zu Reihen aneinandergeschoben worden. Am überwältigendsten aber war die Farbigkeit in den Seitensälen. So leuchtend, so kräftig! Ilka fühlte sich mit ihrem Kleid genau richtig. Auf der einen Seite des Gebäudes dominierte ein sattes Karminrot, in der gegenüberliegenden Halle überwogen Grüntöne, zum Rand hin komplementär abgesetzt, expressive sowie florale Elemente, gezackt, schattiert, geometrische Formen. Sie erinnerten Ilka an die Formensprache, die sie beim Bauschmuck des Chilehauses gesehen hatte.

«Warst du schon einmal hier?», fragte sie Laurens.

Er nickte. «Zur Eröffnung letztes Jahr. Da war es noch voller als heute.»

«Ich finde es pompös», meinte Ilka. Sie wählten einen Tisch neben der Treppe im grünen Saal. Vor den Fenstern griffen schwere Samtvorhänge den Ton der Wandbemalung auf.

«Darf ich den Vorschlag unterbreiten, dass jeder seine Bestellungen zahlt?», fragte Ilka mit einem Grinsen und orderte eine Flasche Champagner, als das Mädchen fragend den Notizblock im Anschlag hielt. «Champagner ist für den Einstieg immer gut.» Sie erwartete keine Widerworte.

Der Saal füllte sich zunehmend. Schneller, als man es hätte erwarten können. Langsam breitete sich auch im Inneren eine Wärme aus, die den schwülen Temperaturen draußen in nichts nachstand. Der leichte Wind hatte die Wärme über den Tag nicht vertreiben können. Bereits am Nachmittag hatte das Thermometer gute sechsundzwanzig Grad angezeigt, aber die Temperatur war erstaunlicherweise zum Abend hin nicht gefallen, sondern schob eine gespannte Stimmung vor sich her, wie vor einem Gewitter. Und die wuchs durch Laurens' Anwesenheit noch einmal an.

Nach nicht einmal einer halben Stunde beschlossen sie, einen Spaziergang durch die hängenden Gärten der Stadthalle zu unternehmen. Auf dem See gaben sich die Kanus und Ruderboote noch immer ein Stelldichein. Toska blieb allein auf der Terrasse zurück. Sie hatte anscheinend längst einige ihr bekannte Gesichter geortet.

In der Zweisamkeit wirkte Laurens Rosenberg etwas befangen. Zumindest war ihm seine Schlagfertigkeit plötzlich abhandengekommen. Während sie an den Rabatten des Stadtparks vorbeitrendelten, wirkte ihre Plauderei ein wenig gestellt. Da war eine generelle Spannung, die kaum zu überbrücken war. Höflichkeiten und förmliche Floskeln, mit denen Ilka insgeheim gerechnet hatte. Die sich ja auch ziemten. Was wussten sie schon voneinander? Nichts. Laurens hielt sich wacker, aber steif, förmlich und diskret. Ilka war etwas enttäuscht. Aber alles zu seiner Zeit.

Sie liefen an Beeten voller Gelblinge, Goldruten und violetten Prunkscharben entlang, wenig später war ihr Weg gesäumt von weißen Perlkörbchen, Nacktviolen und Astern, die den zentralen Rosengarten der Rabatte umsäumten. Weiße Wolken von Johanniskraut, wohin man auch blickte, dezent von gelbem und weißem Sonnenhut umgeben. Die Gärtner wussten, wie man dergleichen zu inszenieren hatte. Selbst die farbigen Schmucklilien passten sich in das kunstvolle Arrangement ein.

Als sie in den Festsaal zurückkehrten, erfüllte Musik die Hallen. Zu den Klängen venezianischen Frühbarocks, der von der Empore über dem Eingangstrakt zu ihnen herüberschallte, gab es die Karte verfügbarer Gerichte. Nichts Dolles, alles mehr oder weniger Hausmannskost. Kein Wunder, sollten wirklich mehr als zehntausend Gäste bewirtschaftet werden, was Ilka jedoch bezweifelte. Höchstens die Hälfte aller Plätze war besetzt, wie sie schätzte. Und ob die alle etwas aßen, war auch fraglich. Aber selbst dann war es noch eine gewaltige Herausforderung für die Küche. Angeboten wurden Labskaus, Matjes mit Bratkartoffeln, Strammer Max, kaltes Sauerfleisch in Aspik, Soleier und ein Spreewälder Salat. Ilka bestellte das Labskaus und orderte als Entschädigung die nächste Flasche Champagner.

Das Kabarett, welches dem Essen folgte, war eher mäßig, aber die Kapelle, die anschließend übernahm, war famos. Es dauerte nicht lange, bis alle aufs Parkett stürmten. Ilka wurde von Toska nach und nach den unterschiedlichsten Persönlichkeiten vorgestellt. Die Masken verfremdeten nicht so sehr, dass man diejenigen dahinter nicht doch deutlich erkennen konnte. Wahrscheinlich so wie früher, als auf den Maskenbällen auch nur eine gespielte Anonymität zur Schau gestellt wurde. Wer sich vorher bereits bekannt war, erkannte sich auch mit Maske.

Toska hatte eindeutig ein Faible für Künstler, wie Ilka feststellen musste. Da kam sie ihr gleich. Und so scharten sich nach einiger Zeit die schillerndsten Gestalten um den Tisch neben der Empore. Laurens kam dadurch etwas zu kurz, was Ilka einerseits schade fand, andererseits hinderte ihn niemand daran, sich stärker einzubringen. Ilka hatte inzwischen die vierte Flasche Champagner geordert, allmählich musste sie sich etwas zurückhalten. Geld hatte sie zwar genug dabei, aber es war noch früh. Die Dämmerung hatte noch nicht eingesetzt, und vor Einbruch der Dunkelheit war keinesfalls mit dem Feuerwerk zu rechnen. Ilka und Toska standen allein wegen ihrer Aufmachung im Mittelpunkt der Runde. Vor allem, nachdem Ilka ihre Jacke abgelegt hatte. Der vollbärtige Mann, den Toska als Emil Maetzel vorgestellt hatte, konnte seine Blicke kaum abwenden. Er gehörte den Hamburger Sezessionisten an und war der Organisator der Künstlerfeste, die regelmäßig im Curiohaus stattfanden. Auch Karl Schneider, ein Architekt der radikalen Moderne, der bis vor wenigen Jahren für Fritz Höger gearbeitet hatte, schien Interesse an ihr zu haben. Er verpackte es in die Einladung, sein neuestes Projekt zu besichtigen, ein Atelier, das er gerade in Blankenese für eine gewisse Lore Feldberg realisierte, die ebenfalls Künstlerin war. Ilka war, als buhlten die Anwesenden um ihre Aufmerksamkeit.

«Ich denke, ich habe Sie über meinem Kamin hängen», meinte ein Mann in der Gefolgschaft von Maetzel, der Ilka neugierig gemustert hatte. Weniger wegen ihres Kleides als vielmehr wegen ihrer Frisur. «Allerdings etwas plakativer und verhüllt, nicht so ... freizügig.» Er war unwesentlich älter als Ilka. Vor allem stachen seine Sommersprossen hervor. Sonst war er eher unauffällig.

«Und ich dachte, du sammelst nur Unverhülltes»,

kommentierte Maetzel und hatte die Lacher auf seiner Seite.

Ilka wusste nicht, was der Mann gemeint haben könnte. «Ich wüsste nicht, was ich über Ihrem Kamin zu suchen hätte», meinte sie amüsiert.

«Ich glaube nicht, dass Sie einen Zwilling haben», sagte der Mann und legte den Kopf schief. «Die Ähnlichkeit ist frappierend. Sie müssen das Modell sein.»

«Das Modell?»

«Ich erwarb das Porträt letztes Jahr ... bei einem Händler in Paris. Tamara de Lempicka hat es gemalt. Es heißt *Die Fliegerin* ... Fragen Sie mich nicht, was ich dafür bezahlt habe ...»

Ilka zuckte zusammen.

«Typisch Baldur», bemerkte Maetzel etwas abfällig. «Immer auf der Suche nach Schnäppchen.»

Sie erinnerte sich. Konnte das sein? Kurt hatte sie und Tamara in Paris miteinander bekannt gemacht, nachdem er meinte, sie wären sich so ähnlich. Nicht wirklich ein Kompliment, aber tatsächlich war es so gewesen. Und sie hatte eingewilligt. Es war unheimlich. Wer war dieser Unbekannte?

«So, wie Sie es schildern, ist es durchaus möglich, dass ich über Ihrem Kamin gelandet bin. Der Kamin gehört ...?»

«Unser aller Retter», kam Maetzel dem Angesprochenen zuvor. «Baldur hat den Mammon, uns alle zu dirigieren ... Und uns am Leben zu halten.» Zu Ilka gewandt, erklärte er: «Sie kennen seine Sammlung nicht. Ohne Baldur wären viele von uns ein Nichts! Einige leben nur von seinen Ankäufen.» Es klang nicht böse. «Er kauft auch durchaus Interessantes», meinte er mit einem Grinsen.

Baldur ... Ilka hatte eine vage Assoziation, aber der Champagner verhinderte, dass sie sich zu konzentrieren vermochte. «Sie machen was?», hakte sie nach.

«Ich bin eine Art Handelsvermittler», erklärte der Mann. «Einerseits exportiere ich, wovon es bei uns zu viel gibt, und importiere immer genau das, was hierzulande gebraucht wird. Dabei bin ich nicht selbst der Händler, sondern ... eher ein Makler. Und das auf internationalem Parkett.»

«Wie langweilig», meinte Toska. «Billig kaufen – teuer verkaufen. – Was auch sonst?» Sie erntete Kopfschütteln und verstummte.

«Nun ... wie gesagt, ich bin mehr Vermittler als Händler. Und das muss nicht immer langweilig sein. Momentan etwa vermittele ich zwischen Russland und den Vereinigten Staaten.»

«Das klingt in der Tat spannend. Um was geht es dabei?»

«Flugzeuge.»

«Oh, das ist interessant. Ich bin Pilotin.»

«Ich ahnte es. Mein Bild trägt also nicht umsonst den Titel *Die Fliegerin*? Aber wahrscheinlich würden Sie mir im Fliegerdress nicht so gut gefallen wie in diesem unglaublichen Kleid. Und auch die Maske steht Ihnen wahrscheinlich besser als eine Fliegerbrille.» Laurens gab ein auffälliges Räuspern von sich.

«Worum genau geht es dabei?»

«Ach, eigentlich ganz einfach: Russland zum Beispiel möchte gerne die amerikanische Firma Ford dazu bewegen, ein Werk für Flugzeuge im Ural zu bauen. Und die Firma Ford ist zwar sehr interessiert, koppelt das Vorhaben aber an die Bedingung, dort gleichzeitig ein Werk für den Automobilbau bauen zu dürfen. In dem Sektor ist die Firma zu Hause, erwirtschaftet damit deutlich höhere Margen als im Flugzeugbau und hätte gleichzeitig einen neuen, riesigen Absatzmarkt vor der Tür. Die Russen aber wollen nur die Flugzeuge und keine Konkurrenz im Automobilsegment.»

«Das klingt kompliziert.»

«Nun ja, da geht es ums diplomatische Geschick.»

«Das Sie anscheinend beherrschen», erwiderte Ilka. «Zumindest sind Sie so erfolgreich, dass Sie es sich leisten können, Kunst zu sammeln.»

«Ich bin eher bescheiden ...»

Maetzel fiel ihm ins Wort: «Baldur untertreibt wieder schamlos. Bei hiesigen Künstlern ist er inzwischen gefürchtet, weil er gnadenlos die Preise drückt.»

«Ich kaufe in der Tat auch Dinge, für die sich sonst niemand interessiert», konterte Baldur. «Und ich umgebe mich gerne mit Schönem. Vor allem mit schönen Frauen ...»

Ilka bestellte die nächste Flasche Champagner, dann unternahm sie einen weiteren Anlauf in Richtung Tanzfläche. Toska beugte sich diskret zu ihr. «Dahinten gibt es übrigens, wonach du bislang noch nicht gesucht hast. Der Kerl mit dem Gigolobart. Du brauchst ihn nur mit *Schneemann* anzusprechen. Ich sage dir ... Die beste Qualität weit und breit. Und wie ich weiß, doch wohl eher die Nachspeise. Zumindest die Eintrittskarte dazu.» Sie grinste ihre Freundin an.

Ilka tat, was Toska gesagt hatte. Der Mann mit dem Bart lud sie zu einem Spaziergang ein, während Toska sich um Laurens kümmerte. «Der Preis fürs Gramm?», fragte Ilka, nachdem sie die Blumenrabatten zum zweiten Mal umkreist hatten und klar war, worum es ging. Die Rosen hatten genau die passende Farbe. Irgendwas zwischen Weiß und Rot.

«Es ist unverschnitten», meinte der Schneemann. «Kein Mehl. Nicht gestreckt!»

«Ich hörte davon.»

«Zwei Heiermänner», erklärte er.

«Ich nehme fünf.» Ilka wusste nicht, wann sich wieder eine Gelegenheit bot.

Er nickte. «Warten Sie genau hier. Ich bin in zehn Minuten zurück.»

Es war eine ganze Weile her, dass sie sich auf Kokain eingelassen hatte. In Berlin war es eine Zeitlang fast täglich gewesen. Sie versuchte, sich abzulenken. Der Sonnenuntergang im Stadtpark war spektakulär. Der Himmel über dem Wasserturm flimmerte erst orange, dann violett. Die Bäume erstrahlten kurz in Fehlfarben, als wenn es bereits Herbst wäre, dann verschwanden ihre Schatten und mit ihnen die Orientierung über die fortschreitende Tageszeit.

Das Geschäft ging diskret und schnell über die Bühne. Ein Couvert mit fünf Tütchen gegen fünfzig Mark. Das war nicht günstig, aber wenn das Koks unverschnitten war, hielt es sich immer noch im Rahmen. Ilka testete mit der Zunge, bevor sie dem Kerl die Scheine reichte. Dann verschwand er zwischen den Büschen in der Dämmerung, von wo er gekommen war. Ein Kaninchen querte Ilkas Weg und huschte unter einen Rhododendron. Das Lila des Himmels verdunkelte sich rapide und löste sich in Farblosigkeit auf. Ilkas Herzrhythmus wurde quirlig. Aus der Ferne war der Lärm von der Terrasse der Stadthalle zu vernehmen. Dazu das pulsierende Klopfen in ihren Ohren. Und das nur von dem Geschmack auf der Zunge. Das Zeug war gut. Die Wasserfläche vor der Stadthalle war nun heller als ihre Umgebung. Düstere Waldflächen bildeten die Kulissen. Die spärlichen Bauten im Park reihten sich ein in das Wechselspiel von Architektur und Landschaft, das Schumacher klar vor Augen gehabt haben musste. Eine Spannung, der man sich nicht entziehen konnte. Mit jedem Schritt zurück in Richtung Stadthalle nahm Ilka ihren Körpergeruch wahr. Es war immer noch unerträglich schwül. Das Wolkenbild war trügerisch. Sie wusste es von der Fliegerei. Wolkenstimmungen zu deuten konnte tückisch enden. Entscheidend waren die Druckverhältnisse. Und heute Morgen hatte das Barometer auf 764 gestanden. Kein gutes Omen.

Laurens und Toska tummelten sich immer noch auf der Tanzfläche. Zeit für eine Ablösung. Bereits die kleine Probe hatte eine Lust in ihr entfacht, die sie nicht ziehen lassen wollte. Auch wenn sie eigentlich anderes vorhatte. Später. Inzwischen störte die Maske, aber die Verkleidungen sollten erst zum Feuerwerk fallen. Auf dem Weg von der Tanzfläche der erste Körperkontakt.

Funken sprühten, auch wenn es bloß ein Arm war, der sie berührte. Dafür wurden die Köpfe am Tisch dichter zusammengesteckt. Mochte es an der Musik liegen, die immer lauter zu werden schien, oder war das Einbildung? Toska tuschelte inzwischen mit einem Dogen und zwinkerte Ilka vielsagend zu. Beim Tanzen Laurens' Hände auf ihrem nackten Rücken. Es kribbelte. Würde er mitziehen?

«Ich würde das Feuerwerk gerne von anderer Stelle aus sehen», hauchte ihm Ilka ins Ohr. Es war noch eine gute Stunde Zeit bis zum Finale.

«Steht dir eine bestimmte Stelle vor Augen?», fragte Laurens. «Ich genieße gerade hier die Zeit mit dir.»

Immerhin. Er hatte aber noch nicht den Hauch eines wirklichen Angriffs gewagt. Die Perücke saß inzwischen etwas schief. Seine Augen hinter der Maske zeigten ihr verführerisches Blau.

«Vielleicht sollten wir mit einem Boot ... Es gibt da doch die Insel am südlichen Zipfel vom See. Da ist es sicherlich schöner.» Romantischer hatte sie sagen wollen. Toska hatte ihr erzählt, dass alle die Insel nur *Liebesinsel* nannten.

Die Ruderboote waren inzwischen blockiert, da man das Brillantfeuerwerk inmitten des Sees entzünden wollte. So entschlossen sie sich, den Weg zur Insel, die über eine kleine Brücke auch vom Land her zu erreichen war, zu Fuß zurückzulegen. Er legte einen Arm um sie. Was machte sie hier? Ilka kam sich verrucht vor. Auch Laurens hatte reichlich Champagner getrunken und musste mindestens so angeschickert sein wie sie selbst. Aber sein

Schritt war noch ohne jegliches Schwanken, und sie ließ sich gerne dirigieren.

Auf der Insel, die den südlichen Zipfel vom See markierte, waren nur wenige andere Personen. Ilka wählte einen Bereich, der kaum einsehbar war. Hinter der Mauer eines Pavillons, vor den Sitzbänke gebaut waren, ließen sie sich nieder. Ilka glühte von innen.

«Jetzt muss es gleich losgehen», meinte Laurens. Er war nah an sie herangerückt. Zaghaft, als wolle er austesten, wie weit er gehen konnte. Sie blickten erwartungsvoll auf den See. Ilka zog langsam ein Briefchen aus ihrer Handtasche, riss es auf und verteilte den Inhalt auf ihrer Handfläche. Dann schob sie seine Perücke beiseite und zog ihre Masken ab.

«Was machst du?», fragte Laurens. «Ist das Koks?»

«Wirst du sehen», antwortete Ilka. «Vielmehr spüren. Wenn du mich jetzt bitte unmanierlich berühren würdest ...»

Laurens griff nach ihren Hüften. War er wirklich so naiv? Ilka leckte das Pulver auf und drückte Laurens ihre Zunge in den Mund. Nur ein kurzer Moment der Überraschung, dann willigte er ein, spielte mit. Sie verteilte das Pulver mit der Zunge in seinem Mund, an seinem Zahnfleisch. «Mit *unmanierlich* meinte ich eigentlich eher *unsittlich*. Entweder weiter oben ... oder unten.» Sie streckte ihm ihre Zunge entgegen und spürte, wie seine sich darauf einließ. Mit einer Hand zog er sie dichter an sich heran, seine zweite spürte sie über ihre Brüste gleiten.

Das Feuerwerk begann hinter ihrem Rücken. Nachdem die ersten Raketen gestartet waren, stoben Böller und zischende Raketen über den See. Kurz darauf folgten die ersten Donnerstöße. Gleichzeitig prasselten dicke Regentropfen auf sie herab. Ein Inferno. Ihr Kleid hatte Ilka längst hochgeschoben. Sie sah die Stadthalle über Kopf, den See, das Feuerwerk, den prasselnden Regen, der eingesetzt hatte. Ja, Feuerwerk. Sie hatte seinen Kopf abwärts dirigiert, zwischen ihre Schenkel. Tosender Beifall von den Terrassen der Stadthalle, der nicht ihnen galt. Ilka genoss, wie Laurens die Führung übernahm. Seine Zunge verteilte Schnee in ihrem Schoß. Es war unglaublich. Dann plötzlich löste sich ihre Erinnerungslücke. Baldur ... ein seltener Name. Plötzlich wusste sie wieder, wo sie ihm begegnet war: im geheimen Bericht von Puttfarcken – Baldur von Wittgenstein. Warum musste ihr das gerade jetzt einfallen?

Kapitel 10

*Sonntag, 9. August 1925,
frühmorgens*

☿

Die Barkassen verkehrten schon längst nicht mehr, und eigentlich hatte sie sich eine Taxe mit Toska teilen wollen, aber ihre Freundin war mal wieder wie vom Erdboden verschluckt gewesen. Ilka ahnte, warum. Als sie von der Liebesinsel zurück zur Stadthalle gekommen waren, war Toska bereits verschwunden. Ebenso wie der Architekt Karl Schneider. Maetzel und Baldur saßen alleine an ihrem Tisch. Ilka zog sich schnell ihre Jacke über. Ihr Kleid war vom Regen zu einer zweiten Haut geworden und offenbarte jedes noch so kleine Detail ihres Körpers. Natürlich hatten sie es bemerkt, wie die eindeutigen Blicke der Männer signalisierten. Die Frisur hingegen hatte sie dank der gebrannten Welle schnell wieder in Form gebracht. Kein Wort darüber. Laurens verhielt sich nach den gemeinsamen Eskapaden vorbildlich. Nicht der kleinste Blick verriet, dass sie es gerade im Regen getrieben hatten.

Er war es wirklich, wie Ilka auf Nachfrage erfuhr: Baldur von Wittgenstein. Und Trutz von Liebig, der ebenfalls in den Aufzeichnungen des Toten vorkam, war zeichnungsbefugter Geschäftsführer bei Wittgenstein & Consorten – seiner Firma. Als der Name Puttfarcken fiel, zuckte Laurens kurz zusammen. Völlig überrascht verfolgte er ihr Gespräch mit Baldur von Wittgenstein, doch dem schien der Name Puttfarcken tatsächlich nichts zu sagen. Laurens' Erstaunen war nicht zu übersehen gewesen. Er wirkte unkonzentriert und hibbelig. Vielleicht war es aber auch noch die Wirkung des Kokains. Es schien, als stünde er immer noch unter Strom. Dabei hatte sie ihm doch angekündigt, dass auch sie am Fall Puttfarcken dranbleiben werde.

Erst spät in der Nacht trennten sich ihre Wege. Laurens hatte sie nach Hause begleiten wollen, aber vorerst war Ilkas Hunger gestillt. Auch die Einladung zu ihm lehnte sie ab. Er hatte sich als wirklich geschickter Liebhaber erwiesen, genau so, wie sie es sich erhofft hatte. Doch sie hatte Laurens zu verstehen gegeben, dass sie an mehr erst einmal nicht interessiert war. Eine Wiederholung des Geschehenen schloss sie allerdings nicht aus.

Aber es war Baldur von Wittgenstein, den sie nicht mehr aus ihrem Kopf bekam. Der Sitz seiner Firma war im Chilehaus, wie sie von ihm erfahren hatte. Und Puttfarcken war für den Bau des Hauses zuständig gewesen. Das konnte kein Zufall sein. Für nächsten Dienstag hatten sie eine unverbindliche Zusammenkunft mit von Wittgenstein im Chilehaus arrangiert. Keine noch so kleine Andeutung, was sie von ihm wissen wollte. Er sei immer bis mittags in der Firma, hatte er gesagt, und dass er sich über ihren Besuch durchaus freuen würde.

Es dämmerte bereits, als die Droschke die Pension erreichte. Die ersten Amseln zwitscherten ihre Morgenandacht. In ihren Räumlichkeiten dann die Ernüchterung. Es erwartete sie diesmal zwar niemand persönlich, aber als Ilka ihre Deringer zurück in die Handtasche steckte, bemerkte sie das Notizbuch, das auf dem Bett lag. Genau so ein Notizbuch, wie es auch Puttfarcken gehabt hatte. Karl, oder wie immer er wirklich heißen mochte, war also tatsächlich wieder hier gewesen, obwohl sie nicht verstand, wie er sich hatte Eintritt verschaffen können, ohne die geringste Spur zu hinterlassen. Nachdem sie einen Stuhl unter die Türklinke gekeilt hatte, streifte Ilka ihr Kleid ab und hängte es zum Trocknen an die Gardinenstange. Es hatte trotz ihres ungebremsten Liebesspiels kaum Schaden genommen. Nackt, wie sie war, setzte sie sich aufs Bett und untersuchte das Büchlein. Wie zu erwarten gewesen war, besaß es ebenfalls das ihr bekannte Geheimfach. Darin nur eine kurze Notiz:

Montag um vier Uhr auf Deiner Parkbank bei der Wasserkaskade.
K.

Ilka erschrak. Sie war also auch dort beobachtet worden, obwohl sie sich eigentlich sicher gefühlt hatte. Geglaubt hatte, die Übersicht zu haben. Eine gewisse Ohnmacht überwältigte sie. Warum hatte dieser Karl nicht ihr Zimmer durchwühlt? Ilka ging zu ihrer Schreibmaschine und löste den Filz aus dem Kofferdeckel. Nein, die Papiere, die sie dahinter versteckt hatte, waren noch vollständig.

Dabei war es nicht schwierig, sie zu finden, und Karl kannte sich mit Verstecken sicherlich bestens aus. Immerhin hatte er fast acht Stunden Zeit gehabt, das Zimmer auf den Kopf zu stellen. Vielleicht war er ihr aber auch in die Stadthalle gefolgt. Die Vorstellung, auf der Liebesinsel einen Voyeur gehabt zu haben, amüsierte sie. Beobachtet, obwohl man sich unbeobachtet fühlt. Auch das hatte etwas. Karl wollte die Papiere von Puttfarcken. Gut, er sollte sie bekommen. Aber was wollte er sonst noch von ihr? War sie unfreiwillig zu einer Agentin geworden?

Wegen des Kokains war Ilka weit davon entfernt, müde zu sein. Wenn sie ehrlich war, brannten ihre Schenkel noch immer. Sie hielt ihren Kopf eine Zeitlang unter die Brause im Bad, nachdem sie sich ausgiebig gewaschen hatte. Das kalte Wasser war ein wohltuender Genuss, eine willkommene Abkühlung. Die Luft war immer noch schwül.

Als sie sich auf dem Bett ausstreckte, dachte sie an Laurens, an Laurens' Augen. Nicht nur. Sie hatte seine Worte im Ohr. *Unglaublich*, hatte er gesagt. War sie wirklich so unglaublich, oder hatte ihn nur ihr zielstrebiges Vorgehen überrascht? So naiv konnte der Polizist nicht wirklich sein. Sicher, der Kontakt mit Schnee war ihm nicht vertraut gewesen, zumindest nicht in dieser Form. Aber so, wie er aussah, musste er derartige Überfälle, zumindest Begehrlichkeiten, doch gewohnt sein. Aber dennoch schien er seltsam unerfahren, war überrascht gewesen. Sie brauchte dies Animalische, zumindest hin und wieder. Dass er hinter ihr gewesen war, hatte etwas

Anonymes, etwas Abstraktes, das ihre Phantasie beflügelte, weil sie in dem Moment rein passiv war und niemanden vor Augen hatte.

Von Ture war sie es gewohnt, dass Rücksicht auf ihren eigenen Rhythmus und ihre Bedürfnisse im Vordergrund standen. Gut, sie war mit Ture gewachsen, das Gefühl für ihre Bedürfnisse war an und mit ihm erst groß geworden. Mit Ture hatte sie gelernt, wie wichtig Vertrauen war. Aber Ture vögelte inzwischen seine Sekretärin, zumindest war davon auszugehen. Kein Wunder nach ihrer jahrelangen Abwesenheit. Und das hatte sie selbst so gewollt. Natürlich nicht deswegen. Weswegen eigentlich? Jetzt, in diesem Augenblick, wusste sie es nicht.

Ilka dachte abwechselnd an Ture und Laurens. Sie schwitzte. Vielleicht hätte sie Laurens doch mitnehmen sollen. Sie war schrecklich aufgedreht. Keine Spur von Kopfschmerzen oder anderen Ausfällen. An echten Schlaf war nicht zu denken. Zumal es draußen inzwischen hell geworden war. Immer wieder ging sie ins Bad und ließ sich kaltes Wasser über die Arme laufen.

Sie versuchte, ihre Gedanken auf Baldur von Wittgenstein zu konzentrieren. Sie musste sich ein Konzept zurechtlegen, wie sie die Sache angehen wollte. Er schien recht angetan von ihr. Nicht nur als Pilotin. Allein der Umstand, dass er ein Porträt von ihr besaß, reichte nicht aus, war aber ein vortrefflicher Aufhänger. Nach einer Weile fiel Ilka auf, dass sie völlig ausblendete, dass er vielleicht in einen Mordfall verwickelt war. Schon diese Tatsache reichte aus, keine wirklichen Begehrlichkeiten aufkommen zu lassen. Anderenfalls hätte sie nicht davor zurückgeschreckt, für den Erhalt von Informationen auch zu unfairen Mitteln zu greifen. So schlecht sah von Wittgenstein nicht aus. Ein offenbar kultivierter Zeitgenosse, der sich mit Kunst umgab. Auf den ersten Blick ungefährlich und harmlos. Aber davon durfte sie sich nicht blenden lassen.

Die Zusammenhänge der Zeilen von Puttfarcken waren immer noch von einem geheimnisvollen Nebel verschleiert. Welche Rolle mochte er gespielt haben? Wittgenstein war ein Makler, ein Jongleur rein wirtschaftlicher Interessen. Völlig unabhängig davon, ob er sich mit Kunst umgab. Wenn man solchen Leuten das Wasser abgrub, wenn man sie verriet oder ihre Geschäfte sonst wie sabotierte, konnte durchaus eine andere Seele zum Vorschein kommen. Vielleicht sogar eine, die skrupellos einen Mord in Auftrag gab.

Sie hatte dergleichen häufig genug erlebt. Allerdings hatte Puttfarcken geschrieben: *Kontakt nur über Trutz von Liebig*, sowie: *Baldur von Wittgenstein könnte für Aufklärung sorgen*, und: *habe aber über den normalen Weg keine Kontaktmöglichkeit*. Was war der *normale Weg?* Das klang eher so, als hätte Puttfarcken wirklich keinen Kontakt zu von Wittgenstein gehabt, ganz so wie dieser behauptete. Aber an Trutz von Liebig kam sie nur über Baldur von Wittgenstein heran. Und was die mögliche *Aufklärung* betraf, von der Puttfarcken gesprochen hatte: Da musste sie sich bis Dienstag etwas einfallen lassen.

Um kurz nach drei am Nachmittag wachte Ilka auf. Für Vorhaben, die einen Plan benötigten, war der Tag eh gelaufen. Nachdem sie sich einigermaßen zurechtgemacht hatte, beschloss sie, den Dulsberg zu besichtigen. Zumindest anschauen wollte sie sich das, womit David derzeit beschäftigt war. Ein Spaziergang würde ihr guttun, würde die Kopfschmerzen vertreiben, die nun doch wie gewohnt eingesetzt hatten. Ilka wählte die bequemsten Sachen, die ihr zur Verfügung standen.

Die Droschke setzte sie an der Ahrensburger Straße ab, der westlichen Begrenzung des neuen Viertels. Natürlich stach ihr sofort das Schulgebäude ins Auge. Es wirkte ähnlich phänomenal wie das Chilehaus, obwohl es so etwas wie einen Antagonisten dazu darzustellen schien. Kein Keil, der zwischen die bestehende Baumasse getrieben worden war, vielmehr eine Art Hohlspiegel, der seine Umgebung zu bündeln vermochte. Der Viertelkreis wirkte, als hätte sich die Ecke von der Kreuzung zurückgezogen, das hohe Walmdach gab dem Baukörper etwas Bodenständiges. Keine Ahnung, was Schumacher damit im Auge gehabt hatte, aber man behielt die geschwungene Silhouette mit Sicherheit in Erinnerung.

In Richtung Osten dafür bauliches Chaos. Alles war eine einzige Baustelle. Die alten Straßenverläufe waren der Planung gewichen, wie David erklärt hatte. Dementsprechend suchte Ilka vergeblich nach Straßenschildern. Sie taumelte fast orientierungslos durch ein Niemandsland. Wenn zur Rechten bereits Baublöcke im Rohbau fertig waren, lugten gegenüber noch Baugruben am Straßenrand hervor. Kleinwohnungsbau hieß die Devise, wie

David gemeint hatte. Das war es, was dringend benötigt wurde. Einen Großteil der Bebauung hatte Schumacher selbst entworfen, hatte Vorgaben gemacht. Aber der Rest des Viertels sollte nach Entwürfen von Privatarchitekten gebaut werden. Immer nach den Bedingungen des Hochbauamtes natürlich. Backstein, wohin man auch blickte. Allerdings nicht so kunstvoll arrangiert wie am Chilehaus. Man merkte sofort, dass es hier nicht um Selbstdarstellung ging, sondern darum, möglichst viele Menschen unterzubringen.

Ilka erkundete das Terrain, schlug ihren Weg durch die Baustellen ein und betrat Plätze, die laut der aufgestellten Tafeln eigentlich nicht betreten werden durften. Niemand hinderte sie daran. Es war Sonntag. Mit der baulichen Ausgestaltung hatte David nichts mehr zu tun, wie er gesagt hatte. Aber je mehr Ilka gen Osten lief, umso weniger konnte sie sich mit dem dunklen Rot des Backsteins identifizieren. Ihr fehlte die Modernität. Konnte man nicht auch mit Backstein freundlich, hell, modern und licht bauen? Sie steckte sich eine Zigarette an, nachdem sie in einer der zukünftigen Wohnungen an der Loggia eine Pause eingelegt hatte. Türen gab es hier noch nicht. Ihre Kopfschmerzen waren inzwischen weniger geworden, aber noch nicht restlos verklungen.

Nur wenige Passanten waren auf den Straßen unterwegs, wie sie von ihrer Position aus wahrnahm. Wer sich hier bewegte, durchquerte das neue Viertel, um an seinen jenseits gelegenen Zielort zu gelangen. Umso mehr fiel ihr der Mann auf, der sich sehr langsam durch die Zeilen bewegte und sich deutlich interessiert umblickte.

Obwohl hier eigentlich noch niemand wohnte. Vor allem aber, weil ihm jemand zu folgen schien. In einiger Entfernung, wie sie von hier oben erkennen konnte. Der Mann schaute sich immerzu um, als gälte es, einen Verfolger abzuschütteln. Schließlich stoppte er vor ihrem Haus. Ein kontrollierender Blick über die Schulter. Er hatte seinen Verfolger offensichtlich nicht wahrgenommen. Ilka konnte die Schritte des Mannes im offenen Treppenhaus hören. Ein letzter Blick auf die Straße. Auch der Verfolger hatte seine Schritte in Richtung des Hauses gelenkt.

Seine Erscheinung kam ihr bekannt vor, aber sie konnte sie nicht zuordnen. Ihre Hand glitt langsam in ihre Handtasche und umfasste die Deringer fest. Von der Statur her hätte es dieser Karl sein können. Zumindest nach dem, was sie erinnerte. Ilka hörte, wie jemand die Stufen heraufkam. Der nackte Beton war ein schlechter Komplize. Aber plötzlich verstummten die Geräusche. Ein dumpfes Geräusch. Danach nichts. Sie wartete, hörte aber nichts mehr. Kurze Zeit später eilige Schritte auf der Straße. Sie wagte einen Blick über die Brüstung der Loggia. Der zweite Mann entfernte sich zügigen Schrittes in Richtung Schule. Mehr nicht. Ilka hielt die Deringer schussbereit vor sich und ging langsam die Stufen hinab zum Erdgeschoss. Ein Blick reichte, um zu begreifen, dass der Mann tot war, der unten vor der Treppe lag. Der blutende Kranz um seinen Hals war eindeutig.

Es dauerte, bis Ilka in dieser Gegend einen öffentlichen Fernsprecher gefunden hatte. Wenig später rauschten von allen Seiten Polizeifahrzeuge zum Tatort. Dass Laurens höchstpersönlich erschienen war, brachte Ilka dann doch in Verlegenheit. Er schien seinen Dienst gerade erst begonnen zu haben und wirkte ziemlich verwirrt, nachdem er Ilka erkannt hatte.

«Also, ich habe ihn nicht umgebracht», sagte Ilka, als er sie wortlos anstarrte.

«Daran habe ich keinen Zweifel», merkte Laurens an, ohne eine Miene zu verziehen. Er sah anders aus. «Aber was ich bemerkenswert finde, ist die Tatsache, dass in deinem Umfeld ständig Tote auftauchen. Das macht die Angelegenheit für mich ziemlich interessant ... beruflich.» Er schenkte ihr einen Blick, der nicht einmal erahnen ließ, was sie nur vor wenigen Stunden getrieben hatten. Laurens hielt sich strikt an die Etikette. «Wie es aussieht, war es ein professioneller Killer. Tod durch Erdrosseln. Wahrscheinlich eine Drahtschlinge.»

Er deutete auf das Opfer, das inzwischen auf die nächste Etage gebracht worden war. Ein grauhäutiger Mann in ihrem Alter. Mittellange Haare, ein schwarzer Anzug. Eher ungepflegt. Am Hals diese widerwärtige Spur des Todes.

«Ich glaube, ich kenne den Täter», meinte Ilka, als das offizielle Prozedere vorbei war.

«Ich höre?», meinte Laurens, immer noch ganz der Polizist.

«Es ist nur so ein Gefühl, ich habe ihn nicht genau erkennen können. Jemand, der auch in den Fall Puttfarcken involviert ist», beichtete Ilka. «Er nennt sich schlicht Karl. Keine Ahnung, worum es ihm genau geht. Aber er hat sich wie eine Klette an mich geheftet. Und ist auch in mein persönliches Umfeld eingedrungen. Ich glaube, es ist ein Agent der Alliierten, der die Einhaltung der Versailler Vorgaben kontrollieren soll. Etwas anderes kann ich mir nicht vorstellen.»

«Nun mal langsam», meinte Laurens. «Wie kommst du auf so was? Was hat das hier mit Versailles zu tun?»

Ilka überlegte, was sie ihm erzählen konnte, was er ihr glauben würde und was sie preisgeben durfte, ohne sich selbst in Gefahr zu bringen. Für morgen war das Treffen mit Karl angesagt. War tatsächlich er es gewesen, der den Mann erdrosselt hatte? Ilka wagte nicht, daran zu denken. Und sie selbst? Sie hatte die Unterlagen aus Laurens' Büro entwendet. War sie damit nicht automatisch mitschuldig? Zumindest hatte sie sich strafbar gemacht.

«Ich muss gestehen, dass ich wegen unseres gestrigen ... nun ... nennen wir es Kennenlernens ... etwas verwirrt bin.»

«Das geht mir genauso», erwiderte Laurens irritiert. «Aber jetzt lass uns Klartext reden. Was ist das für ein Mann?»

Ilka wusste nicht, was sie erzählen sollte. Von den Notizbüchern? Von der vermeintlichen Rolle Puttfarckens? Von ihrem morgigen Treffen im Stadtpark? Nein, sie wollte erst Gewissheit haben. «Ich weiß es nicht. Er folgt mir, seit ich in der Stadt bin. Aber er scheint nicht gefährlich zu sein ... zumindest mir gegenüber verhält er sich ... freundlich.»

«Kannst du ihn beschreiben?»

«Ein Allerweltsgesicht», antwortete Ilka. «Kein Bart,

kurze Haare, keine besonderen Merkmale.» Irgendwie hatte sie Laurens gegenüber ein schlechtes Gewissen, weil sie Informationen vor ihm zurückhielt. Ging der Drang, selbst hinter die Sache zu kommen, mit ihr durch?

«Soll ich dir jemanden zur Seite stellen?», fragte Laurens. Er klang ernsthaft besorgt.

«Einen Schatten? Nein, ich denke, das wird nicht nötig sein.»

«Mich würde es beruhigen», entgegnete Laurens.

Sie dachte kurz darüber nach, schüttelte aber dann den Kopf. «Ich kann selbst auf mich aufpassen», sagte sie trotzig. Sie dachte an ihre Deringer.

«Du wirst dich morgen erneut auf dem Revier einfinden müssen.»

«Ich habe es geahnt», stöhnte Ilka. «Bei dir?»

«Solange du Tote mit dir herumschleppst, wirst du nicht drum herum kommen. Das ist das normale Prozedere.»

«Würdest du dann bitte die von mir erwähnten Kontakte noch einmal einer sorgfältigeren Prüfung unterziehen? Vor allem, was die Verbindungen der von mir erwähnten Personalien hinsichtlich ihres Kontaktes zur Reichswehr angeht? Hinzu kommen noch zwei weitere Namen: Baldur von Wittgenstein und Trutz von Liebig.»

«Baldur?», fragte Laurens und hob langsam den Blick. «Der, mit dem wir an einem Tisch gesessen haben?»

«Exakt der», antwortete Ilka.

«Warst du nur wegen ihm vor Ort?»

«Nein, nur wegen dir.»

Laurens schoss erneut eine verlegene Röte ins Gesicht. «Du weißt mehr, als du sagst.»

«Ich kannte ihn vorher überhaupt nicht.» Ilka hatte nicht wirklich erwartet, dass er sie durchschauen würde. «Gib mir einen Tag, dann stehe ich dir zum Rapport bereit. Und es wäre schön, wenn du diesen Personalien auf den Grund gehen würdest. Die können jede Menge Dreck am Stecken zu haben. – Bist du eigentlich ein Republikaner?», fragte sie schließlich.

Er bejahte ihre Frage, wenn auch zögernd. Sie verabschiedeten sich mit einer unverbindlichen Umarmung. Sie hatte nicht weiter darauf reagiert, dass er versucht hatte, sie dichter an sich zu ziehen. Sie mochte alles andere als ein braves Mädchen sein, aber das Wann und Wo behielt immer noch sie sich vor.

In der Langen Reihe fand sie ein asiatisches Restaurant fürs Abendessen, nachdem sie hatte feststellen müssen, dass Toska wider Erwarten nicht zu Hause war. Ein chinesisches Lokal. In Hamburg hatte es schon immer so viele chinesische Lokale gegeben, ganz anders als in Berlin. Allgemein kannte Ilka keine andere Stadt, in der es so viele Chinesen gab wie in Hamburg. Sie hatte sich die Abendzeitung gekauft. Während sie auf ihr Chop Suey wartete, blätterte sie durch die Seiten und las die neuesten Nachrichten aus der Stadt und der Umgebung. Die Schlagzeilen handelten vor allem vom bevorstehenden Verfassungstag. Am 11. August sollte es eine große Kundgebung des Reichsbanners Schwarz-Rot-Gold zusammen mit dem Bund republikanischer Kriegsteilnehmer auf dem Rathausmarkt geben. Für die abendliche Verfassungskundgebung wurden Ansprachen von Bürgermeister Petersen sowie von Senator Eisenbarth angekündigt. Weiterhin wurde die Verschlickung der alten Süderelbe problematisiert, sonst nichts von Belang. Kein Wort zur morgigen Einweihung des Flughafens in Övelgönne, der sie unbedingt beiwohnen wollte. Der Aufforderung Laurens', sich im Stadthaus einzufinden, konnte sie danach immer noch nachkommen. Und das Treffen im Stadtpark war erst auf vier Uhr nachmittags terminiert. In ihrer Unterkunft in der Armgartstraße gab es an diesem Abend ausnahmsweise keine Überraschungen.

Kapitel 11
Montag, 10. August 1925

☿

Um zehn Uhr stand Ilka am Övelgönner Ufer. Sie hatte es sich gerade noch verkneifen können, im Fliegerdress zu erscheinen. Die Fahrt mit öffentlichen Verkehrsmitteln war abenteuerlich, da es für Hamburg und Altona noch immer kein wirklich übergreifendes Netz gab und man ständig umsteigen musste. Am frühen Vormittag war es empfindlich kühl gewesen, und das Wetter war auch jetzt noch mäßig. Südwestliche bis südliche Winde waren vorhergesagt, aber es sollte im Laufe des Tages wärmer werden. Hoffentlich.

Seit geraumer Zeit gab es in Altona Tendenzen, dem Hamburger Flugplatz in Fuhlsbüttel Konkurrenz zu machen. So etwa auf dem Bahrenfelder Exerzierplatz, der sich in ausgezeichnetem Zustand befand und wo auch die großen, dreimotorigen Junkers-Maschinen hätten landen können, wie es hieß. Aber das Vorhaben war abgesagt worden. Dafür nun also der Wasserlandeplatz in Övelgönne. Am Ufer der Elbe, parallel zur Flottbeker Chaussee, Höhe Halbmondsweg, wie Ilka dem Kutscher sagte. Aber der wusste Bescheid.

Man hatte einen Ponton im Wasser verankert, damit die Flugzeuge erreichbar waren. Elbverkehrslinie Dresden – Magdeburg – Altona. Die *Blaue Linie*, wie es in der Ankündigung hieß. Aufgrund der großen Spannweite konnten die Flugzeuge aber nicht von Teufelsbrück aus starten, sondern brauchten eine freie Fläche. Die Pontons waren natürlich nur eine Übergangslösung, wie man betonte. Als Kartenhaus diente eine Baracke am Ufer. Von hier aus führte eine wackelige Konstruktion hinüber zum Ponton, an dem der Flieger verankert war. Später sollten die Fluggäste mit einem Ruderboot dorthin gebracht werden.

Direkt am Ufer war eine kleine Rednerbühne aufgebaut worden, aber von den Honoratioren der Stadt war weit und breit noch niemand zu sehen. Angekündigt waren sowohl Vertreter der Luftverkehrsgesellschaft als auch der Reichsbahn, Vertreter der Handwerkskammer und natürlich die Altonaer Stadtverordneten. Nur eine gute Handvoll Neugieriger stand bislang auf dem mit Blumen und Girlanden geschmückten Ponton und bestaunte die Maschine. Eine F 13, wie Ilka auf den ersten Blick erkannte. Die Entwicklung und die Baureihen der Junkers-Maschinen hatte sie fest im Blick. Die F 13 gab es bereits seit sechs Jahren. Damals hatte man mit dem kurz nach Kriegsende gefertigten Tiefdecker eine Flughöhe von annähernd siebentausend Metern erreicht. Kein Flugzeug weltweit war zuvor in solche Höhen aufgestiegen. Und jetzt verboten die Versailler Auflagen in Deutschland Flughöhen über viertausend Meter, zumindest für Flugzeuge mit deutscher Kennung.

Inzwischen waren die Maschinen von Junkers in der internationalen Luftfahrt sehr begehrt. Aber die weitere Entwicklung hakte und litt unter den Versailler Vorgaben. Die Leistungsprotokolle der Turbinenhersteller etwa mussten von den Kontrollgremien abgesegnet werden. Die Leistung der Turbinen war streng limitiert. Als Folge wurden schwächere Turbinen für die in Deutschland ausgelieferten Modelle verbaut. Also war Junkers langfristig auf Produktionsstandorte außerhalb des Reiches ausgewichen. Wunderte das jemanden? Seine Konstruktionen waren genial. Alle Welt wollte Junkers. Und die F 13 war die Eintrittskarte gewesen. Nun bremsten die Versailler Vorgaben den weiteren Ausbau. Ein Wirtschaftskrieg, so dachten viele. Aber im Fall der Flugzeuge konnten Frankreich und Belgien davon nicht einmal profitieren. Sie hatten keine konkurrenzfähigen Maschinen.

Ilka begutachtete das Flugzeug am Ponton. Was Junkers anders gemacht hatte, war neben der innovativen Wellblechbeplankung auch die Tatsache, dass seine Maschinen anderen konstruktiven Ideen folgten. Der Rumpf bildete mit dem Tragflügelmittelstück ein eigenständiges Bauteil. Und sowohl Rumpf als auch das Flügelgerüst, welches die Kraftstofftanks beherbergte, bestanden aus durchgehenden Rohrholmen. Ilka betrat die Passagierkabine mit ihren vier Sitzen und zwei Notplätzen über die raffiniert auf den Flügeln angebrachten Stufen. Die Innenausstattung folgte exakt den Designvorgaben des Bauhauses, was naheliegend war, kooperierte Junkers doch mit den dortigen Werkstätten, die im Gegenzuge die Stahlrohre ihrer modernen Möbel bei Junkers fertigen lassen konnten. Sogar der Heizradiator in der Kabine war im Bauhaus gestaltet worden. Pilot und Bordingenieur saßen im Freien. Lediglich zwei kleine Scheiben schützten sie gegen den Wind.

Der Blick auf die Instrumententafel zeigte ihr hingegen ein gewohntes Bild. Mittig die großen Drehzahl-, Fahrt- und Höhenmesser, dazu die kleineren Armaturen, die Borduhr und der Druckmesser des Kraftstoffs sowie das Dampfdruckthermometer. Auf der Mittelkonsole die Hebel für die Gemischregulierung und die Zündzeitpunktverstellung, Benzinhahn und Fettpresse sowie der Druckmesser für den Schmierstoff und der Hebel des Anlassmagneten. Über allem thronte ein FK 6 im Blickfeld. Auch bei ihrem *Laubfrosch* war ein solcher Führerkompass verbaut. Plötzlich bekam sie Lust, selbst zu fliegen, so vertraut wirkte die Kanzel. Dabei war sie noch nie mit einem Wasserflugzeug unterwegs gewesen. Angeblich sollten Start und Landung ja einfacher als auf dem Land sein. Zumindest bei ruhigem Wasser. Aber wahrscheinlich hatte sich dieses Gerücht nur deshalb verbreitet, weil Wasserflugzeuge über eine fast unbegrenzte Start-Lande-Bahn verfügten.

Neunzig Mark sollte der Flug nach Dresden kosten. Der einzige Zwischenstopp war Magdeburg. Außer dem Platz für Fluggäste gab es einen Frachtraum für Post- und Paketbeförderung sowie frische Produkte vom Altonaer Fischmarkt. Nur Geschäftsreisende konnten sich einen solchen Preis leisten. Am heutigen Tag waren die Ehrenfluggäste allerdings ausnahmslos Mitglieder des Altonaer Magistrats.

Derweil hatte sich der Ufersaum mit Gästen gefüllt, und auch die Altonaer Prominenz war eingetroffen. Auch die Besucher des Strandbads, das in unmittelbarer Nähe lag, standen an der Absperrung und beäugten neugierig das Geschehen. Aber wider Erwarten hatte Ilka keine ihr bekannten Gesichter ausmachen können, keine ihr bekannten Flieger.

Bürgermeister Max Brauer hielt seine Rede allerdings nicht von der dafür vorgesehenen Bühne aus, sondern kletterte in die Kanzel des Flugzeugs und sprach von dort aus zu den Anwesenden. Inzwischen waren so viele Menschen zusammengekommen, dass nicht alle auf dem Ponton Platz hatten. Die Mehrzahl lauschte Brauers Worten vom Land aus. Natürlich war die außerordentliche Bedeutung des Luftverkehrs Thema seiner kurzen Ansprache. Insbesondere die wirtschaftliche wie auch gesellschaftliche Bedeutung stellte er in den Mittelpunkt seiner Rede. Hier lägen die Arbeitsplätze der Zukunft, wie er betonte, und es gäbe ein ähnliches Potenzial wie auf den gegenüberliegenden Werften. In Anlehnung an Gorch Fock endete er mit dem Ausruf: «Luftfahrt ist Not!» Tosender Beifall. Es war kurz nach eins, als er den Piloten die Plätze in der Kanzel überließ.

Nachdem der Motor gestartet worden war, glitt die Junkers auf ihren Schwimmern vom Ponton weg, drehte die Nase in den Wind Richtung Südwest und hob nach wenigen hundert Metern ab in Richtung Teufelsbrück, um dort in einer scharfen Kurve zu wenden und unter Applaus aller Anwesenden über ihre Köpfe hinweg in östliche Richtung abzudrehen.

Inzwischen war es warm geworden. Ilka steckte sich eine Zigarette an und wartete, bis sich der Weg zum Ufer etwas gelichtet hatte. Immer noch keine bekannten Gesichter. Wie sie hörte, wollte man noch die Ankunft des entgegenkommenden Flugzeugs aus Dresden abwarten. Sekt wurde gereicht. Aber dann verbreitete sich die Nachricht, dass die Maschine aus Dresden bei ihrer Landung in Magdeburg Schaden genommen hatte und sich die Ankunft verzögern würde. Angeblich war der Propeller beim Einholen und Vertäuen des Fliegers am dortigen Ponton durch einen Bootshaken beschädigt worden. Die Flugzeit sollte eigentlich viereinhalb Stunden betragen, nun waren es zwei mehr. Ilka beschloss, die Sache hier abzubrechen. Sie hatte schließlich noch einen Termin im Stadthaus, auch wenn sie keine große Lust verspürte, Laurens' protokollarische Standards über sich ergehen zu lassen.

Der Polizist allerdings schien bester Laune, als er Ilka sah. Er sah gut aus. Wieder ohne Jackett, nur mit einem weißen Hemd, über dem er Hosenträger trug. Er traute sich erst, zum persönlichen Du überzugehen, als sie die Tür zu seiner Amtsstube geschlossen hatte. «Wie schön, dich zu sehen.»

«Das geht mir genauso», antwortete Ilka und ging langsam auf ihn zu. «Aber mehr noch würde mich freuen, wenn wir das förmliche Procedere recht schnell hinter uns bringen könnten.»

«Ich bin nun mal an bürokratische Standards gebunden», meinte Laurens entschuldigend. «Das ist mein Job.»

«Nein, ist es nicht», flüsterte Ilka. Nasenspitze an Nasenspitze. «Dafür solltest du eine Sekretärin haben. Dein Job ist es, herauszufinden, was hier passiert.»

«Richtig. Das würde mir auch gefallen», erwiderte Laurens und trat einen Schritt zurück. «Nur habe ich erstens keine Sekretärin und zweitens niemanden, der mir die Informationen zukommen lässt, die ich brauchen würde, um in diesem Fall weiterzukommen.»

Ilka hatte den Vorwurf durchaus verstanden. Also durchschaute er ihre Strategie. «Was hast du über Liebig und Wittgenstein herausgefunden?», fragte sie und nahm die Blätter mit dem vorformulierten Protokoll entgegen.

«Wittgenstein & Consorten ... Ja, das ist ein sehr komplexes und undurchsichtiges Unternehmen», erklärte er. «Von Wittgenstein scheint Kontakte zu allen möglichen Institutionen zu pflegen. Vor allem im Ausland. Und sein Kompagnon, dieser Liebig, ist nicht zuletzt deshalb interessant, weil es einen Kontakt gibt, auf den du mich hingewiesen hast: Trutz von Liebig diente seinerzeit unter Oberst Hermann Thomsen. Nach dem hattest du mich doch neulich gefragt?» Er war also nicht untätig gewesen. Ganz im Gegenteil.

«Richtig.»

«Zudem steht er anscheinend im engeren Kontakt zu den Leuten um Röhm. Also vielleicht ein SA-Mann.»

«Ernst Röhm?»

«Genau der.»

«Eine furchtbare Visage.»

«Da brauchst du keine Angst zu haben, dass dir die

Visage näher kommen könnte. Der interessiert sich nur für seinesgleichen.»

«Du meinst, er ist schwul?»

«So sicher wie das Amen in der Kirche.»

«Puttfarcken war auch vom anderen Ufer.»

«Jetzt, wo du es sagst ... Der Bezug ist mir noch gar nicht eingefallen. Was ist mit Trutz von Liebig?»

«Noch keine neuen Informationen», meinte Ilka. «Könnte aber sein. Puttfarcken hatte ja Kontakt zu ihm.» Sie unterschrieb das Protokoll, ohne es gelesen zu haben. «Und nun?»

«Kümmere ich mich weiter um die Vorfälle am Dulsberg. Wir kennen die Identität des Toten noch nicht. Er war aber bewaffnet. Ein Nagant-Revolver. Möglicherweise also ein Russe. Die Dinger sind da sehr verbreitet. Die Trommel war aber gefüllt.»

«Wie ist er umgekommen?»

«Heimtückisch», entgegnete Laurens. «So, wie es aussieht, mit großer Sicherheit durch eine Drahtschlinge, die man ihm um den Hals gelegt hat. Das sagt zumindest unser Gerichtsmediziner.»

«Habt ihr einen Verdacht?»

«Überhaupt nicht. Da tappen wir völlig im Dunklen.»

«Hat er Puttfarcken erschossen?»

«Nein, zumindest nicht mit der Waffe. Das können wir ausschließen. Daraus wurde seit längerer Zeit kein Schuss abgegeben. Was ist mit dem Mann, der dich da bedrängt?»

Ilka zögerte kurz. «Er nennt sich Karl. Es scheint, als habe er vor allem Interesse an den Geschehnissen um

Puttfarcken ... was der herausgefunden hat. Durch seinen Kontakt zu Trutz von Liebig. Konkret weiß ich nichts, aber es ist sehr wahrscheinlich, dass es um geheime Vorgänge innerhalb der Reichswehr geht.»

«Hast du dafür Beweise?»

«Nein. Ja ... Na ja ... eine handschriftliche Notiz von ihm. Also einen Beweis über seine Existenz.» Sie reichte ihm den Zettel, den sie in ihrem Notizbuch gefunden hatte. «Aber was die Verbindung zur Reichswehr betrifft, noch nicht.» Zu verraten, was sie wusste, dazu konnte sich Ilka immer noch nicht durchringen. Solange sie selbst die Vorgänge nicht durchschaute, wollte sie über die möglichen Zusammenhänge nicht spekulieren. «Wenn ich nähere Erkenntnisse habe, lasse ich es dich wissen.»

Um vier ließ sich Ilka im Stadtpark blicken. Sie umrundete die Parkbank mehrfach und kontrollierte, ob ihr jemand gefolgt war, was nicht der Fall zu sein schien. Dann setzte sie sich, legte ihr Notizbuch neben sich und wartete. Vor ihr die Zeitung, die ihr Ansinnen verschleiern sollte. Darin ein Artikel über den Absturz eines Beobachtungsflugs des Meteorologischen Instituts in Norwegen. Das Flugzeug war vom Militärflugplatz Kjeller gestartet und aus großer Höhe abgestürzt. Ein Fliegerleutnant und der Meteorologe Ernst Calwagen waren tot geborgen worden. Letzterer war ein Schwede, der als Leiter des Observatoriums in Bergen zu Ruhm gelangt war, weil er während des Nordpolflugs von Amundsen den Wetterdienst von Spitzbergen aus geleitet hatte. Warum das Flugzeug abgestürzt war, klärte der Artikel nicht.

Es war unglaublich schwül. Eine drückende Atmosphäre, wie man unter Fliegern sagte. Die Temperaturen waren auf etwa zweiunddreißig Grad angewachsen, aber in der Sonne waren es nur fünf Grad mehr. Man merkte, dass noch etwas bevorstand. Mit Sicherheit ein gewaltiges Gewitter, wenn nicht mehr. Gestern hatte es Holland erwischt. Schwerste Unwetterschäden, wie Ilka las. Und die Nacht über hatte es schon Wetterleuchten und Sturmböen gegeben. Sie war deutlich zu warm angezogen. Schweißperlen liefen ihre Oberarme herab. Die Strümpfe hätte sie sich sparen können. Die Seide klebte an ihren Schenkeln.

Er kam etwas verspätet. Setzte sich beiläufig neben sie, breitete ebenfalls seine Zeitung aus. Es wirkte vollkommen unverfänglich. Nur eine Handbreit, vielleicht ein halber Meter. Genug, um unbeteiligt zu wirken. Selbst wenn sie tatsächlich jemand beobachten sollte, waren ihre Gesichter durch die aufgeschlagenen Zeitungen verborgen. Niemand würde sehen können, ob sie miteinander sprachen. Vorsichtig schob er sein Notizbuch neben das von Ilka.

Sie wollte es wissen. «Gestern. Das waren Sie?»

Eine Zeitlang Schweigen. Schließlich tönte es hinter seiner Zeitung: «Sie werden verfolgt.»

«Also nicht nur von Ihnen? Von wem sonst?»

«Dem Anschein nach Russen. Wir wissen es nicht genau.»

«Waren Sie das? Gestern, auf dem Dulsberg?»

Es folgten einige weitere Momente des Schweigens. «Es diente Ihrer Sicherheit», meinte der Mann schließlich. «Es tut mir leid, falls Sie in Schwierigkeiten gekommen sein sollten. Uns blieb nichts anderes übrig.»

Ilka erschrak. Nein, in Schwierigkeiten war sie nicht gekommen. Aber der Kerl gab ohne Weiteres einen Mord zu. Zumindest indirekt. «Warum werde ich zur Zielscheibe?», fragte sie geradeheraus.

«Sie recherchieren in Bereichen, die Unangenehmes offenbaren könnten.»

«Für wen arbeiten Sie?»

«Für die Guten.» Er lächelte vielsagend in seine Zeitung, wie Ilka mit einem Blick nach rechts erkennen konnte.

«Sie kontrollieren, was in Deutschland unternommen wird, um die Versailler Auflagen zu umgehen?»

«So ungefähr. Wir kennen die Bestrebungen natürlich längst, aber uns ist daran gelegen, die Übersicht zu behalten. Was geschieht, werden wir nicht aufhalten können. Aber wir sind daran interessiert, nicht den Kontakt zu den wirtschaftlich interessanten Gremien zu verlieren – ohne politische Maßnahmen zu ergreifen. Außerdem ist für uns entscheidend, dass die kommunistisch unterwanderte Fraktion der Republik-Befürworter keine Mehrheit in den Parlamenten erlangt. Das wäre fatal. Wir wissen also Bescheid, aber wir greifen nicht unbedingt ein … Sie sollten übrigens vorsichtig sein, was Ihr Fluggerät betrifft», schob er ein. «Nach dem, was wir mitbekommen haben, hat sich jemand daran zu schaffen gemacht.»

Ilka erschrak. Daran hatte sie noch überhaupt nicht gedacht. Es erstaunte sie, dass Karl um ihr leibliches Wohl besorgt war. «Danke. Woher wissen Sie davon?»

Er griff unauffällig nach ihrem Notizbuch. «Wie wir hoffen, entgeht uns nichts.» Immer noch nichts darüber, wer unter *wir* zu verstehen war.

«Wenn ich mit Ihnen Kontakt aufnehmen möchte: Welche Möglichkeiten bieten sich mir?»

«Keine», meinte der Mann einsilbig.

Ilka griff nach dem Notizbuch, das auf der Bank verblieben war. «Nun habe ich Ihnen so viel verraten, und es gibt kein Entgegenkommen?»

«Wir werden erst das letzte Material von Puttfarcken auswerten und entscheiden dann. Ich weiß, wie und wo ich Sie erreichen kann.» Er erhob sich, nachdem er die Zeitung zusammengefaltet hatte, und ging langsam Richtung Kaskade davon. Ilka blieb noch einen Augenblick sitzen, überlegte, ob sie etwas falsch gemacht hatte. Dass sie die Originale aus der Hand gegeben hatte, war nicht gut, aber sie hatte ja noch die Kopien, die an David geschickt worden waren. Und überhaupt hatten sich inzwischen fast alle Details der Dokumente in ihr Gedächtnis eingebrannt. Sie blieb noch einige Zeit auf der Bank sitzen. Gärtner und Hilfsarbeiter waren ausgiebig damit beschäftigt, die Rabatten im Stadtpark zu wässern. Sie war hin und her gerissen. Einerseits wäre sie jetzt gerne mit Laurens zusammen, hätte es sich auf der Wiese bequem gemacht. Andererseits schien die Atmosphäre zwischen ihnen irgendwie vergiftet, zumindest belastet. Sie musste unbedingt für Klarheit sorgen.

Georg war ihre Chance. Sie hoffte, ihn noch vor Redaktionsschluss erreichen zu können. Aber es war gar nicht so einfach, hier einen Fernsprecher zu finden. Ilka hatte Glück, und tatsächlich war der Chefredakteur noch in der Redaktion. «Georg, ich brauche deine Hilfe», sagte sie zur Begrüßung. «Ich brauche Informationen zum Kreis um Röhm. Vor allem interessiert mich der Name Baldur von Wittgenstein und der seines Teilhabers, Trutz von Liebig. Letzterer soll unter Oberst Thomsen gedient haben. Ich habe morgen ein Treffen mit Baldur von Wittgenstein. Es wäre schön, wenn ich die Informationen vorher bekäme.»

«Also von jetzt auf gleich», witzelte Georg. «Wie soll ich das anstellen? Sie aus dem Handgelenk schütteln?»

«Gib mir einfach, was du in Erfahrung bringen kannst», meinte Ilka ernst.

«Ich verspreche dir, ich tue mein Bestes», sagte Bernhard, und Ilka wusste, er würde alle Hebel in Bewegung setzen. Auf Georg war Verlass.

Toska war furchtbar aufgeregt. Sie schien endlich etwas Haltbares aufgetrieben zu haben. «Ich sage dir, das wird was», meinte sie, nachdem sie Ilka von ihrer neuesten Bekanntschaft berichtet hatte. «Ist ein Russe. Nun, was soll ich sagen … Er vögelt, als wenn's ums Universum ginge. Das hab ich noch nicht erlebt.»

«Na, Glückwunsch», murmelte Ilka. «Wenn's weiter nichts ist.»

«Na, du weißt schon …»

«Aber ja doch. Wie heißt er? Was macht er?»

«Alexej Roganoff. Was er macht? Keine Ahnung. Dazu sind wir noch nicht gekommen.» Sie nestelte an ihrem Kleid.

«Aha. Geredet habt ihr noch nicht miteinander. Also was Ernsthaftes.» Ilka konnte ein Lachen nicht unterdrücken.

«Doch, ehrlich!»

«Wann lerne ich ihn kennen?»

«Erst einmal gar nicht. Den brauche ich noch eine Weile für mich alleine.»

«Hauptsache, du hast deinen Spaß.»

«Das kann ich dir versichern. Er ist unersättlich.»

Ilka dachte an Laurens. Auch der schien, einmal in Fahrt, kein Ende finden zu wollen. Aber sie hatte auch zu unfairen Mitteln gegriffen. Mit Koks wuchs fast jede spontane Geschichte zu einem intimen Marathon. «Da kann ich dich beruhigen», meinte sie. «Ich habe mit meinem Polizisten schon genug am Hals. Ich weiß noch gar nicht, wie ich damit umgehen soll.»

«Laurens?», fragte Toska. «Der sieht doch unerhört gut aus.»

«Erzähl mir was! Finde ich ja auch. Aber ein Krimineraler? Wo soll das denn enden?»

Toska zuckte mit den Schultern. «Keine Ahnung. Du musst ihn ja nicht heiraten. Nimm es als Amüsement. Lass dich ausführen und umgarnen. Solange man sich ein Lotterleben leisten kann, muss man es in vollen Zügen ausleben! Und du hast die besten Voraussetzungen dafür.»

Auch wenn sie den Begriff *Lotterleben* nur bedingt mochte, musste Ilka ihrer Freundin recht geben. Ja, sie liebte den Genuss. Und da blieb die Moral eben gelegentlich auf der Strecke. Wenn sie sich etwas zum Ziel genommen hatte, dann setzte sie alles daran, es auch umzusetzen. Aber mit Laurens war es irgendwie anders. Warum auch immer. «Wollen wir noch was unternehmen?», fragte sie Toska.

«Ich bin, ehrlich gesagt, etwas schlapp.»

«War auch nur so eine Idee. Ich dachte an die Kammerspiele.»

«Also was mit Niveau?» Toska schüttelte den Kopf. «Tut mir leid. Heute nicht. Danach ist mir gerade überhaupt nicht.»

«Noch verabredet?»

Toska lachte. «Nein, heute nicht. Ich glaube, ich werde mir ein entspannendes Vollbad gönnen.»

Als Ilka sich auf den Heimweg machte, fühlte sie sich seltsam deplatziert. Es machte sie unruhig, dass es nichts gab, was sie tun konnte. Sie überlegte, ab wann sie Georg wieder anrufen konnte. Sie brauchte Hintergrundinformationen zu Wittgensteins Imperium. Unvorbereitet wollte sie sich nicht in die Höhle des Löwen begeben.

Kapitel 12

Dienstag, 11. August 1925

☙

Es war Viertel vor neun, als Ilka den Münzfernsprecher am Jungfernstieg betrat, um Georg Bernhard anzurufen. Sie brauchte die Informationen zu von Wittgenstein, aber machte sich kaum Hoffnungen, ihren Chef zu dieser Uhrzeit schon in der Redaktion zu erreichen. Georg war eher der Typ, der spät kam und als Letzter ging. Manchmal saß er bis Mitternacht in den Redaktionsräumen der *Vossischen*.

Aber sie hatte Glück. So, wie er sich meldete, hatte er die Nacht wahrscheinlich durchgearbeitet. Ilka kannte die Nuancen seiner Stimme genau. Und er hatte auf ihren Anruf gewartet. «Endlich», meinte er erleichtert. «Ich werde mich kurz fassen.» Er klang müde, aber es lag etwas Bedeutsames in seiner Stimme. «Wittgenstein entstammt einem entfernten Zweig einer österreichischen Industriellenfamilie. Ein studierter Ökonom, der in der Welt rumgekommen ist und erfolgreich für unterschiedliche Großunternehmen tätig war. Eine Zeit war er als Handelsattaché in Paris ansässig, nach dem Krieg hat er dann mit Handelsgeschäften ein Vermögen gemacht. Vor allem als Devisenhändler und Investitionsberater ausländischer Kapitalgeber in Deutschland.» Ilka schrieb mit.

«Sein Compagnon von Liebig ist Spross eines deutschen Adelsgeschlechts. Liebigs Großeltern haben sich spät im Brandenburgischen niedergelassen und dort umfangreich Ländereien erworben. Der Familiensitz liegt in der Nähe von Küstrin.» Bernhard machte eine rhetorische Pause. «Küstrin. Klingelt da was bei dir?»

Ilka musste nicht lange überlegen. Oktober 1923. Der Küstriner Putsch. Es war einer ihrer ersten Berichte gewesen. «Major Buchrucker und Paul Schulz», meinte sie. «Die Fememörder.» Schon wieder dieses Wort. Ein Strafmord, ein Gesetz unter Gesetzlosen. Fast wie ein Ritual. So, wie man früher Dieben eine Hand abhackte, Verrätern die Zunge herausschnitt oder Nebenbuhler entmannte. Unwillkürlich bekam sie eine Gänsehaut.

«Exakt die. Und das ist kein Zufall. Von Liebig erhielt in einem von Buchruckers Arbeitskommandos so was wie eine militärische Ausbildung. Da gibt es also eine sehr enge Verbindung. Nicht nur über das Freikorps. Die Familie hält enge Kontakte zu den Rechtsnationalen.»

Ilka machte sich unaufhörlich Notizen, den Telephonhörer hatte sie sich zwischen Kinn und Schulter geklemmt. «Jetzt erklärt sich auch der Kontakt zu Röhm und der SA.»

«Genau», bestätigte Georg. «Und das ist der direkte Draht zu Fedor von Bock und letztlich von Seeckt.»

«Was ist mit Thomsen?»

«Oberst Thomsen war nach dem Krieg Chef der Luftabteilung A7L im preußischen Kriegsministerium hier in Berlin. Vor Unterzeichnung des Friedensvertrags plante er gemeinsam mit einem Hauptmann namens Wilberg den Aufbau der Luftstreitkräfte in einer vorläufigen Reichswehr. Versailles machte diese Pläne dann zunichte. Aber sehr wahrscheinlich wird er die Idee insgeheim weiterverfolgt haben. Mehr konnte ich noch nicht in Erfahrung bringen.»

«Georg, ich danke dir. Damit hast du mir sehr geholfen. Ich glaube, inzwischen fange ich an, die Sache zu durchschauen.»

«Halt, halt. Da gibt es noch etwas, das du wissen solltest. – Danke übrigens für deinen ersten Bericht über die Lorenz AG. Aber ich möchte da noch nichts bringen, solange wir keine stichhaltigen Beweise haben. Ich habe mir erlaubt, meine Fühler in der Sache etwas auszustrecken. Es hat mir einfach keine Ruhe gelassen. Man hat ja so seine Quellen ...» Ilka vernahm das helle Kichern, das Georg immer dann von sich gab, wenn bei der Recherche etwas nicht ganz regelkonform abgelaufen war. Mit seinen breit gefächerten Kontakten hatte er schon öfter die unglaublichsten Informationsquellen anzapfen können. Man musste sie sich auf Vorrat anlegen, auch wenn man am Anfang dachte, ein Kontakt wäre vollkommen unnütz, so lautete sein Credo. So viel hatte sie von ihm gelernt.

«Tatsächlich scheint es neben Eberswalde noch einen weiteren ausgelagerten Standort der Lorenz AG im Reich ...» Georg räusperte sich. «... in der Republik zu geben. Dort allerdings firmiert sie unter dem Namen Sellerup. Und weißt du, wo?»

«Mach es nicht so spannend, Georg!»

«In Rechlin. Am Großen Müritzsee. Das ist bestimmt kein Zufall. Als Fliegerin weißt du ja, was sich dort befindet.»

«Befand, meinst du. Die ehemalige Flieger-Versuchs- und Lehranstalt musste doch nach dem Krieg demontiert werden.»

«Die militärischen Gebäude und Hangars mussten niedergerissen werden. Richtig. Aber warst du da? Offizielle Demontage heißt ja nicht, dass der Betrieb nicht vielleicht im Geheimen aufrechterhalten wird. Ich vermute, dass die Erprobungsstelle weiterhin genutzt wird. Und zwar durchaus militärisch. Auch wenn das auf den ersten Blick nicht ersichtlich ist. Wie ich erfuhr, existiert die Landepiste noch und wird von Sport- und Segelfliegern genutzt. Und so ein Landekursfunk kann ja auch in privaten Sportflugzeugen verbaut sein, oder? Jedenfalls ist die Lorenz AG dort vor Ort aktiv. Und zwar mit einer Belegschaft von über dreißig Mitarbeitern.»

«Das ist harter Tobak, Georg. Ich werde mich vor Ort umschauen, sobald ich hier in Hamburg fertig bin. Danke für die Informationen. – Du, ich muss Schluss machen. Ich hab keine Münzen mehr …» Kurz darauf war die Verbindung unterbrochen. Aber Ilka hatte so viel erfahren, dass sie ein Kaffeehaus aufsuchte, um die Informationsflut zu verdauen. Das Ganze warf ein hässliches Licht auf alle Kräfte jenseits der offiziellen, republikanischen Politik.

Das Chilehaus hatte mehrere Eingänge, und da Ilka keine Ahnung hatte, in welchem Flügel die Firma Wittgenstein & Consorten ihr Kontor hatte, musste sie sich an den Tafeln der Firmenverzeichnisse orientieren. Erst beim dritten Versuch wurde sie fündig, aber dadurch fiel ihr auf, dass dieses Kontorhaus nicht nur von außen außergewöhnlich war, sondern auch die innere Ausstattung mit opulenten Details sowie einer phantastischen Farbgestaltung aufwartete. Dabei hatte jeder Flügel einen ganz eigenständigen Charakter. Fenster und Türflügel von Portal A orientierten sich in ihrer Gestalt noch am Formgefüge, das die Fassade bestimmte. Aber im Inneren bot sich ein ganz anderes Bild. Im Gegensatz zu den Vertikalen des Außenbaus war das Entree weniger eine Eingangshalle als vielmehr ein gedrungener Platz, der ganz und gar von der Horizontalen bestimmt wurde. Im ersten Moment erinnerten Ilka das Raumgefüge und die Proportionen an ein Verlies oder ein Schiffsdeck – allein die Deckenhöhe wirkte beklemmend. Die Wände waren mit Majoliken in warmen Erdtönen verkleidet, zwischen denen sich schmale, horizontale Streifen dunkelbraun glänzender Kacheln wie Fugen aneinanderreihten. Einzig die zentrale Treppe mit ihren flachen und tiefen Stufen wirkte wie ein Lichtblick und zog den Betrachter gleichermaßen mit sich hinauf.

Im Hochparterre endete die Treppe im Halbrund eines Erkers. Hier änderten sich Gestalt und Wirkung schlagartig. Wände und rundbogige Fensternischen waren fast bis auf Deckenhöhe mit blau glasierten Majoliken gekachelt, unter den Fenstern waren hölzerne Sitzbänke mit roten Polstern in die Nischen eingebaut. Alles wirkte hell und freundlich. Auch wenn sie hier nicht richtig war, trieb Ilka die Neugierde weiter nach oben. Aber ab dem zweiten Stock änderte sich das Bild nur durch den Umstand, dass die Wandverkleidung in cremefarbene Kacheln wechselte, die genau wie die Eingänge zu den Kontoren von einem Fries aus blau glänzenden Majoliken eingerahmt wurden.

Hinter dem gegenüberliegenden Portal B öffnete sich hingegen eine ganz andere Welt. Das lag in erster Linie daran, dass die Wände mit sandfarbenem Travertin verkleidet waren und flächiger wirkten. So schienen die Räumlichkeiten viel höher und transparenter, obgleich der Grundriss wohl identisch war. Auch hier endete die Treppe in einem halbrunden Erker mit Nischen und Polsterbänken, aber der Wechsel zwischen hell und dunkel war weniger ausgeprägt, da die Nischen mit demselben Material wie im Eingangsbereich verkleidet waren. Im Gegensatz zum ersten Treppenhaus und den Fluren wurden die Wandflächen nun durch glasierte Keramiken in einem bräunlichen Rotton eingefasst.

Das an der Spitze des Chilehauses gelegene Treppenhaus hatte gegenüberliegende Portale sowohl an den Pumpen als auch zur Burchardstraße. Ilka studierte das Firmenverzeichnis und wurde endlich fündig. Wittgenstein & Consorten hatten ihre Räumlichkeiten im obersten Stockwerk. Auch hier wählte sie den Weg über das Treppenhaus. Der Wechsel von gelblichen Keramiken, die mit grüngelben Majoliken eingefasst waren, gab dem Treppenhaus etwas Gefälliges und Modernes. Ab dem Hochparterre wechselten die Farbtöne an den Wänden ins bereits bekannte Cremeweiß der Kacheln, die aber nun von einem gediegenen Braun an den Rändern begleitet wurden. Es war fast elf Uhr, als Ilka das Kontor von Wittgenstein & Consorten betrat.

Das Erste, was ihr auffiel, waren die Bilder an den Wänden. Wo man auch hinblickte, hing Rahmen an Rahmen. Die Empfangsdame hinter dem schmalen Tresen wirkte in ihrem grünen Kostüm wie ein Kaktus inmitten eines Blumenmeeres aus Farben. Landschaften, Porträts und Stillleben, Gegenständliches und Abstraktes. Offenbar gab es nichts Bestimmtes, was der Kunstsammler bevorzugte. Ilka stellte sich vor und sagte, dass Herr von Wittgenstein sie erwarten würde, was mit einem nichtssagenden Nicken und der Aufforderung quittiert wurde, auf einem der Stühle Platz zu nehmen, die unter einem Relief von theatralischen Figurinen zu einem geometrischen Arrangement gestaltet worden waren. Ein Gestühl aus blauen, roten und an den Schnittkanten gelb gefärbten, sonst schwarzen Holzlatten. Sie musste an László denken, verbot sich aber jeden weiterreichenden Gedanken.

«Wie gefällt Ihnen ... der Platz im De Stijl?», fragte von Wittgenstein, nachdem er seiner Vorzimmerdame ins Entree gefolgt war, um Ilka zu begrüßen. Man merkte, dass ihm das vertrauliche Du der letzten Woche suspekt war. Ilka erhob sich mühsam aus dem hölzernen Konstrukt und schüttelte von Wittgenstein die Hand. «Ein Stuhl von Rietveld, den er fürs Haus Schröder entworfen hat. Quasi eine dreidimensionale Umsetzung der Bilder von Mondrian und Theo van Doesburg.»

Ilka schüttelte den Kopf und meinte nur: «Ziemlich hart.»

Baldur von Wittgenstein lachte und wies ihr den Weg zu seinem Arbeitszimmer. «Rietveld hat den Stuhl im letzten Kriegsjahr entwickelt.»

«Das macht ihn auch nicht bequemer.»

«So mancher musste zu der Zeit auf Holzkisten sitzen. – Sie sollten meine Sammlung der Stühle von Charles Mackintosh sehen.»

Als Ilka durch die Tür in von Wittgensteins Büro trat, blickte sie auf ihr Ebenbild. Das Bild von Tamara de Lempicka. Sie war es tatsächlich.

«Ich dachte, es hängt über Ihrem Kamin.»

«Das tat es auch bis vorgestern. Ich konnte es mir nicht verkneifen und musste es hier ins Kontor holen. Das sind doch Sie?»

Ilka nickte und errötete kurz.

«Ich freue mich außerordentlich über Ihren Besuch. Eine Pilotin ... Ich kann es immer noch nicht glauben. Habe ich schon gesagt, dass Ihnen die Frisur ganz ausgezeichnet steht? Was kann ich Ihnen anbieten? Einen Kaffee? Einen Sekt vielleicht? Mit Champagner kann ich hier leider nicht aufwarten.»

«Gerne», antwortete Ilka, ohne es zu präzisieren.

«Nehmen Sie doch bitte Platz», meinte Baldur von Wittgenstein und verließ kurz das Zimmer, um seine Sekretärin anzuweisen. Aber Ilka ging lieber die Wände ab und betrachtete die Kunstwerke, die auch hier dicht an dicht hingen. Vieles sagte ihr nichts, aber es waren auch Werke von bekannten Künstlern darunter, Künstler, die sie teils schon persönlich in Berlin getroffen hatte: Rodtschenko, Kasimir Malewitsch, zwei großformatige

Blätter von Alexandra Exter, Chagall, Schrimpf und Dix, tatsächlich auch ein Bild von László aus der Telephonreihe. Ilka musste schmunzeln: Die Welt war doch klein.

«Sie interessieren sich für Kunst?», fragte von Wittgenstein, als er wiederkam. Er stellte einen Sektkühler mit Eis auf einen gläsernen Beistelltisch, öffnete die Flasche routiniert geräuschlos und füllte zwei Sektflöten bis zur Hälfte. Dann kam er an ihre Seite und reichte ihr ein Glas. «Auf was sollen wir anstoßen? Auf die Kunst?»

«Aber ja doch», entgegnete Ilka. Ganz der Charmeur, dachte sie. «Eine hübsche Sammlung haben Sie. Ich kenne einige der Künstler persönlich.»

«Um Ihren Wohnort beneide ich Sie. Was Rang und Namen in der Kunst hat, gibt sich in Berlin ein Stelldichein.» Er hob den Arm und stieß vorsichtig gegen Ilkas Glas. «Auf die Kunst. Auf Berlin.»

«Die Hauptstadt der Kunst ist natürlich Paris», sagte sie. Sie musste den Bogen kriegen, bevor das Gespräch hakte. «Was haben Sie dort gemacht? Kunstwerke erworben?» Der Sekt schmeckte säuerlich-herb. Deutsch eben. Zumindest war er trocken.

«Langweilige Geldgeschäfte», entgegnete von Wittgenstein und machte eine abfällige Handbewegung.

«Das klingt nicht so, als liebten Sie Ihren Beruf.»

«Nun ja, er ermöglicht mir das hier.» Baldur von Wittgenstein deutete auf die Wände. «Und das ist nur ein bescheidener Teil meiner Sammlung. Und Sie?»

«Ich bin Journalistin.»

«Das erwähnten Sie neulich. Nein, was führte Sie nach Paris?»

«Der Austausch mit einem Kollegen, der auch für den Ullstein-Verlag tätig ist, Kurt Tucholsky. Ein Schriftsteller und Satiriker.»

«Sagt mir jetzt gerade nichts», von Wittgenstein schaute kurz verlegen zu Boden.

«Sind Handels- und Finanzgeschäfte mit Frankreich zu diesen Zeiten nicht eine schwierige Angelegenheit?»

«In der Tat. Man macht es uns nicht gerade leicht. Und die Franzosen blicken mit einiger Skepsis, nein, mit Neid auf das, was in Deutschland gerade geschieht. Die Investoren stehen Schlange. Vor allem Amerikaner und Russen. Und das gefällt zumindest den verbohrten Nationalisten in Frankreich gar nicht. Am liebsten hätte man Deutschland da wohl unter den Entente-Mächten aufgeteilt. Man blicke nur mal ins Rheinland, was dort geschieht. Aber an den Versailler Verträgen haben eben noch andere Staaten mitgearbeitet. Wenn es allein nach Frankreich gegangen wäre, hätten die wirtschaftlichen und industriellen Knebel ganz anders ausgesehen.»

«Das ist anzunehmen, ja.»

«Und für mich sind die Verträge ein zweischneidiges Schwert. Einerseits sind sie eine bodenlose Frechheit – zumindest wenn man den konservativen Kräften zustimmt, dass Deutschland den Krieg im eigentlichen Sinne, aus militärischer Sicht, ja gar nicht verloren hat ... Andererseits verdiene ich mit meiner Firma gerade an den Folgen dieser Knebel gutes Geld.»

«Von daher kommt Ihnen Versailles also ganz gelegen.»

«Wir helfen Unternehmen einfach nur, Lösungen

dafür zu finden, die harten Auflagen zu umgehen, indem wir Kooperationen mit dem Ausland vermitteln. Aber wir sind auch hinsichtlich justiziabler Dinge aktiv. Nehmen wir beispielsweise den Passus Grenzpolizei und Grenzkontrolle im Vertrag. Da heißt es auf französischer Seite: *à la police de frontières*, und auf englischer: *to the control of the frontiers* ... Die englische ist natürlich maßgeblich, aber was das hinsichtlich der Besatzungsmächte für einen Unterschied macht, liegt ja auf der Hand. Vor allem, wenn man die französische Auslegung berücksichtigt. Für die Franzosen dreht es sich um Personen und deren Ausrüstung, eigentlich aber sind die Grenzen an sich gemeint ... Und mit solchen Dingen schlagen wir uns dann rum. – Aber ich langweile Sie!»

«Ganz und gar nicht», entgegnete Ilka. «Aber damit verdienen Sie kein Geld.»

«Nein, ich verdiene verrückterweise Geld damit, dass ich internationalen Firmen sage, was sie machen sollen, und entsprechende Verträge in die Wege leite: Dornier baut in der Schweiz und in Italien, die Firma Junkers in Schweden und in der Sowjetunion, Rohrbach in Dänemark, und Caspar aus Travemünde baut von Ernst Heinkel konstruierte U-Boot-Flugzeuge und Seeflugzeuge für die USA und Japan in Schweden und Dänemark. Die lecken sich die Finger nach Ingenieursarbeit aus Deutschland. Vor allem in Amerika. Sie ordern Flugzeuge für alle möglichen Einsatzgebiete, besonders im militärischen Bereich. Ist das nicht verrückt?»

«Aber das wird alles im Geheimen verhandelt.»

«Wenn du so willst, ja.» Ilka merkte, wie von Wittgenstein zwanglos zum Du übergegangen war. «Hier ein Beispiel: Im Januar vor zwei Jahren wurde das Ruhrgebiet ja durch die Franzosen besetzt. Die deutsche Heeresleitung hatte daraufhin eigentlich vor, Widerstand zu leisten. – Mit Billigung der Reichsregierung übrigens. Es wurden Kriegsflugzeuge bestellt. Mit unserer Hilfe, über die Niederlande. Einhundert Fokker D XIII. Das hatte Trutz von Liebig arrangiert. Seine erste Amtshandlung bei mir. Sehr geschickt hat er das eingefädelt. Die Finanzierung haben wir dann über den Ruhrfonds gewährleistet. Auch da war meine Firma involviert. Letztendlich kam es nicht dazu. Die Hälfte der Flugzeuge haben wir dann nach Südamerika vermittelt.»

«Und die andere Hälfte?», fragte Ilka. Sie ahnte es bereits. Die wurde über die *Zentrale Moskau* nach Russland verfrachtet. Ergo: Lipezk. Ergo: Thomsen.

«Die hat mein Sozius untergebracht. So, dass wir keinen Verlust hatten.»

«Herr von Liebig.»

«Genau. Er ist für das meiste zuständig, was irgendwie militärisch relevant ist. Was die Reichswehr betrifft. Das ist nicht mein Gebiet. Und er verfügt über ausgezeichnete Kontakte. Warum also sollte ich mich da einmischen?»

Das war es also. Puttfarcken war irgendwie über Trutz von Liebig an die Informationen gekommen. Baldur von Wittgenstein wusste von Puttfarcken wahrscheinlich wirklich nichts.

«Momentan vermittelt er einen Großauftrag aus Russland an ein Industriekonsortium der Firmen Rheinmetall, Hanomag und Daimler-Benz. Es geht um den Bau spezieller Traktoren. Sehr vielversprechend. Und sehr lukrativ.»

Ilka dachte an das, was sie von Ture erfahren hatte. «In letzter Zeit scheinen sich viele Staaten insbesondere für landwirtschaftliche Traktoren aus Deutschland zu interessieren. Von einem Freund erfuhr ich, dass dazu auch ausländische Maschinenhersteller von deutschen Firmen übernommen wurden, so zum Beispiel die Landsverk AB von der Gutehoffnungshütte.»

Von Wittgenstein lachte. «Ein Deal, den übrigens wir eingefädelt haben», meinte er stolz.

«Dort stellt man spezielles Gerät her. Traktoren für schwerstes Gelände. Mit Kettenantrieb. Ähnlich wie bei Panzern.»

«Richtig. Darum geht es den Russen wohl auch. Dort gibt es extrem schwieriges Gelände. Trocken, steil, sumpfig. All diese Extreme, die wir hier gar nicht kennen. Man hat sogar ein spezielles Testgelände zur Verfügung, auf dem die entwickelten Traktoren ausgiebig geprüft und verbessert werden können. Es liegt östlich von Moskau an der Wolga hinter Nowgorod. Eine Stadt namens Kasan. Für uns ist das besonders interessant, weil wir schon eine andere deutsche Firma dorthin vermitteln konnten, die auf den Bau von Sende- und Empfangsgeräten spezialisiert ist.»

Ilka wurde hellhörig und hob die Augenbrauen. «Lass mich raten. Die Lorenz AG?»

«Wie kommst du darauf? Ja, das stimmt.»

«Oh, ich habe die Lorenz AG vor kurzer Zeit besucht.

Recherche für einen Artikel, der allerdings noch nicht fertig ist.» Sie wartete einen Moment. «Deine Information darf ich hoffentlich verwenden?»

«Ich wüsste nicht, was dagegen spricht.» Baldur von Wittgenstein schenkte Sekt nach.

«Na ja … Würde ich beispielsweise über die Landsverk AB schreiben, dann würde ich mir einen Hinweis darauf nicht verkneifen können, dass deren kettengetriebene Traktoren wahrscheinlich ohne viel Aufwand zu Selbstfahrlafetten oder Panzerfahrzeugen umgebaut werden könnten. Und ich weiß als Fliegerin zufällig, dass die Lorenz AG an einem Landekursfunk arbeitet, dessen Benutzung in Deutschland derzeit nicht gestattet wäre …»

«Und wenn es tatsächlich so wäre …» Von Wittgenstein zuckte mit den Schultern. «Mit diesen Geschäften verdienen wir unser Geld. Was jenseits der Grenzen geschieht, haben wir nicht zu verantworten. Völkerrechtlich ist es legal. Und die Verträge, die wir vermitteln, sind allesamt privatrechtlicher Natur.»

«Ganz so, wie es in Rapallo ausgehandelt wurde. Und daran vermögen auch die Versailler Verträge nicht zu rütteln, oder?» Ilka zwinkerte von Wittgenstein zu. Er lächelte geflissentlich.

«Bist du eigentlich ein Republikaner? Bist du ein Befürworter der Republik – oder sehnst du dich nach dem Alten zurück?»

Er nahm eine andere Haltung ein. Aufrechter. «Du meinst, weil ich einem Adelsgeschlecht entstamme? Nein. Ich kann gut mit der Republik leben. Aber ich bin nicht unbedingt ein Kämpfer für die Sache. Von den heutigen Feierlichkeiten zum Verfassungstag werde ich mich fernhalten. Auch wenn ich für den Abend offiziell eine Einladung ins Rathaus erhalten habe. Reichsbanner Schwarz-Rot-Gold ist nicht meins. Politik ist für mich sachbezogen, nicht parteiideologisch. Sie ist eine Sache der Vernunft.»

«Und wie sieht es bei deinem Kompagnon aus? Hat der auch so eine liberale Einstellung?»

«Trutz von Liebig? Eher nicht. Er hält enge Kontakte zu Kreisen, die sich immer noch damit schwertun, die republikanischen Vorteile zu sehen. Das mag seiner Herkunft geschuldet sein.»

Ilka lächelte. «Interessant, dass du ihn trotzdem als Partner gewählt hast.»

«Er leistet hervorragende Arbeit. Seine Kontakte öffnen uns so manche Tür, die mir sonst verschlossen bliebe.»

«Kein Interesse an Kunst?»

«Überhaupt nicht.»

«Also das zweite Gesicht von Wittgenstein & Co. Ich würde ihn gerne einmal kennenlernen.»

«Er ist heute nicht im Hause. Ein Treffen mit den Herren vom Nationalklub, dem er angehört. Bei Mentrup's am Zollenspieker. Tja.»

«Nationalklub klingt ziemlich rückwärtsgewandt.»

«Das trifft es auch irgendwie. Aber der Sohn unseres Vermieters, Ricardo Sloman, gehört auch zu diesem vaterländischen Klüngel.» Es klang etwas abfällig. «Ohne Trutz' Kontakte hätten wir unser Kontor nicht an diesem

Ort. Er hat das alles vermittelt. Und darüber kann ich mich nicht beklagen.»

«Was für Ziele verfolgt denn die Vereinigung?»

«Der Nationalklub hat auch hier im Chilehaus Räumlichkeiten. – Aber welche Ziele? Da fragst du mich zu viel. Ich denke, der ist so was wie eine konservative Bruderschaft.»

«Und wer gehört noch zu den Auserwählten dieses Clubs?»

«Ich jedenfalls nicht, falls du darauf hinauswillst.» Er lächelte bedeutsam. «Max von Schinckel, John von Behrenberg Gossler und Joachim von Neuhaus bilden zusammen mit Ricardo Sloman unzweifelhaft die Spitze, soweit ich weiß. – Gehst du mit mir mittagessen?»

Er war ein wenig enttäuscht, als Ilka ablehnte, aber sie hatte andere Pläne – und Baldur von Wittgenstein würde den Korb ohne Zweifel verwinden. Aber er hatte es nicht versäumt, ihr seine Visitenkarte zuzustecken und ihr das Versprechen abzuringen, sich wieder einmal zu melden.

Jetzt aber wollte Ilka nach Fuhlsbüttel, um sich um ihren *Laubfrosch* zu kümmern. Was Karl erzählt hatte, ließ dringenden Handlungsbedarf vermuten. Und dann musste sie sich hinsetzen und ihre Gedanken ordnen und zu Papier bringen. Inzwischen ergab alles einen Sinn. Sie dachte an die Notizen von Puttfarcken. Dort standen dieselben Namen, die Baldur gerade erwähnt hatte. Ein Nationalklub also. Das hatte Georg bereits vermutet, als er Hans von Seeckt im Deutschen Herrenklub verortet hatte. Diese Informationen und Papiere musste Puttfarcken von Trutz von Liebig erhalten haben. Auch das Gesellschaftshaus am Zollenspieker und ein dortiges Treffen hatten in seinen Notizen Erwähnung gefunden. Mit Bezug auf einen Kontakt zur Gutehoffnungshütte, Rheinmetall-Borsig sowie Hanomag. Von wegen Strickmaschinen! Es ging um Traktoren, besser gesagt um Kettenfahrzeuge. Genau wie bei Landsverk. Das war eindeutig. Aber was war Kama? Auf Puttfarckens Karte war ein solcher Ort eingetragen. Aber der existierte nicht, wie sie längst herausgefunden hatte. Dafür hatte auf der Karte die Stadt Kasan gefehlt, von der Baldur gesprochen hatte. Daran hätte sie sich erinnert. Und jetzt gab es auch noch eine direkte Verbindung zur Lorenz AG. Ebenfalls an diesem Ort. Was plante man dort? Was geschah dort bereits?

Ilka machte einen Umweg über ihre Pension, um sich ihre Fliegersachen anzuziehen. In ihrer zivilen Aufmachung konnte sie unmöglich den *Laubfrosch* inspizieren. Der Kutscher staunte nicht schlecht, als sie in ihrer ledernen Fliegermontur zurückkam und sich in den Fond setzte. Das Fahrziel wunderte ihn dann umso weniger, auch wenn sie Kappe und Fliegerbrille nicht dabeihatte, und er freute sich auf eine lukrative Tour. An Fliegen war ohnehin nicht zu denken, bis sie herausgefunden hatte, ob etwas am *Laubfrosch* manipuliert worden war. Und außerdem drohten außerordentliche Wetterkapriolen, wie ein Blick aufs Barometer gezeigt hatte. Seit einer knappen Stunde hatte dazu der Wind deutlich zugelegt, und in Böen erreichte er sicherlich schon Sturmstärke.

Aber der Service am Flugplatz war ausgezeichnet.

Schon von weitem konnte sie erkennen, dass das Personal die Maschinen mit Seilen gegen den Wind gesichert hatte. Ilka meldete sich in den Werkstätten und bat einen jungen Mechaniker, sie zu ihrem *Laubfrosch* zu begleiten. Als sie ihm auf dem Weg erzählte, dass sie eine Sabotage befürchtete, schüttelte er den Kopf und meinte nur, dass es vor drei Tagen hier auf dem Gelände einen Zwischenfall gegeben habe. Und zwar seien die Hunde des Wachdienstes, der die Anlagen über Nacht sicherte, vergiftet worden. Aber einen Diebstahl oder andere Schäden habe man nicht feststellen können. Der Mechaniker hatte eine hölzerne Klappleiter dabei, die er zwischen Propeller und Tragfläche stellte, um an den Öffnungshebel der Motorklappen zu kommen.

Er brauchte nicht lange, bis er gefunden hatte, was Ilka befürchtete. «Jupp, da war einer bei», meinte er überrascht und zog einen Engländer aus der Gesäßtasche. «Zwei Verschraubungen der Schmierstoffleitung sind lose. Nein, sogar fast ab. So was rüttelt sich schon mal locker ... Aber nicht bei zwo zur gleichen Zeit.»

«Können Sie es beheben?»

«Kein Problem. Ist ja nur festschrauben. Gleich fertig.»

Schmierstoffleitung. Ilka überlegte. Zwei Minuten warmlaufen, dann der Weg zur Piste, und dann Vollschub. Ein Motorausfall während der Startphase konnte schlimme Folgen haben. Sie mochte sich das nicht weiter ausmalen. «Können Sie bitte noch kontrollieren, ob mit den Seilzügen für die Ruder alles in Ordnung ist?» Man konnte ja nie wissen. Und ein Riss der Steuerleitungen war für sie die schlimmste aller Vorstellungen – als würde ein Automobil bei voller Fahrt sein Lenkrad verlieren.

«Mach ich gleich.» Der Mechaniker schloss die Motorhauben und verriegelte sie, stellte die Leiter um und löste die Verspannung der Abdeckplane. Als er sich über die Kante des Cockpits beugte, schnellte er erschrocken zurück und fiel fast von der Leiter. «Düvel och! Da is' eener drinne!»

«Was? Wer?»

«Keen blassen Schimmer. Abba der is' mausetot. Der hat 'n Loch im Kopp.» Er kam die Leiter runter. «Wir müssen die Kriminalen verständigen», sagte er mit zittriger Stimme, «den hat eener kaltgemacht.» Er wartete nicht auf Ilka und stürmte zurück zum Hangar.

Ein Toter. In ihrem *Laubfrosch*. Wie furchtbar. War das der Saboteur? Hatte dieser Karl ihr nur die halbe Wahrheit erzählt? Hatte er den Kerl umgelegt? Ilka überlegte nur kurz, dann stieg sie die Leiter hinauf, schaute ins Cockpit und erschrak. Sie brauchte nur einen Blick und erkannte ihn sofort. Der Mann, dem jemand ins linke Auge geschossen hatte, war nicht der Saboteur. Es war Karl selbst.

Kapitel 13

Dienstag, 11. August 1925, abends

☥

«In deine Pension kannst du nicht zurück», ermahnte Laurens sie, nachdem er Ilka mit zu sich nach Hause genommen hatte. «Keinen Widerspruch. Ich lasse alles holen.»

Er wohnte unerwartet feudal in einer kleinen Villa am Leinpfad. Das war nicht unbedingt die typische Adresse für einen Polizisten. Sein Großvater sei früher erfolgreich im Uhrmacherhandwerk, sein Vater dann als Goldschmied und Händler tätig gewesen, wie Laurens erklärte. Das hatte sie nicht vermutet. Aber es erklärte letztendlich auch seinen Bildungshorizont. Das Haus hatte sogar ein Nebengebäude, eine Garage mit Chauffeurswohnung, die momentan allerdings ungenutzt war.

«Dann nehme ich mal an, dein Beruf ist nur ein besseres Hobby für dich?», fragte Ilka, nachdem Laurens sie herumgeführt hatte. «Keine Bediensteten?»

Er schüttelte den Kopf. Die Regale im Flur waren voller Bücher. Sie wollte schon fragen, ob er sie alle gelesen oder geerbt hatte, nahm dann aber Abschied von der Idee. Das Domizil versprühte den Charme eines großbürgerlichen Bildungsreservoirs – neben einem Rolls-Royce in der Garage, wie Laurens auf Nachfrage verriet. Ein Silver Ghost Boat-Tail Speedster, aber der werde nur selten benutzt. Etwas Vergleichbares hatte Ilka noch nie gesehen. Das Ding musste ein Vermögen wert sein. Und es stand hier einfach nur rum.

«Der gehörte meinem Vater. Er ist letztes Jahr verstorben. – Aber jetzt zu dir», meinte Laurens, nachdem er ihnen Wein eingeschenkt hatte. «Du bist unehrlich gewesen. Diese ganze Nummer mit Puttfarcken ... das hast du dir ausgedacht oder? Erzähl mir nicht, du hattest keine Ahnung. Weswegen bist du nach Hamburg gekommen? Was willst du wirklich – und was hast du vor?» Er hatte sich ihr gegenüber gesetzt, die Beine weit gespreizt, das Weinglas in der Hand. Einen Arm locker auf das Knie aufgestützt.

Gesten, die Ilka verunsicherten. Nie hatte er verführerischer gewirkt als jetzt. Laurens versuchte, seine schützende Hand über ihr auszubreiten, sicher. Aber er war ein Hamburger Polizist. Einer, der sonst keinen Einfluss hatte. Nur hier. Nur in dieser Stadt. Sie musste ihm alles sagen, was sie wusste. Aber wo sollte sie beginnen? Konnte sie beichten, dass sie ihn belogen hatte? Dass sie ihn bestohlen hatte? Der tote Karl in ihrem *Laubfrosch* hatte ihr mehr zugesetzt, als sie sich zunächst eingestehen wollte. Nun gab es hier im hanseatischen Dickicht niemanden mehr, der sie insgeheim beschützte. Selbst wenn dieser Karl ständig von *wir* gesprochen hatte. Sie konnte sich nicht mehr sicher fühlen. Als einzige verlässliche Person war Laurens geblieben, von ihrem Bruder einmal abgesehen. Draußen tobte ein Unwetter, das die Scheiben erschütterte. Blitz folgte auf Blitz, und Ilka zuckte jedes Mal zusammen, auch wenn das Donnergrollen erst deutlich später folgte.

«Es ging ursprünglich um Ungereimtheiten bezüglich der Lorenz AG, auf die mich mein Chef bei der *Vossischen Zeitung* aufmerksam machte. Ob das nicht eine Story wäre … Natürlich habe ich angebissen.» Stück für Stück erzählte sie Laurens von ihren Ermittlungen, von Johann von Storck, von seiner heimlichen Korrespondenz mit Puttfarcken. Dann von dem, was in Hamburg über sie hereingebrochen war, von Karl, der sie beschattet hatte, der sie in seine Arbeit einzubinden versucht hatte. So erklärte sie es zumindest. Dann die Informationen, die sie von Georg Bernhard erhalten hatte, erklärte, was es mit Baldur von Wittgenstein und Trutz von Liebig auf sich hatte und was bei Wittgenstein & Consorten vonstatten ging. Sie berichtete über die merkwürdigen Geschäftspraktiken internationaler Firmen mit deutschen Zwischenhändlern und die vermutlichen Absichten, die dahinterstanden: Flugzeuge, Panzer … Der Aufbau einer Armee, welche weit über die Versailler Bestimmungen hinausreichte.

«Das ist es, Laurens, was mir Sorge macht. Und wie es aussieht, ist das Ganze noch viel weiter vorangeschritten, als wir sehen können. Vor allem, weil man mit aller Kraft zu verschleiern versucht, dass eben doch die Reichswehr, ergo der Staat, hinter alldem als Auftraggeber steckt. An Orten wie Lipezk und auch Kasan wird nicht nur ausgebildet. Dort wird ein Krieg vorbereitet.

Und die deutsche Industrie und deutsche Firmen sind direkt daran beteiligt.»

«Und mir macht Sorge, wie es um dich steht. Was diese Leute von dir wollen.»

«Keine Ahnung», meinte Ilka. «Ich vermute, dass man mir seit meinem Besuch bei der Lorenz AG folgt. Die Inhalte der Papiere von Puttfarcken habe ich dir erklärt. Das ganze Konstrukt, das personelle Geflecht, ist perfide durchdacht. Die Reichswehr ist offiziell sauber raus aus der Sache. Von Seeckt hat ein geheimes Netz geschaffen, bestehend aus den Gruppierungen einer geheimen, einer schwarzen Reichswehr rund um Fedor von Bock und deren Finanziers, die weitgehend aus den Kreisen in den Ostgebieten ansässiger Großgrundbesitzer stammen. Die Mitglieder dieser Organisationen dienen als Strohmänner und werden wahrscheinlich direkt beauftragt, mit Hilfe von Privatverträgen Käufe sowie Ausbildungs- und Handelsabkommen im Ausland abzuschließen. Was die Anlage von Lipezk betrifft, kann ich das inzwischen lückenlos darstellen. Dazu kommt, dass über Dritte Flugzeuge und wahrscheinlich auch panzerartige Fahrzeuge aus dem Ausland angekauft und an diese geheimen Orte geschleust werden, sicherlich nicht nur über die Firma Wittgenstein & Consorten. Dazu Funk- und Sendetechnik der Firma Lorenz. Die ist inzwischen mit dem holländischen Philips-Konzern verflochten. Und die Flugzeuge in Lipezk stammen auch aus Holland. Ein deutsches Konsortium hat die schwedische Landsverk übernommen. Dort werden vorrangig Kettenfahrzeuge gefertigt. Und die Russen bestellen unverfängliche Industriemaschinen in Deutschland selbst, die sich bei genauer Betrachtung dann doch nicht als Strickmaschinen erweisen, sondern als militärisch verwertbare Produkte. Und dieser Karl – der Tote in meinem Flugzeug – scheint das nicht nur gewusst zu haben, sondern zudem immer einen Schritt weiter gewesen zu sein als ich. Ich habe ihm nur Dinge zugespielt, um an Informationen zu gelangen, die für mich wichtig waren. Aber er hat fast alles schon gewusst, was ich ihm gesagt habe.»

«Wir sind gerade dabei, seine Identität zu prüfen. Seinen Papieren nach zu urteilen, war er für die Interalliierte Kontrollkommission, die *Commission militaire interalliée de contrôle* tätig. Aber eine Bestätigung haben wir noch nicht. Auf jeden Fall haben wir einen Verdächtigen. Er wurde im Vorgarten deiner Pension verhaftet, wo er wahrscheinlich auf dein Eintreffen gewartet hat. So, wie es aussieht, ein Russe. Genau wie der Tote vom Dulsberg.»

«Ich glaube, den hat dieser Karl auf dem Gewissen. Zumindest leugnete er meinen Verdacht bei unserem letzten Treffen im Stadtpark nicht.» Plötzlich wurde Ilka klar, in welcher Gefahr sie wirklich schwebte. «Im Garten der Pension?»

«Ja. Und er war bewaffnet. Hat behauptet, auf jemanden zu warten, mit dem er verabredet sei. Warst du mit ihm verabredet?»

Ilka schüttelte den Kopf.

«Er hat sich von meinen Leuten ohne Gegenwehr aufs Revier bringen lassen. Er war wohl der Meinung, seine Papiere würden ihm Immunität zusichern. So etwas wie einen Diplomatenpass hatte er bei sich. Ausgestellt auf einen Alexej Roganoff. Wer weiß? Vielleicht eine Fälschung. Mit russischen Dokumenten kennen wir uns nicht so aus, aber wir prüfen das. Bis dahin bewohnt er eine Ein-Zimmer-Suite im Polizeihotel an den Hütten. Und sein Nagant wird bereits von unseren Ballistikern untersucht.»

Beim Namen Alexej Roganoff zuckte Ilka kurz zusammen. Der Name sagte ihr etwas, aber sie konnte ihn nicht zuordnen. «Ich brauche meine Sachen aus der Pension, meine Schreibmaschine ...»

«Ist alles in die Wege geleitet», beruhigte sie Laurens. «Du kannst erst mal meine Schreibmaschine benutzen, wenn du willst. Einen Telephonanschluss habe ich auch, und was deine Kleidung betrifft ... Die Ledersachen stehen dir zwar ausgezeichnet, aber das Kleid, das du in der Stadthalle getragen hast, gefiel mir noch besser.»

Auf einmal fiel es ihr ein: Alexej Roganoff! Toska! Diese Schweinehunde! Mit allen Mitteln und Wegen versuchten sie, sich an sie heranzumachen.

«Laurens! Der Russe, dieser Roganoff. Toska erwähnte seinen Namen. Sie hat was mit ihm! Wahrscheinlich hat er sich an sie rangemacht, um mit mir in Kontakt zu kommen. Wir müssen sie warnen!»

Er legte ihr beruhigend die Hand auf die Schulter. «Keine Panik. Der Kerl ist gerade nicht besonders bewegungsfähig.»

«Aber ... hoffentlich ist es nicht schon zu spät. Du musst sie kontaktieren.»

«Dann gib mir ihre Nummer.»

«Zu Hause hat sie kein Telephon. Nur in ihrem Laden.» Sie zückte ihr Notizbuch und schrieb Namen und beide Adressen auf, riss den Zettel heraus und reichte ihn Laurens. «Bitte!»

Laurens nahm den Zettel und schaute auf das Notizbuch. «Das Modell scheint gerade sehr angesagt zu sein», meinte er mit einem irritierten Kopfschütteln. «Puttfarcken besaß das gleiche Modell, und auch beim Toten in deinem Flieger haben wir eins von der Sorte gefunden.» Ilka schoss die Röte ins Gesicht.

Nach wenigen Minuten kam Laurens zurück ins Zimmer. «Ich habe eine Streife vorbeigeschickt. Sie werden sich sofort melden. – Du brauchst dir keine Sorgen zu machen.» Er schenkte Wein nach. «Versuch, dich zu entspannen. Es war anstrengend genug heute. Ich habe zwar tausend Fragen, aber jetzt sollten wir versuchen, zur Ruhe zu kommen.»

Ilka dachte an Toska. Sie hatte noch immer ihre Ledermontur an, und ihr war viel zu heiß. Die Blitze zuckten noch immer durch den Abendhimmel. Schließlich klingelte das Telephon. Toska war unversehrt. Sie schien von alledem nichts zu ahnen. Ilka fiel ein Stein vom Herzen. Endlich konnte sie ihren Wein genießen. Laurens begann, ihre Füße zu massieren. Ein guter Anfang. Es sah nicht so aus, als würde sie das Gästezimmer beziehen müssen.

Kapitel 14
Mittwoch, 12. August, morgens

☿

Sie erwachte im Morgengrauen. Die Erinnerung an die Nacht ließ sie lächeln. Laurens war längst nicht mehr im Haus, wie sie feststellen musste. Dafür ein Zettel: *Bleib hier. Ich kümmere mich.* Sonst nichts. Gegen zehn kamen ihre Sachen aus der Pension. Kleidung, Kulturbeutel, die Schreibmaschine ... Ilka nahm alles von einem freundlichen Beamten in Empfang. Dann rief sie David im Hochbauamt an. Das Telephon stand in einem Zimmer im Obergeschoss voller Regale und Bücher. Sie schilderte ihrem Bruder, was vorgefallen war und wo sie untergetaucht war.

«Du bist gut», meinte David. Sie hörte einen mürrischen Unterton heraus. «Gestern ist bei uns eingebrochen worden. Am helllichten Tag. Alles ein einziges Chaos. Die Regale umgeworfen, die Schubladen herausgezogen und ausgeleert. Alles ist auf dem Boden verteilt. Das dauert bestimmt zwei Wochen, bis wir das Chaos geordnet haben. – Und weißt du, was fehlt? Du wirst es nicht glauben! Mitgenommen wurde anscheinend nur der Umschlag mit deinen Photographien, der hier vom

Labor angeliefert wurde. Wir haben alles überprüft und konnten es kaum glauben. Selbst der Schmuck von Liane blieb unangetastet. Kannst du mir das erklären?»

Verdammt. Ilka rieb sich die Nase. Die Originale der Unterlagen waren wahrscheinlich unauffindbar. Davon war zumindest nach Karls Tod auszugehen. Und selbst wenn sie den Inhalt der Papiere fast auswendig kannte ... Was nützte einem das, wenn die Quelle nicht verfügbar war. Zudem hätte sie gerne noch einmal einen detaillierten Blick auf die Blaupausen der Verträge geworfen. Allein wegen der Formulierung, was konkret geliefert werden sollte. Ihrer Erinnerung nach waren es Strickmaschinen gewesen. Was für ein Hohn. «Es tut mir leid, wenn ich euch Unannehmlichkeiten bereitet haben sollte», meinte sie entschuldigend. «Aber das konnte ich nicht ahnen.»

«Ist schon in Ordnung», sagte David. «Nun haben sie ja, was sie wollten. Hauptsache, du bist in Sicherheit.»

Nachdem Ilka das Gespräch beendet hatte, rief sie bei Toska im Laden an. Die war völlig neben der Spur. «Also das mit Alexej ... Das ist ja unglaublich ... Was man mir erzählte ... Ich kann es nicht glauben. Der tat eigentlich ganz verliebt. Na ja, etwas zu souverän vielleicht ... im Nachhinein betrachtet. Aber das konnte ich doch nicht ahnen.»

«Mach dir keine Vorwürfe, Toska. Das sind Profis. Er sitzt derweil in den Hütten ein. Laurens ist an der Sache dran. Ich bin nur froh, dass dir nichts passiert ist, glaub mir.»

«Und du? Geht es dir gut? Du meine Güte ... Wenn

ich mir vorstelle, was alles hätte passieren können. Die wollten dir ans Fell.»

Ilka versprach, sie über die weiteren Geschehnisse auf dem Laufenden zu halten. Sie kramte vorsorglich die Visitenkarte mit der Telephonnummer von Laurens aus der Handtasche, anrufen wollte sie ihn aber nicht. Dabei merkte sie, dass die Kripobeamten sie um die Ersatzpatronen ihrer Deringer gebracht hatten. Die geladene Waffe selbst hatte sie in ihrer Fliegerjacke verstaut, und da war sie auch immer noch, wie sie beruhigt zur Kenntnis nahm.

Laurens meldete sich gegen Mittag. Ein Kontrollanruf, ob sie auch artig im Haus geblieben war. Sie hatte es geahnt, ja befürchtet. Aber was blieb ihr schon anderes übrig. Solange ihr irgendwelche zwielichtigen Agenten auf den Fersen waren, war es wohl auch das Beste, wenn sie sich nicht auf der Bildfläche zeigte. Aber wider Erwarten weihte Laurens sie auch in die neuesten Erkenntnisse ein. Tatsächlich hatten seine Ballistiker nachweisen können, dass der tödliche Schuss auf Karl aus dem Nagant-Revolver von Alexej Roganoff abgegeben worden war. Laurens bezweifelte zwar, dass das sein richtiger Name war. Aber ganz egal, er sitze erst einmal im Polizeigefängnis an den Hütten – und gebe sich völlig ahnungslos. Er habe allerdings um einen Dolmetscher und einen Anwalt gebeten und dabei den törichten Fehler begangen, um den Kontakt zu einer Vertrauensperson in Berlin zu bitten. Schnell sei festgestellt worden, dass dieser Kontakt ins direkte Umfeld von Jan Karlowitsch Bersin führte, dem russischen Geheimdienstchef.

Für den Mord an Puttfarcken kam die Waffe jedoch nicht in Frage, wie Laurens enttäuscht erzählte. Bei Karl, der in Wirklichkeit Jacques Villeneuve hieß und ursprünglich aus dem Elsass stammte, war man auch weitergekommen. Er hatte für ein belgisches Unternehmen als internationaler Rohstoffhändler gearbeitet und war, so vermutete Laurens, wahrscheinlich heimlich als Agent der *Commission militaire interalliée de contrôle* tätig gewesen. Eine offizielle Bestätigung dieser Vermutung gab es zwar noch nicht, aber die Dokumente, die man bei ihm gefunden hatte, waren zweifelsfrei echt. Derweil untersuchten Polizisten seine Wohnung in Barmbek, die zuvor eindeutig gewaltsam geöffnet worden war. «Wir sind nicht sehr optimistisch, da noch etwas zu finden.»

«Puttfarcken hat für ihn gearbeitet», meinte Ilka. «Und ich ja im Prinzip auch», erklärte sie. Es gab keinen Grund mehr, das zu leugnen.

«Die Notizbücher …», sagte Laurens.

«… dienten dazu, geheime Dokumente auszutauschen», gestand Ilka.

«Ja, wir haben das Geheimfach dann auch gefunden», sagte Laurens, ohne einen Vorwurf in seiner Stimme mitschwingen zu lassen. «Es war nur leider leer.»

Ilka schwieg. – Nachdem Laurens nichts erwiderte, setzte sie hinzu: «Puttfarcken hatte wohl Kontakt zu Quellen, die für Karl … für Jacques Villeneuve sehr interessant gewesen sein dürften. Wie Puttfarcken das angestellt hat, kann ich nur vermuten.»

«Trutz von Liebig», murmelte Laurens. «Ich war heute bei von Wittgenstein. Er macht sich übrigens Sorgen um dich. Als ich ihm von den Fuhlsbüttler Geschehnissen erzählte, war er ganz außer sich. Klang sehr ehrlich. Ist mir da etwas entgangen?»

Wie war das jetzt zu verstehen? War er eifersüchtig? Das hatte ihr gerade noch gefehlt. «Ich war gestern Vormittag in seinem Kontor. Ich habe dir von unserer Unterhaltung berichtet. Wichtiger ist dieser Trutz von Liebig.»

«Ja, der war auch anwesend. Komischer Vogel. Sieht aus wie eine geschrumpfte Ausführung von Röhm. Sogar mit Schmiss auf der Wange.»

«Puttfarcken war schwul.»

«Von Liebig ist das mit ziemlicher Sicherheit auch», meinte Laurens.

«Na also. Jetzt weißt du, wie Puttfarcken an seine geheimen Informationen gekommen ist.» Röhm, Roßbach, Röhrbein ... Die halbe SA-Kompanie stand insgeheim auf Männer.

«Du meinst, die hatten was?»

«Was meinst du denn?», schnaubte Ilka. «Und Trutz von Liebig ist im Hamburger Nationalklub aktiv, im engen Kreis um Sloman, Schinckel und Behrenberg-Gossler. Das sind die hiesigen Strippenzieher hinter Fedor von Bock – und letztendlich Hans von Seeckt, der dem Deutschen Herrenklub vorsteht, sozusagen dem Dachverband der regionalen Organisationen. Die wissen, was läuft. Wahrscheinlich hat das ganze Elend sogar seinen Ursprung in diesen Geheimbünden.»

«Na, mal sehen, was ich da noch herausfinde.» Laurens zögerte, und Ilka hörte beinahe die Worte, die ihm auf der Zunge lagen. «Bis später», sagte er mit einem Lächeln in der Stimme.

Da sie sich damit abgefunden hatte, ihr unfreiwilliges Refugium erst einmal nicht zu verlassen, setzte sie sich an ihre Schreibmaschine, spannte einen Bogen Papier ein und versuchte sich an einem Artikel über ihre bisherigen Erkenntnisse, aber immer wieder stolperte sie darüber, dass sie die Quellen nicht zur Hand hatte. Alles beruhte auf Spekulation, was unbedingt zu vermeiden war, wenn sie mit ihrem Bericht in der Redaktion ernst genommen werden wollte. Und nichts anderes verlangte Georg von ihr. Sollte die *Vossische* das wirklich bringen, musste es hieb- und stichfeste Beweise geben. Und die blieb sie bislang schuldig.

Ilka brauchte Ablenkung. Sie verließ Laurens' Arbeitszimmer und begab sich in den Salon. Kurz überlegte sie, dann setzte sie sich an den Flügel und versuchte sich ohne Noten an *L'Isle Joyeuse* von Debussy, dem Stück des lichten Tages und der gleißenden Sonnenglut. Sie hatte es immer noch im Gedächtnis. Dabei stellte sie fest, dass der Flügel gnadenlos verstimmt war. Sie ignorierte es einfach und spielte über die schrägen Töne hinweg, konnte sich aber nicht voll auf ihr Spiel einlassen.

Die Zeitung, die pünktlich zur Mittagszeit geliefert wurde, vermochte sie auch nicht auf andere Gedanken zu bringen. Spannend waren allein die Berichte über das Unwetter der letzten Nacht. Nordwestlich von Hamburg hatte es immense Schäden verursacht. Die Rede war von einem Tornado, einem Zyklon, der flächendeckend alles niedergestreckt hatte. Uetersen sah aus wie ein Haufen

Schutt, Häuser, von denen nichts übergeblieben war. Dazu enorme Gewitterschäden, Hagel, Glasbruch. Von stundenlangem Stromausfall war die Rede, von Überschwemmungen, welche die Chausseebäume entwurzelt hatten. Die Photographien zeigten das ganze Ausmaß. Wenn Zeitungen Photographien brachten, hatte das immer einen besonderen Grund. Ilka dachte an ihren *Laubfrosch*. Aber den hatte die Polizei wegen der Untersuchungen in den Hangar schleppen lassen – Glück im Unglück.

Der Gedanke, dass sie nicht eine verlässliche Quelle mehr hatte, macht Ilka wütend. Das Erlebte galt nichts. Sie musste etwas Konkretes in der Hand haben. Selbst die Dokumente von Puttfarcken waren verloren. Obwohl sie es so raffiniert angestellt hatte. Anscheinend war sie doch nicht schlau genug vorgegangen. Da war jemand sehr sorgfältig am Werk gewesen. Waren es unterschiedliche Gruppen? Auf der einen Seite gab es die Kräfte um Trutz von Liebig und von Wittgenstein und auf der anderen Seite Agenten, die wahrscheinlich für Bersin und den russischen Geheimdienst unterwegs waren. Vielleicht arbeiteten sie auch Hand in Hand, denn es ging ja um Geschehnisse und Projekte auf dem Hoheitsgebiet Russlands. Die waren zwar von Deutschland aus organisiert, kamen auf der anderen Seite aber den russischen Interessen entgegen. Deutsche Ingenieure, die sich auf russischem Boden verdingten, konnten der russischen Seite nur recht sein.

Die Blaupausen der Verträge über die Lieferung vermeintlicher Strickmaschinen waren verloren. Aber es musste verwertbare Unterlagen geben. Sie blätterte durch ihre Notizen, bis ihr die Visitenkarte von Wittgensteins in die Hand rutschte. Sie legte die Karte vor sich auf den Tisch und starrte darauf. Ja, bei Wittgenstein, bei Trutz von Liebig – irgendwo dort musste es weitere Informationen geben. Die Firma spielte eine entscheidende Rolle. Je mehr sich Ilka darüber klar wurde, umso mehr verspürte sie den Drang, genau dort Nachforschungen anzustellen.

Als Laurens um neun noch nicht zurückgekehrt war, beschloss sie, die Sache selbst anzugehen. Einen einfachen Dietrich hatte sie stets bei sich. In der Handtasche, versteckt zwischen den Schminkutensilien. Und im Chilehaus gab es vorwiegend Buntbartschlösser; sie hatte es sofort registriert. Ilka legte einen neuen Film in die Leica und steckte ihre Deringer ein. Um halb zehn verließ sie das Haus.

Kapitel 15

Mittwoch, 12. August 1925, abends

☿

Ilka schlenderte über den Jungfernstieg und setzte sich an einen kleinen Tisch im Außenbereich des Alsterpavillons. Die Gewitter der letzten Tage hatten kaum für Abkühlung gesorgt. Es war zwar nicht mehr so schwül wie zuvor, aber die Temperaturen waren immer noch hochsommerlich, was zur Folge hatte, dass zumindest die jüngeren Frauen auf dem Alsterboulevard nur leichte Kostüme trugen und keine Strümpfe mehr anhatten, während die meisten Herren ihre Jacketts über dem Arm trugen. Ilka gönnte sich einen Sekt und ein halbes Dutzend Austern. Danach steckte sie sich einen Zigarillo an und wartete, bis der Menschenstrom auf dem Jungfernstieg verebbt war. Mit Einbruch der Dunkelheit machte sie sich auf den Weg.

Lichter brannten im Chilehaus keine mehr – aber das musste nichts heißen. Sie wusste nicht, inwieweit es üblich war, dass in Kontoren selbst am Abend jemand nach dem Rechten sah. Auf den Bürgersteigen herrschte inzwischen gähnende Leere. Auch auf den Straßen rumpelten nur noch vereinzelt Wagen über das Kopfsteinpflaster. Im tranigen Licht der Laternen tanzten Mückenschwärme. Ilka wählte den Eingang an den Pumpen. Er war nicht so gut einsehbar wie sein Pendant an der Burchardstraße, wo das Portal von einer Straßenlaterne ausgeleuchtet wurde. Sie musste damit rechnen, dass es einen Wachdienst gab. Aber auch Wachleute machten Lärm und benötigten Licht. Zumindest im Treppenhaus würde sie es rechtzeitig bemerken, falls Gefahr nahte.

Ilka brauchte nur einen Versuch, um die Tür im Portal zu öffnen. Drinnen schlug ihr gespenstische Stille entgegen. Nachdem sie ihre Schuhe ausgezogen hatte, tastete sie sich bis zum Treppengeländer vor. Auf eine Lampe hatte sie verzichtet. Sie wollte kein unnötiges Risiko eingehen. Dann stellte sie ihre Schuhe auf die erste Stufe und ging zurück zum Eingangsportal. Ilka merkte, dass sie unkonzentriert war. Vielleicht war es auch nur die Aufregung. Beim Zuschließen der Tür benötigte sie zwei Versuche. Das Geräusch, das ihre nackten Füße auf dem Boden hinterließen, schien ihr in dem Moment lauter als das Klacken von Absätzen. Zweimal stieß sie gegen eine Treppenstufe, dann hatten sich ihre Augen an die Dunkelheit gewöhnt. Durch die glatten Fliesen in den Fensterbrüstungen wurde das Licht der Straßenlaternen reflektiert. Je höher sie kam, umso heller wurde es. Zumindest kam es ihr so vor.

Keine Menschenseele auf den Fluren, keine verdächtigen Geräusche. Die Tür zum Kontor von Wittgenstein & Consorten war schnell geöffnet. Nun machte es sich bezahlt, dass sie mit dem Dietrich geübt hatte, alle möglichen Bartschlösser zu öffnen. Eine Maßnahme, zu der sie Georg gedrängt hatte. Die interessanten Dinge spielten sich meist hinter verschlossenen Türen ab, wie er mit einem verstohlenen Blick gemeint hatte.

Ilka bewegte sich wie ein Raubtier auf der Pirsch. Geschmeidig und lautlos. Ihr war warm. Nein, sie war schweißgebadet. Als Erstes musste sie sich einen Überblick über die Räumlichkeiten verschaffen. Sie kannte bislang nur den Empfangsbereich und das Büro von Baldur. Der Grundriss der Kontore war ihr nicht geläufig. Vom Entree aus gab es noch zwei Flure, die zur Seite abzweigten. Hier weitere Türen, alle unverschlossen. Eine provisorisch eingerichtete Küche, ein Magazin sowie einen Lagerraum. Auf der anderen Seite ein Besprechungszimmer und zwei große Büroräume. Hier hingen ausnahmsweise keine modernen Kunstwerke an den Wänden, sondern richtige Schinken. Heroisierend in Szene gesetzte Schlacht- und Linienschiffe in Öl, die abreißenden Wellenkämme des tosenden Meeres durchpflügend. Vergoldete Rahmen in barockem Format. Keine Frage, das war der Arbeitsbereich von Trutz von Liebig. Hinter dem mit Leder bezogenen Schreibtisch hing eine schwarz-weiß-rote Fahne an der Wand.

Ilka zog die Vorhänge zu und stellte die Schreibtischlampe unter den Schreibtisch auf den Boden. Da sie sich im obersten Stockwerk befand, konnte sie davon ausgehen, dass das Licht von außen kaum zu sehen war, zumal die Staffelgeschosse des Chilehauses überhaupt nur aus der Ferne einsehbar waren. Dann machte sie sich an den Schränken und Schubladen zu schaffen. Zum Photographieren mangelte es an Licht. Sollte sie auf etwas Wichtiges stoßen, musste sie es im Original mitgehen lassen. Aber das meiste, was sie fand, waren langweilige und nichtssagende Berichte, Abrechnungsbelege und Ausschreibungsunterlagen zu harmlosen Geschäften. Die Schubladen im Schreibtisch waren alle verriegelt. Aber auch dieses Hindernis war schnell überwunden, indem sie den Haken des Dietrichs entsprechend anpasste.

Ilka fand mehrere Ordner und Mappen mit abgehefteter Korrespondenz, Berichten und Anweisungen der Reichswehr, darunter einen Ordner, der mit *Lipezk* beschriftet war, sowie einen weiteren mit dem Titel *Kama*. Jetzt wurde es interessant. Neugierig ließ sie sich auf dem Boden nieder und schlug ihn auf. Es war, wie sie bereits vermutet hatte: Kama war Kasan. Endlich hatte sie einen Beweis in der Hand. Aber viel war in der Mappe noch nicht abgeheftet. So, wie es aussah, befand sich die Anlage – anders als die in Lipezk – noch in der Planungsphase. Was umso interessanter schien, weil es Parallelen bei der Planung gab. So, wie Thomsen bei der Einrichtung und Umsetzung von Lipezk eingebunden worden war, übernahm auch in diesem Fall ein aus dem Dienst entlassener Veteran diese Aufgabe. Die Rede war von einem Oberstleutnant Malbrandt. *Kama* war nur ein Deckname. Abgeleitet aus den ersten beiden Buchstaben von *Kasan* und *Malbrandt*. Letzterer hatte auf der Suche nach geeigneten Flächen eine ehemalige Kaserne mit angrenzendem Übungsgelände nahe der Stadt Kasan als brauchbaren Ort vorgeschlagen. Das Gelände konnte mit nur wenig Aufwand für Testzwecke mit Kettenfahrzeugen ausgebaut werden. Die russische

Seite hatte bereits Einverständnis signalisiert. Nun lag es am Entgegenkommen der Deutschen, denn die benötigten Panzerfahrzeuge, die unter dem Begriff *Großtraktoren* firmierten, sollten entweder aus Schweden oder aus Deutschland geliefert werden. Den Papieren nach waren die Verhandlungen noch nicht abgeschlossen. Die Akte endete mit einem Verweis auf ein bevorstehendes Treffen mit Jan Karlowitsch Bersin sowie eine Zusammenkunft von Vertretern der beteiligten Produktionsfirmen.

Jetzt war Ilka klar, was in Kama geschah. Es war unglaublich, mit welcher Perfidie die beteiligten Stellen zur Tat schritten. Alles, was irgendwie von militärischer Brisanz war, wurde ins Ausland verlagert. Vornehmlich nach Russland. Und Wittgenstein & Consorten, genauer: die Person Trutz von Liebigs, saß genau an der Schnittstelle der Verhandlungen aller Beteiligten.

Gerade wollte Ilka sich den Ordner über Lipezk vorknöpfen, als sie ein Geräusch vernahm. Sie hatte keine Gelegenheit, sich zu verbergen, als sich die Tür zum Büro öffnete und jemand den Raum betrat. Hilflos saß sie am Boden neben dem Schreibtisch. Die Handtasche mit der Waffe war unerreichbar. Das Herz schlug ihr bis zum Hals.

«Was machen Sie da?» Ein kleiner Mann hatte den Raum betreten und stellte das Licht an. Auf einen solchen Überfall war sie nicht vorbereitet gewesen. Der Mann kam langsam auf sie zu und musterte sie. «Dann sind Sie wohl die Pilotin ...» Er hielt eine Waffe in der Hand, eine Parabellum Ordonnanzpistole. Trutz von Liebig, ohne Frage. Eine gedrungene Erscheinung. Ein unangenehmes Gesicht. Gefährlich. Nicht nur wegen der Pistole, die er auf sie gerichtet hielt.

Ilka schluckte, bevor sie antworten konnte. «Ich bin dabei, Ihre Machenschaften nachzuvollziehen», sagte sie kühl. Ertappt war ertappt.

«Baldur hat mir schon erzählt, dass Sie hier rumschnüffeln.» Von Liebig setzte sich auf den einzigen Stuhl im Raum, hielt die Pistole immer noch auf sie gerichtet. Ilka erhob sich langsam und versuchte, unauffällig näher an ihre Handtasche heranzukommen. Er dirigierte sie mit dem Lauf seiner Waffe zurück. «Immer langsam. Nicht, dass mir hier etwas entgleitet. – Sie sind also auf uns angesetzt? Von wem?»

«Eigentlich nicht», entgegnete sie. «Ich war nur wegen Herrn Puttfarcken vor Ort.»

«Ach, der Daniel», meinte von Liebig und bleckte unangenehm die Zähne. «Die arme Kommunistensau.»

«Der Meinung waren Sie aber nicht immer?», warf Ilka ein. Sie sah ihre Chance zum Dialog.

«Natürlich nicht. Sein wahres Gesicht hat er im Verborgenen getragen, das Schwein.»

«Und Sie haben ihn beliefert, oder wie ging das?» Ilka wollte es wissen, wollte eine Bestätigung ihrer Vermutungen.

«Er hat sich bedient – wollen wir's mal so sagen», entgegnete von Liebig. «Es war mein Fehler, ihm zu vertrauen. Passiert mir nicht wieder.»

«Aber Sie konnten ihm dann doch nicht widerstehen, wie ich vermute.»

«Er hat mit mir gespielt.»

«Kein Wort darüber, dass er längst vergeben war?»

«Von diesem Johann habe ich erst später erfahren», erklärte Trutz von Liebig. «Viel zu spät.»

«Aber Sie haben dafür gesorgt, dass es einen Unfall gab. In Lipezk.»

«Davon weiß ich nichts. Ist dieser Bursche tot?»

«Ja. – Aber Sie haben die Personalie damals gemeldet?»

«Aber sicher doch», meinte er gehässig und lächelte.

«An entsprechende Stellen, wie ich vermuten darf?» Also war der sogenannte Unfall von Johann wirklich keiner gewesen. Ilka dachte an die Sabotage ihres *Laubfroschs*. Ihr schauderte.

«Warum auch nicht? Wer uns verrät, fährt zur Hölle. Sind das die Informationen, die Sie für Ihre Reportage benötigen? Die wird allerdings nicht erscheinen.» Von Liebig grinste diabolisch. «Daniel musste es auch erfahren, dass man von gewissen Dingen besser die Finger lässt. Das Schwein hat es nicht anders verdient. Und so wird es auch jedem anderen ergehen, der uns verrät.»

«Das waren also Sie? Sie haben Puttfarcken erschossen? Und Sie haben auch Jacques Villeneuve aus dem Wege geräumt?»

Von Liebig schaute kurz fragend auf seine Waffe und schüttelte verständnislos den Kopf. «Daniel ja, natürlich. Es hat mich ein wenig Überwindung gekostet. Aber es war mir dennoch eine Genugtuung. Wenn ich daran denke, wie er mich belogen hat, wie er mich monatelang ausgenutzt und betrogen hat … Aber Villeneuve? Der Name sagt mir nichts.»

«Der Agent, der auf mich angesetzt wurde.»

«Ich weiß nicht, was Sie meinen. Ich erfuhr überhaupt erst gestern von Ihrer Existenz.»

«Dann wird es wohl jemanden geben, der hinter Ihnen steht und die Strippen zieht», erklärte Ilka. Sie versuchte die Tatsache, dass sie mit einer Waffe bedroht wurde, auszublenden. Sie wusste nicht, was sie bewog, aber sie sprach ohne Unterlass. Auf der einen Seite wollte sie wirklich wissen, was passiert war, andererseits redete sie sich auch um Kopf und Kragen. Trutz von Liebig wirkte nicht so, als würde er von seiner Waffe keinen Gebrauch machen. Und sie hatte nach wie vor keine Chance, an ihre Pistole zu gelangen. Die Handtasche war außer Reichweite. «Ich las gerade über Kama – interessantes Projekt.»

Trutz von Liebig grinste. «Nicht wahr? Ein weiterer Schritt des Reiches, sich aus den Fesseln von Versailles zu befreien. Wir werden uns die verlorenen Gebiete schon wieder aneignen», fügte er hinzu. «Verloren haben wir nur Territorien, nicht aber den Krieg. Und selbst wenn sich Frankreich derzeit als Übermacht versteht ... wir werden uns nehmen, was uns zusteht.»

«Baldur von Wittgenstein ist nicht eingebunden?»

Von Liebig lächelte spöttisch. «Ach, Baldur. Der ist doch nur an den Umsätzen interessiert. Selbst wenn er etwas wüsste, und das wird er wohl, interessieren ihn die Details nicht. Das Einzige, was ihn wirklich interessiert, sind seine Bildchen ... und Frauen.» Wieder dieses diabolische Grinsen. «Deshalb ist er auch so angetan von Ihnen. Und dann auch noch der Umstand, dass Sie das Modell für eines seiner Bilder gewesen sind. Da vergisst er die Welt um sich herum. Ohne meine Geschäfte mit dem Reich wäre es längst schlecht bestellt um die Firma, glauben Sie mir. Er wäre bankrott.»

«Man ist Ihnen auf der Spur», warf Ilka ein. «Daniel Puttfarcken hat im Auftrag der interalliierten Kontrollkommission gehandelt. Ihr hat er sein Wissen um Ihre Machenschaften längst weitergegeben.»

«Und wennschon», meinte von Liebig und tat gelangweilt. «Diese Leute haben wir im Griff. Die Alliierten wollen alles, nur keinen politischen Linksruck im Reichstag. Das ist es, wovor sie Panik haben. Denn dann hätten sie keinen Einfluss mehr auf die Geschehnisse im Land. Und zudem sind sie scharf auf die Produkte der großen deutschen Ingenieurskunst. Die stehen doch Schlange vor unseren Firmen. Allen voran die Amerikaner. Und es sind interessanterweise fast nur militärisch nutzbare Produkte. Da interessiert es nicht einmal mehr, dass diese Produkte nur durch die deutsche Kooperation mit Russland entstehen können, vor dessen kommunistischer Ideologie man eine solche Angst hat. Und sollte es tatsächlich Überzeugungstäter innerhalb der Kontrollkommission geben – darum kümmern sich die Leute von Starik.»

«Jan Karlowitsch Bersin.» Der russische Geheimdienst war also für den Tod von Jacques Villeneuve verantwortlich. Karl war mit Sicherheit einer dieser Überzeugungstäter gewesen. Sonst hätte er nicht so einen immensen Aufwand betrieben, seine Nachforschungen im Dunkeln zu lassen. Nur geholfen hatte ihm nicht einmal seine professionelle Vorgehensweise. War ihm seine Überheblichkeit zum Verhängnis geworden? Wahrscheinlich würde das nie geklärt werden. Aber immerhin hatte man Alexej Roganoff. Der gehörte mit großer Sicherheit zu Stariks Agenten.

Von Liebig nickte. «Um so etwas kümmern wir uns nicht.»

«Im Gegensatz zu Ihren persönlichen Kontakten, wie etwa Daniel Puttfarcken.» Ilka versuchte, die Abscheu, die sie Trutz von Liebig gegenüber empfand, herunterzuschlucken. Was hatte er mit ihr vor? Sie hatte keine Idee, wie sie aus diesem Szenario herauskommen sollte. Ihre Verführungskünste würden ihr bei diesem Mann jedenfalls nicht helfen.

«Exakt.»

«Ein Mord aus Eifersucht also ...»

«Er hat mich zweifach hintergangen», fauchte von Liebig. «Erst der Betrug, dann der Verrat. Der Verrat war entscheidend.»

«Ein Mord bleibt es trotzdem.»

«Der nicht aufgeklärt werden wird, glauben Sie mir. Es gibt genug Interesse daran, die innere Säuberung Deutschlands von Landesverrätern weiter fortzuführen. Es sind nicht nur die Novemberverbrecher. Die Gegner der Republik bilden die geduldig schweigende Mehrheit im Lande.»

Es war ekelhaft. «Darf ich rauchen?», fragte Ilka. Irgendwie musste sie an ihre Handtasche kommen.

«Ich wüsste nicht, warum ich Ihnen einen letzten Wunsch verwehren sollte», erwiderte von Liebig. So sollte es also laufen. Sie hatte nichts mehr zu verlieren.

Sie musste nur den richtigen Moment abpassen. Er ahnte mit Sicherheit nicht, dass sie eine Waffe dabeihatte. Als sie ihr Etui aus der Handtasche nahm, fiel der Blick auf die Deringer, die griffbereit dalag. Aber sie hatte die Waffe noch nie benutzt, die Entfernung zu von Liebig war zu groß, die Situation zu unübersichtlich. Außerdem hielt er den Lauf seiner Parabellum direkt auf sie gerichtet. Ilka zögerte kurz, dann nahm sie ein Streichholz und zündete den Zigarillo an. Zwei Schuss blieben ihr. Sie durfte kein unnötiges Risiko eingehen, aber sie musste es tun. Wann, wenn nicht jetzt?

Sie hängte sich die Handtasche über die Schulter, sodass sie leicht hineinfassen konnte. Ilka versuchte, ihrer Angst Herr zu werden. Nicht daran zu denken, was vor ihr lag. Was Trutz von Liebig vorhatte. Nicht zu zittern. Langsam senkte sie die Hand in die Tasche.

Plötzlich gab es einen Schlag gegen die Tür, und von Liebig fuhr herum. Eine Stimme war zu vernehmen – Laurens' Stimme: «Wir haben genug gehört. Öffnen Sie die Tür! Sofort!»

Trutz von Liebig sprang auf und hastete in Ilkas Richtung. In dem Moment splitterte die Türzarge. Ilka versuchte ihre Waffe zu greifen, doch bevor sie sich versah, packte Trutz von Liebig ihren Arm und zog sie – seine Waffe im Anschlag – zu einem der Fenster und stieß es auf. Er war viel kräftiger, als Ilka aufgrund seiner Statur gedacht hatte. Keine Chance, sich seinem Griff zu entziehen. Vielleicht war es auch nur die Überraschung darüber, wie fest er sie umklammert hielt. Er hielt ihr die Pistole an die Schläfe und zog sie mit sich nach draußen, hinaus auf die Galerie. Aus dem Augenwinkel bekam Ilka noch mit, wie Laurens und seine Leute in den Raum stürmten.

Von Liebig zerrte sie mit sich. Von der Galerie war es nur ein Katzensprung zum Dach des Hauses. Als sie dort angelangt waren, bohrte von Liebig den Lauf der Pistole in Ilkas Rücken und schob sie vor sich her: «Nur immer voran, du Schlampe!»

Sie kamen an den Teil der Dachanlage, der wie ein Pavillon emporragte. Trutz von Liebig schlug mit dem Knauf der Pistole eine Scheibe ein, dann versuchte er, das Fenster zu öffnen. Es gelang ihm nicht. Von der Galerie her war die Stimme von Laurens zu vernehmen. Von Liebig packte Ilka und zog sie weiter. Das Ende der Dachanlage war ein schlankes Plateau, das in einem bedrohlich spitzen Winkel vor ihnen auslief. Von hier aus zerrte der Kerl sie wieder zurück auf die oberste Galerie.

Der Schiffsbug, schoss es Ilka durch den Kopf. Was hatte er nur vor? Ohne Zweifel befanden sie sich auf dem letzten Zipfel der Spitze. Das Plateau ragte viele Meter über die Fassade hinaus. Für einen Moment verharrte von Liebig und schaute nach unten. Die Höhe war schwindelerregend. Dann ließ er plötzlich von ihr ab. An der Kante zum Dach war Laurens aufgetaucht, nur wenige Meter von ihnen entfernt. Als er zu ihnen heruntersprang, richtete von Liebig seine Waffe auf ihn. Diesen Moment nutzte Ilka aus und riss ihre Deringer aus ihrer Handtasche. Sie wartete nicht, bis sich von Liebig zu ihr umdrehte. Sie feuerte sofort und erschrak, welchen Rückschlag die kleine Waffe auslöste.

Es geschah zeitverzögert. So kam es Ilka jedenfalls vor. Ganz langsam krümmte der kleine Mann sich, auf seinem Hemd wuchs ein blutroter Fleck. Dann wankte Trutz von Liebig zur Dachkante, taumelte noch einige Schritte und kippte dann geräuschlos über den Rand.

Laurens rannte zu ihr und legte ihr seine Hände auf die Schultern. «Du Wahnsinnige. Was machst du nur für Sachen», sagte er mit zitternder Stimme. «Hätte ich nicht von Wittgensteins Visitenkarte auf dem Schreibtisch gefunden, hätte das auch anders ausgehen können.»

«Ich bin so froh, dass du da bist», seufzte Ilka. Sie blickte nach unten. «Mein Gott. Was für eine Aussicht!»

«Was für ein Ende», meinte Laurens und zog sie an sich. «Ich denke, wir sollten nach Hause gehen.»

«Ja, unglaublich gerne. Aber ich brauche die Papiere aus Liebigs Büro.»

«Sollst du haben. Aber komm mit zu mir. Du meine Güte. Wenn ich daran denke, was alles hätte passieren können.»

«Es ist doch passiert», sagte Ilka.

«Ich meine das, was nicht passiert ist», entgegnete Laurens. «Weißt du eigentlich, in welche Gefahr du dich gebracht hast?»

«So ungefähr», sagte Ilka.

«Du hast mit dem Teufel gespielt», antwortete Laurens ausweichend.

«Ich habe ihn herausgefordert – und ich habe ihn besiegt», sagte Ilka. «Und darüber schreibe ich meinen Bericht.»

«Ich werde über all das hier auch einen Bericht anfertigen müssen.»

«Aber nicht jetzt», sagte Ilka und schob ihre Lippen auf seinen Mund. Dann drängte sie sich an ihn. «Nicht jetzt.»

Nach dem dritten Cognac hatte Ilka aufgehört zu zittern. Langsam begann sie, sich zu entkleiden. Laurens saß auf dem Sofa und blickte abwechselnd in seinen Cognacschwenker und zu ihr. «Du hast mir das Leben gerettet», hauchte sie und stieg aus dem Kleid.

Er lächelte sie an. «Du mir übrigens auch.» Dann legte er die Manschettenknöpfe ab und begann, sein Hemd aufzuknöpfen, streifte die Hosenträger ab.

«Würde ich immer wieder machen», entgegnete Ilka und ging langsam auf ihn zu.

Stunden später saß Ilka in der Badewanne und genoss das kühle Wasser, während sich Laurens vor dem Spiegel rasierte. Hinter der Rasierseife kamen seine leuchtenden Augen noch besser zur Geltung.

«Ist dir kalt?», fragte er. «Du hast Gänsehaut auf den Armen.»

«Das liegt an etwas anderem», erklärte sie.

«Wie soll es jetzt weitergehen?»

«Ich denke, du musst in die Dienststelle …»

«Wenn das jetzt zum täglichen Programm wird, werde ich Probleme mit Schlanbusch kriegen.»

«Dein Chef?»

Laurens nickte.

«Ich werde bald zurück nach Berlin müssen.»

«Bleib noch bis zum Wochenende», bat Laurens. «Die Technik ist mit deinem Flieger eh noch nicht fertig. Und dann muss die Maschine noch gereinigt werden. Und du solltest deinen Artikel schreiben, solange die Erinnerung noch frisch ist. Ich wüsste, welchen Schreibtisch du benutzen könntest.»

«Das sind natürlich ganz passable Argumente», meinte Ilka und stieg aus der Wanne. Nass, wie sie war, schmiegte sie sich von hinten an Laurens, der kurz zusammenzuckte und sich die restliche Seife aus dem Gesicht wusch. Ihre Hände glitten zu seinen Leisten und von dort weiter. «Ich glaube, damit werde ich mich arrangieren können.»

«Also bis zum Wochenende?»

«Damit auch.»

Es war gut, den Abflug auf diesen Tag zu legen. Das Volksfest, das die Luftschiffhallengesellschaft am Sonntag in Fuhlsbüttel veranstaltete, heiterte beide auf und brachte etwas Ablenkendes mit sich. Der Abschied schien Laurens doch zuzusetzen. Da kamen die Show-Einlagen der Kunstflieger Bäumer, Petersen und Körnemann und die spannende Ballonjagd gerade recht. Was Bäumer mit seinem Udet-Doppeldecker in der Luft veranstaltete, war schon mehr als waghalsig, und Laurens bat Ilka eindringlich darum, den Luftakrobaten auf dem Rückflug keine Konkurrenz zu machen.

«Werden wir uns wiedersehen?», fragte er, nachdem sie alles verstaut und überprüft hatte.

«Ich denke schon», meinte Ilka und lächelte ihn an.

«Aber nicht so, wie ich mir das vorstelle, nehme ich an.» Er sah etwas betrübt aus.

«Wahrscheinlich nicht.» Sie stellte sich auf die Zehenspitzen und drückte ihm einen Kuss auf die Stirn. «Ich habe ja nun einen guten Grund, häufiger nach Hamburg zu kommen.» Noch ein Kuss, diesmal auf den Mund. «Und solange du mir keinen Heiratsantrag machst, wird sich daran wohl auch so schnell nichts ändern.»

Sie gab sich einen Ruck und kletterte ins Cockpit. Dann setzte sie ihre Kappe auf und rückte die Brille zurecht. Keine fünf Minuten später rollte sie zur Startbahn und wartete auf die Freigabe. Tatsächlich musste sie die Brille noch einmal absetzen und sich ein paar Tränen aus den Augen wischen. Kurze Zeit später hob sie ab und drehte eine Ehrenrunde – nicht ohne kurz mit den Tragflächen zu wackeln. Auch wenn sie Laurens von hier oben nicht genau erkennen konnte, war sie sich sicher, dass er dort unten stand und ihr nachblickte.

Obwohl sie sich fest vorgenommen hatte, nicht zu viel darüber nachzugrübeln, ob sie nach den Tagen in Hamburg einfach wieder in ihr altes Leben zurückkehren könnte und was ihre Begegnung mit Laurens für sie bedeutete, dachte sie den ganzen Flug über an nichts anderes. Sie bekam nicht einmal mit, wie sie in den Elbtalauen von einer grau-blauen Heinkel überholt wurde.

Epilog

Wie immer an dieser Stelle die Auflösung. Ich bin kein Historiker. Das Wissen um die Dinge, die passieren werden, muss ausgeblendet werden, um die Situation und die Handlungen einer Zeit nachvollziehbar erzählen und verstehen zu können. Was aber ist historisch verbürgt, wo hat der Autor gemogelt? Was den großen historischen Kontext angeht, muss ich vorab um Vergebung bitten, denn die komplexen Verstrickungen und Vorgänge während der Weimarer Republik (die damals noch nicht so genannt wurde) umfassend zu durchleuchten hätte wahrlich den Rahmen eines Epilogs gesprengt. Dasselbe gilt für die auftretenden markanten Persönlichkeiten, über die opulente Monographien geschrieben werden könnten oder schon geschrieben worden sind. Dafür sind Sie als Leser bei mir um die Fußnoten herumgekommen …

Ich will trotzdem für ein wenig Aufklärung sorgen. Treten wir also an zu einem Hundertzehn-Meter-Hürdenlauf durch die ersten Jahre der *Goldenen Zwanziger*.

Sommer 1925. Nach Überwindung der Hyperinflation und Einführung der Rentenmark sieht es vielerorts in Deutschland gar nicht mal so schlecht aus. Vor allem aufgrund des Dawes-Plans konnte sich Deutschland wirtschaftlich erholen, und Kreditgeber und Investoren – insbesondere aus Amerika – sorgten weiterhin für Aufschwung. Verantwortlich für diese Stabilisierung war unter anderem die im Dawes-Plan verankerte Neuregelung der Kriegsreparationen.

Parallel zur wirtschaftlichen Konsolidierung bildete sich nun besonders in den Großstädten eine ausgeprägte Konsum- und Freizeitkultur, beherrscht von den neuen Medien – Rundfunk und Film – und swingender Tanzmusik. Intellektuelle, bürgerliche Konsumenten wie Kulturschaffende selbst, trafen sich an exaltierten Orten wie dem Romanischen Café in Berlin. Dort begegnete man nicht nur ortsansässigen Theatermachern wie Max Reinhardt (1873–1943), sondern auch internationaler Theater- und Filmprominenz wie etwa Ruth Landshoff (1904–1966), Colleen Moore (1900–1988) oder der Tänzerin Mary Wigman (1886–1973). Das Hamburger Pendant waren die Hamburger Kammerspiele neben dem Gewerkschaftshaus, die der Schauspieler und Intendant Erich Ziegel (1876–1950) zum Sammelbecken der Theater- und Literaturszene gemacht hatte. Hier gaben sich regelmäßig Autoren wie Klaus Mann (1906–1949), seine Schwester Erika (1905–1969) oder der Schauspieler Gustaf Gründgens (1899–1963) sowohl auf der Bühne als auch im Parkett ein Stelldichein.

Politisch hingegen ist die Nation auch sieben Jahre nach Ende des Krieges immer noch tief gespalten: in Befürworter der parlamentarischen Demokratie auf der einen Seite und Gegner der Republik auf der anderen – in erster Linie Konservative und Rechtsextreme, die weiterhin an die Dolchstoßlegende glauben und diese auch verbreiten. Demnach sollte nicht die kaiserliche Regierung, sondern demokratische Elemente und Entscheidungen für den verlorenen Krieg und den als Schmach empfundenen Versailler Friedensvertrag verantwortlich gewesen sein.

Mit völligem Unverständnis wurde auf die im Vertragswerk aufgeführten Bedingungen bezüglich Umfang und Bewaffnung der Reichswehr reagiert. Die eigentliche Absicht dieser Beschränkungen lag in der begründeten Angst vor einer erneuten Aufrüstung Deutschlands. Sie wurde von den Republikgegnern und Wirtschaftsverbänden aber vor allem als beabsichtigter Hemmschuh für die deutsche Industrie verkauft. Das Berufsheer war demnach auf eine Größe von hunderttausend Mann begrenzt, hinzu durften maximal fünfzehntausend Marinesoldaten kommen. Die Bildung eines Generalstabs blieb der Reichswehr untersagt. Ebenso war der Aufbau von Luftstreitkräften, der Bau von Panzern, U-Booten und schwerer Artillerie verboten. Hinzu kam das Produktionsverbot bestimmter ziviler Anlagen und technischer Ausstattungen, von denen auch das Militär hätte profitieren können. So wurde beispielsweise den deutschen Flugzeugherstellern der Einbau leistungsfähiger Motoren untersagt, auch wenn die Maschinen zivilen Zwecken in Deutschland dienten. Zugleich waren die entsprechenden Motoren aber erlaubt, sobald die gleichen Maschinen für den Exportmarkt, insbesondere für die amerikanischen und kanadischen Streitkräfte, produziert wurden. Mit welchen perfiden Strategien diese Beschränkungen vonseiten der Reichswehr und anderer Interessengruppen umgangen wurden, ist zentraler Bestandteil dieses Romans.

Ein wichtiger Schritt dahin war der Vertrag von Rapallo, der im April 1922 zwischen dem Deutschen Reich und der Russischen Sozialistischen Föderativen Sowjetrepublik geschlossen wurde. Es war ein gegenseitiges völkerrechtliches Abkommen, mit dem sich die beiden bislang international geächteten und isolierten Staaten nun eine gegenseitige Stärkung und Zusammenarbeit zusicherten. Neben der Aufnahme allgemeiner Wirtschaftsbeziehungen beinhaltete es auch den Verzicht auf Reparationen sowie die Lieferung von Industrieanlagen. Auch wenn keine Geheimklausel vorhanden war, die sich in irgendeiner Weise um militärische Dinge drehte, betonte der Vertrag ausdrücklich privatrechtliche Vereinbarungen. Damit gemeint war hintergründig die Lieferung von Maschinen, Technik und Industrieprodukten, die Deutschland laut dem Versailler Vertrag nicht besitzen durfte. Entsprechende privatrechtliche Vereinbarungen – die über Mittelsmänner mit der Rüstungsindustrie abgeschlossen wurden – bildeten unter anderem den Ausgangspunkt für die geheime Fliegerschule in Lipezk, eine Flugzeugfabrik bei Moskau, ein Testgelände für Giftgas bei Tomka sowie die streng geheime Panzerschule Kama in Kasan. Im Gegenzug für die technische Ausstattung der Anlagen erhielt die Reichswehr, über deren Etat der Unterhalt dieser Anlagen heimlich finanziert wurde, die

Möglichkeit, ihre Soldaten dort ausbilden zu lassen. Aufbau und Betrieb der Anlage in Lipezk basierten auf privaten Geheimverträgen zwischen den ehemaligen Wehrmachtsoffizieren Walter Stahr (1882–1948) und Hermann Thomsen (1867–1942) und dem Chef der russischen Luftwaffe, Pjotr Ionowitsch Baranow (1892–1933).

Viel früher schon hatte man in Deutschland begonnen, die militärische Ausbildung unter Vorwänden aufrechtzuerhalten. Nicht nur an Volkssportschulen und Universitäten wurde durch die fremdfinanzierte Bereitstellung von Segelbooten und Segelflugzeugen eine legale Möglichkeit gefunden, eine quasimilitärische Ausbildung voranzutreiben – denn wer ein Segelflugzeug beherrschte, konnte leicht zu einem Kampfpiloten ausgebildet werden, und wer segeln konnte, beherrschte bereits Grundlagen zum Erwerb des Kapitänspatents für ein Kriegsschiff, so zumindest die Vorstellung in Militärkreisen.

Chef der Heeresleitung der Reichswehr war Generaloberst Hans von Seeckt (1866–1936), der in alle diese verbotenen Machenschaften eingeweiht war. Die Führung der Reichswehr unterstützte zudem alle illegalen Verbände und paramilitärischen Organisationen sowie die von Fedor von Bock (1880–1945) geführte Schwarze Reichswehr, die dem Wehrkreiskommando III zugerechnet wurde. Die Schwarze Reichswehr setzte sich eigentlich aus Arbeitskommandos der Freikorps in Oberschlesien und Mitgliedern des Mecklenburger Frontbanns zusammen, aber auch Organisationen wie der Stahlhelm, unzählige regionale Geheimbünde, Brigaden und Organisationen sowie genaugenommen auch die um Ernst Röhm

(1887–1934) und Paul Röhrbein (1890–1934) aufgebaute SA (Sturmabteilung) müssen dazugerechnet werden.

Auch ohne Absprache mit der Reichswehr fanden ganze Industriezweige jedoch Mittel und Wege, die Versailler Auflagen zum eigenen Vorteil zu umgehen. Und war es nur, um weiterhin wirtschaftlich konkurrenzfähig zu bleiben und die international hochangesehenen Leistungen deutscher Ingenieure entsprechend veräußern zu können. Der einfachste Weg dafür war der Aufbau von Produktionsstätten im Ausland. Nicht nur Hugo Junkers wählte dafür einen Standort in Schweden und ging eine Kooperation mit der dortigen AB Flygindustri in Limhamn ein, wo seine Modelle A 20 und F 13 als Militärflugzeuge für den Export gefertigt werden konnten. Auch die in diesem Roman geschilderte Übernahme der Landverk AB durch ein deutsches Firmenkonsortium um Rheinmetall, Borsig und die Gutehoffnungshütte entspricht genauso der Wirklichkeit wie der heimliche Bau von Kampfpanzern, deren offizielle Bezeichnungen als *Großtraktor* oder *Ackerschlepper* vom eigentlichen Einsatzzweck ablenken sollten.

Die Berliner C. Lorenz AG (viel später dann ITT Schaub-Lorenz) war während des Krieges einer der wichtigsten Ausrüster für militärische Funk-, Kommunikations-, Ziel- und Sendetechnik gewesen. Die Versailler Auflagen verboten über fünfzig Prozent der Produktpalette, woraufhin sich die Firma offiziell auf den Bau von Rundfunksende- und -empfangsanlagen konzentrierte, zugleich aber weiterhin Forschung im Bereich der Hochfrequenztechnik betrieb. Das inzwischen zum

Philips-Konzern gehörende Unternehmen wurde nun von Georg Wolf geführt, dem Stiefsohn des verstorbenen Unternehmenslenkers Robert Held. Es waren die Ingenieure Ernst Ludwig Kramar (1902–1978) und der Hochfrequenztechniker und spätere Generaldirektor Walter Hahnemann (1879–1944), durch deren Forschungsarbeit kurze Zeit später der erste Landekursfunk in Betrieb genommen werden konnte. Ob diese Technik vorher im russischen Lipezk getestet wurde, ist genauso wenig überliefert wie geheime Versuche der Firma auf dem Flugplatz von Rechlin. Die Pilotenausbildung in Lipezk leitete der Fluglehrer Ernst Bormann (1897–1960), der zuvor am Flugplatz Berlin-Staaken tätig gewesen war.

Die Siegermächte hatten mit der IMKK (Interalliierte Militär-Kontrollkommission) ein Gremium geschaffen, das die Einhaltung der Versailler Vorgaben kontrollieren sollte. Die personelle Besetzung der im Geheimen operierenden Agenten und die Zusammenarbeit mit ausländischen Geheimdiensten lässt vermuten, dass viele der illegalen Machenschaften sehr wohl bekannt waren, aber aus politischem Kalkül nicht geahndet wurden, da man die konservativen Kräfte gegenüber sozialistischen und kommunistischen Bestrebungen im Land stärken wollte. Die Figur Jacques Villeneuve alias Karl habe ich mir als einen Stellvertreter dieser klandestinen Agenten ausgedacht.

Meine Protagonistin Ilka ist wie die gesamte Familie Bischop ein Produkt meiner Phantasie. Als Journalistin der *Vossischen Zeitung*, deren Chefredakteur damals der Publizist Georg Bernhard (1875–1944) war, arbeitet sie für den Ullstein-Verlag, der auch das Magazin *Uhu* herausgab, eine literarisch-satirische Zeitschrift. Für *Uhu* und *Vossische Zeitung* schrieb regelmäßig auch der pazifistische Journalist und Schriftsteller Kurt Tucholsky (1890–1935), der sich zu jener Zeit in Paris aufhielt. Genau wie die Malerin Tamara de Lempicka (1898–1980), die dort seit Ende des Krieges lebte. Ihr *Portrait de la duchesse de La Salle* von 1925 lässt erahnen, wie das natürlich fiktive Porträt von Ilka Bischop als Fliegerin hätte aussehen können.

Genau wie Ilka Bischop hat es den Freund von Ilkas Vater Sören, Martin Hellwege, natürlich genauso wenig gegeben wie Ilkas Brüder Robert und David sowie dessen Ehefrau Liane. Auch ihr ehemaliger Freund und Liebhaber Ture sowie seine Sekretärin Agneta sind Phantasiegestalten, aber inzwischen fester personeller Bestandteil meiner Romane. Etwas anders verhält es sich mit dem Piloten Adolf Behrend (1869–1945), der bereits in meinem Roman *Totenwall* einen Auftritt hatte. Einen deutschen Piloten solchen Namens hat es tatsächlich gegeben, aber Aussehen und Charakter entsprechen sicherlich nicht der wirklichen Person, über die ich bis auf die Lebensdaten nichts Näheres in Erfahrung bringen konnte. Ähnlich verhält es sich mit Ilkas Freundin Toska Gunkel. Tatsächlich gab es zu damaliger Zeit ein Wäsche- und Miedergeschäft an besagter Stelle gegenüber dem Thalia Theater mit dem Namen, den es auch in meinem Roman trägt. Ich konnte es mir nicht nehmen lassen, es mit Leben zu füllen.

Karl Radek (1885–1939) war ein politisch aktiver Journalist, der enge Kontakte zur Kommunistischen Internationale hatte. Als Pseudonym trug er unter anderem den Namen Parabellum. Im letzten Kriegsjahr hielt sich Radek wie Ilka Bischop in Stockholm auf, weshalb ich es naheliegend fand, dass sie sich kennen. Ob Radek an besagtem Sommertag tatsächlich in Berlin war, ließ sich nicht verifizieren.

Verständlicherweise sind auch die Täter und Opfer dieses Krimis erlogen und erfunden. Es gab weder einen Johann von Storck noch einen Daniel Puttfarcken. Der Leiter der Hamburger Sitte hieß zwar Otto Biermann, aber ich konnte sonst nichts über ihn in Erfahrung bringen. Trutz von Liebig und Baldur von Wittgenstein hat es ebenso wenig gegeben wie einen Alexej Roganoff. Und auch die Mitbewohnerinnen von Ilka, Käthe und Myrna, sind wie die Badefreunde Ruwen und Melchior Produkte meiner Phantasie. Einen Dr. Hansen hat es bei der Donner-Bank, die damals ihren Firmensitz im Schatten der Katharinenkirche hatte, meines Wissens nie gegeben. Alles andere wäre Zufall.

Das Zeitfenster der Geschehnisse in diesem Roman stimmt mit der historischen Realität überein. Die Eröffnung der Blauen Linie durch den Altonaer Bürgermeister Max Brauer (1887–1973) entspricht genauso den Tatsachen wie die Flugschau auf dem Flughafen Fuhlsbüttel. Der russische Oberbefehlshaber der Luftstreitkräfte, Pjotr Ionowitsch Baranow (1892–1933), und der Chef des russischen Geheimdienstes, Jan Karlowitsch Bersin (1889–1938), hielten sich zu besagter Zeit tatsächlich in Berlin auf.

Auch das Fest in der Hamburger Stadthalle habe ich versucht bis in alle bekannten Details realistisch wiederzugeben. Das annähernd transparente Kleid, das Ilka trug, war einer der unerhörten Entwürfe von Jean Patou (1887–1936), der später vor allem durch seinen Tennis-Dress für Damen Berühmtheit erlangen sollte. Oberbaurat Emil Maetzel (1877–1955), Stabschef in der Baubehörde unter Fritz Schumacher (1869–1947), gleichfalls Künstler und Sezessionist, war vor allem wegen der von ihm organisierten Künstlerfeste ein bekannter Maler und Kunstvermittler. Karl Schneider (1892–1945) war ein Architekt der radikalen Moderne und Mitglied des am Bauhaus orientierten Zehnerrings, dem auch Peter Behrens, Hugo Häring, Ludwig Mies van der Rohe, Hans Poelzig sowie Bruno und Max Taut zuzurechnen waren. Schneider baute in besagter Zeit tatsächlich ein Atelier für die damals bekannte Sezessionskünstlerin Lore Feldberg-Eber (1895–1966). Sein architektonisches Vermächtnis in Hamburg ist auf wenige Villen reduziert. In den 1920er Jahren hatte er dort keine Chance, seine Entwürfe durchzusetzen, da in der Hansestadt der Backstein als bevorzugtes Gestaltungsmittel galt. Das lag nicht nur an den expressionistisch überzeichneten Einzelbauten von Fritz Höger (1877–1949), der mit dem Chilehaus wahrhaft ein städtebauliches Monument entworfen hatte, sondern vielmehr an der Übermacht des inzwischen zum Oberbaudirektor berufenen Fritz Schumacher.

Es wäre vermessen, die wirkliche Rolle Schumachers für die Hamburger Stadtgestalt an dieser Stelle – auf ein paar Absätze reduziert – würdigen zu wollen. Sein Wirken kann gar nicht hoch genug eingeschätzt werden. Um zumindest ein paar Streiflichter seines Schaffens nicht nur am Wegesrand der Romanhandlung einzubinden, habe ich versucht, ganze Kapitel in seinen städtischen Räumen spielen zu lassen (Stadtpark, Stadthalle sowie die Wohnsiedlung und das Schulhaus am Dulsberg). Ich hatte mir bereits im *Elbtöter* herausgenommen, David, den Adoptivsohn von Sören Bischop, als Architekten in den Stab des Baudirektors zu holen. Dadurch ergab sich nun die Möglichkeit, auch ein wenig aus dem Privatleben des Oberbaudirektors in den Roman einfließen zu lassen. Schumacher war ein kränkelnder Mensch, der durch immer wiederkehrende Embolien oft wochenlang das Bett hüten musste.[1] Aber auch dadurch ließ er sich nicht davon abbringen, wie ein Besessener zu arbeiten und zu schreiben. Also fand ich es naheliegend, eine Sequenz des Romans in sein Wohnhaus zu verlegen, in dem er gemeinsam mit seiner Schwester Conny lebte.

Anders als bei seinem Altonaer Kollegen Gustav Oelsner gibt es bei Schumacher keine verlässlichen Informationen darüber, ob er homosexuell war – es ist aber anzunehmen, so resümiert Wolfgang Voigt in *Zwei Städte, zwei Stadtarchitekten, zwei Junggesellen*, einem Aufsatz über Oelsner und Schumacher.[2] Schwules Leben wurde in dieser Zeit zumindest von den Ordnungshütern in Hamburg weitgehend geduldet – der Paragraph 175 stand jedoch nach wie vor im Strafgesetzbuch. Zwar konnten es sich Künstler wie Gründgens und Mann, Jahnn und Kulturschaffende ganz im Allgemeinen leisten, ein ausschweifendes Nachtleben in anrüchigen Lokalitäten wie etwa der Walhalla Diele, dem Stadtcasino oder den Drei Sternen zu zelebrieren. Die Situation für verbeamtete Staatsdiener wie Schumacher war jedoch eine ganz andere. Eine unfreiwillige Offenbarung sexueller Vorlieben durch erpresserische Rupfer hätte weitreichende Folgen gehabt, zumal viele, wie etwa Maetzel, auch verheiratete Familienväter waren. Der mit Tucholsky befreundete Kurt Hiller (1885–1972) etwa oder der Krankenhausdirektor und Bürgerschaftsabgeordnete Andreas Knack (1886–1956) agierten im direkten Austausch mit Magnus Hirschfeld (1868–1935) und initiierten parallel zu medizinischer und gesellschaftlicher Aufklärungsarbeit in Hamburg mehrfach Spendenaufrufe zugunsten mittelloser Rupferopfer. Gleichwohl traf man Knack und Hiller selbst als Gäste in oben erwähnten Etablissements an, was sich Schumacher oder dessen Bürochef Maetzel niemals hätten erlauben können. Letzterer schuf zumindest als aktiver Maler und Sezessionist mit der Organisation und Durchführung der Künstlerfeste im Curiohaus eine nicht minder exzessive Bühne für die Selbstdarstellung in der Hansestadt.

Noch viel abgeschotteter agierten die Mitglieder des Hamburger Nationalklubs. Darunter fanden sich rechtskonservative und nationalistische Reaktionäre wie etwa Max von Schinckel (1849–1938), Joachim von Neuhaus, John von Berenberg-Gossler (1866–1943) oder Ricardo Sloman (1885–1983), Sohn von Henry B. Sloman (1848–1931), dem Bauherrn des Chilehauses. Es waren angesehene Hamburger Kaufleute oder Finanziers, die nicht nur jedwede Aktivität zur Stabilisierung republikanischer Kräfte zu unterwandern versuchten, sondern zudem nationalsozialistische zu stärken. Auf Empfehlung des Deutschen Herrenklubs wird der Hamburger Nationalklub ein Jahr später Adolf Hitler einladen und ihm zu seiner ersten Rede in Hamburg verhelfen.

Leider wird es dem fiktiven Kriminalbeamten Laurens Rosenberg auch in Zukunft unmöglich sein, namhaften Schurken – zumindest solchen aus der historischen Wirklichkeit – das Handwerk zu legen. Er wird sich mit den kleinen und fiktiven Fischen zufriedengeben müssen. Und das liegt nicht am Marschbefehl seines Vorgesetzten im Hamburger Stadthaus, Friedrich Schlanbusch (1884–1964), sondern einzig daran, dass alles andere einen Eingriff in die Geschichtsschreibung zur Folge hätte.

Aber da gibt es ja noch Ilka Bischop. Und die ist wahrlich kein kleiner Fisch …

LITERATURNACHWEISE

1. Adolf Friedrich Holstein; *Versuch einer Rekonstruktion der Krankengeschichte Fritz Schumachers*, in: *Jahrbuch des Freundes- und Förderkreises des UKE e.V. 2009*, Selbstverlag, Hamburg 2009, S. 51–61

2. Wolfgang Voigt; *Zwei Städte, zwei Stadtarchitekten, zwei Junggesellen: Gustav Oelsner und Fritz Schumacher in Altona und Hamburg,* in: Burcu Dogramaci (Hrsg.), *Gustav Oelsner – Stadtplaner und Architekt der Moderne*, Junius, Hamburg 2008, S. 67–74